KB218745

글벗평론 2 최봉희 두 번째 평론집

사람을 살리는 글쓰기

최 봉 희 지음

도서출판 글벗

■ 서문

사람을 살리는 글쓰기

2007년 10월 29일부터 올해까지 도서출판 글벗에서 출간한 시집은 225권, 수필집 55권에 이른다. 이와 더불어 작성한 서평도 200여 편에 이른다.

무엇보다도 함께 한 많은 작가님께 감사한 마음을 전한다. 부족한 서평이지만 함께 나눔의 기쁨으로 졸저를 출간한다. 작품을 선별하여 다섯 권의 평론집을 연속으로 남기고자 한다. 이제 두 번째 평론집이다.

특별히 어느 시집은 초등학교 4학년 교과서에 실리기도 하는 기쁨도 맛보았다. 또 어떤 시집은 사람을 살리는 큰 행운을 가져다준 책도 있다. 한 시인의 책을 작은 시집을 만들었는데 그 책을 읽고 죽이고 싶을 정도로 미워하는 사람을 용서하게 되었다고 한다. 이것이 작가의 사명이 아닌가.

시인은 말 그대로 '사람을 살리는 글쓰기'를 한 셈이다. 글로써 생각 나눔도 아름답지만, 사람을 살리는 책은 더욱더 의미 있는 일이 아닐까? 이에 평론집의 제목을 『그리움을 찾아서』, 『사람을 살리는 글쓰기』, 『생각을 키우는 글쓰기』, 『행복을 찾는 글쓰기』, 『행복을 키우는 글쓰기』로 정한다.

앞으로 열리는 글벗문학회와 사람책사회적협동조합에서 주

관하는 '글벗줌살롱 책만세 아카데미'와 '글벗창작아카데미'에도 작은 도움이 되길 소망한다.

　더불어 작은 기다림이 큰 행복으로 다가오길 기대한다.

　메마른 땅을 일궈
　제 삶을 갈아놓고

　한마음 오롯한 꿈
　씨앗을 뿌려놓고

　발그레 꽃등 켜는 날
　기다리며 산다오
　- 최봉희 시조 「사랑꽃」 전문

　　　　2025년 4월에 글벗 최봉희

‖ 차 례 ‖

제3부 인생의 행복을 찾아서

제4부 글빛이 빚은 아름다움

제5부 줄탁동시의 시학

제1부

추억을
그리움으로 빛다

1. 추억을 그리움으로 그린 시
– 신복록 시집 『그리움을 안고 산다』 읽고

가. 시조를 쓰는 이유

시를 쓰는 이유는 무엇 때문일까? 어떤 사람은 아름다운 삶의 장식으로 시를 대면할 수도 있고 혹은 삶의 성찰과 깨우침에 따른 성장일 수도 있다. 또는 자신의 아픔을 토로하고 치유하는 수단일 수도 있다. 저마다의 창작의 목표는 다르다. 다만 분명한 것은 삶의 문제에 독특한 자기의 삶을 표현하려는 의도가 담겨있다.

가령 어떤 시인은 굴곡 없는 평탄한 삶을 살아온 경우가 있고 또는 수많은 고통의 늪을 헤쳐 온 생활에의 경험 등이 다양한 언어로 표현하기도 한다. 분명한 것은 전자와 후자의 표현은 각기 다른 감각을 동원한다. 시적 체험은 살아가는 현실과 상상력을 용해하고 변형하는 체험의 육화(肉化)의 과정을 거치기 때문이다.

신복록 시인은 부모님을 잃은 아픔과 가족에 대한 그리움으로 생의 의미를 깊게 천착(穿鑿)했다. 이런 기저(沰底) 위에서 그의 시적 감수성은 독특한 시적 에너지를 표출하고 있다. 고통은 인간을 단련시키고 사고의 폭을 넓힐 뿐만 아니라 숙성된 인간미를 지닐 수 있다. 따라서 시에서 체험과 상상의 결합은 곧 독특한 개성으로 문학의 빛을 수용하게 될 것이기 때문에 시인만의 정신의 가치를 획득하게 되는 것이다.

나. 시조의 맛과 향

시조는 우리 고유의 정형시로서 오랜 역사적인 줄기를 지니고 있다. 고려 중엽에서 나타나 지금까지 우리 겨레의 노래로 그 명맥을 이어온 시조는 3장 6구 45자 내외로 이루어지는 평시조가 기본이 된다. 4음보의 우리 시조는 종장의 음수율이 제1구는 3음절로 고정되며, 제2구는 5음절 이상이어야 한다. 이는 우리 시조의 시적 생동감을 주는 민족의 감수성을 담아온 그릇이다. 특별히 전통적인 삶의 애환과 한을 수용한 우리 정신의 그릇이기도 하다. 그렇다면 신라의 향가(鄕歌), 고려가요(高麗歌謠)나 경기체가(景幾體歌) 등 많은 문학의 형태가 형성과 몰락을 경험했으나 시조가 현대에서도 꾸준한 표현으로 자리 잡은 이유는 도대체 무엇 때문일까? 우리의 정서에 가장 합당한 운율과 성정(性情)의 표현에 적합하기 때문이다. 아울러 삶의 애환을 담은 멋과 맛이 곧 시조의 매력이자 한국문학 정신의 뿌리가 되고 있다.

그래서 시인은 자기 작품에 도전과 실험 정신을 가져야 한다. 천편일률의 고정된 사고의 틀을 벗어나 독창적이고 창의적인 시 세계를 구현해야 한다. 때로는 엄격한 정형의 틀 속에 자기의 생각을 담는 노력도 필요하다. 자유 정신의 깃발을 휘날리는 감수성의 실험은 결국 시의 정신을 풍부하게 할 수 있다.

이런 기준에서 신복록 시인은 끝없는 도전과 실험의 정신은 사뭇 존경할만하다. 그의 시조를 탐구하면 그리움의 정한(情恨)의 마음을 담은 고유한 시조의 영역에서 그만의 독특한 정서를 느낄 수 있다. 이제 그 깊이의 숭고함으로 다가서 보자

신복록 시인은 2권의 시집을 상재(上宰)한 시인이다. 시인은 처음에는 시로 등단하였다. 하지만 지금은 시조를 사랑하면서 시조 창작에 매일같이 열정으로 참여하고 있다. 신복록 시인은 계간 『글벗』 제13호(2020년 여름호)에 시조로 등단했다. 그의 도전과 실험의 시조인 「회상」, 「백작약」, 「작은 꽃밭」 등을 자세히 살펴보면 역시 그의 삶의 추억과 그리움이 녹아있다.

그러면 이번에 상재된 100편의 시와 시조를 살펴보자.

다. 봄의 정서와 이미지
1) 봄의 이미지와 시조
시인은 자기 정신의 일정한 흐름이 있다. 다시 말해서 관심의 경우이거나 환경 혹은 의도적인 사고가 일방적으로 흐를 때나 일정한 형태를 보이면서 표현으로 나타날 때, 이를 개성

의 현상으로 말할 수 있다. 가령 어느 한 시어의 빈도가 많은 횟수로 등장하면 시인의 정신에 일부가 표출되는 일이다. 이는 곧 시인의 창의적인 응집으로 부를 수 있다는 뜻이다. 가령 사계절 중에 봄을 표현한 시가 많다면 시인의 관심은 그런 현상을 경험하면서 산다는 증거가 될 수 있다. 또는 실향민 혹은 어부의 경험이 있으면 자연스레 바다의 시를 많이 쓸 수 있는 일을 대입하면 쉽게 이해할 수 있을 것이다.

　사계절의 시작은 봄으로 전개한다. 이런 관습은 겨울을 지나 세상의 문이 열리는 상징을 가질 때 봄은 생동감의 이름으로 다가든다. 신복록의 시조 전체를 살펴보면 시조 소재들에서 자연 표상의 봄의 정서가 많이 등장한다. 이는 그의 삶에 대한 성찰과 깨달음을 의미할 수도 있다. 모두 100편의 시조 중에 20%를 수용하고 있다.

　　봄날에 여린 새싹
　　살포시 돌아올라
　　긴 장마 태풍에도
　　꿋꿋이 견뎌내고
　　바람의 초록 치마를
　　남실남실 흔든다

　　가녀린 넝쿨 줄기
　　하늘만 바라보며
　　누구를 만나려고
　　쉼 없이 오르는지
　　한 마리 희망 새되어
　　비상하길 꿈꾼다
　　– 시조 「비상(飛翔)」 전문

새싹은 결실을 맛보기 위해서는 인내와 기다림의 시간을 가져야 한다. 굳은 땅속에서 자연의 신비한 에너지를 받아 땅 위로 쑥쑥 솟아오르기 위해서 새싹은 온갖 힘을 다 모아 이른 봄을 맞이한다. 어린싹은 '긴 장마 태풍'이라는 이런 아픔과 고통을 지불하고 하늘로 높이 솟아올라 한 마리 희망 새가 되는 것이다. 항상 이같이 역경을 지불하고 난 뒤에 기쁨으로 찾아오는 봄은 우리에게 역동적인 교훈을 전달한다. 이 감동은 자연현상이지만 삶의 의지로 땅을 뚫고 하늘로 올라가는 것-의지의 현상으로 객관적으로 바라볼 수 있다. 결국 '긴 장마와 태풍'의 훼방에서 아픔을 느끼면서도 맞이하는 봄 맞이는 새싹에게 희망을 꿈꾸는 통과의례의 문이 되는 것이다. 고통을 지불하고 비로소 희망의 기쁨을 맞이한다는 새로운 이치를 전달하기 때문이다.

명자꽃 명자나무
가을날 너와 인연
고운 꽃 만났건만
무엇이 그리 급해
여린 잎 삐죽 내밀고
돋아나려 하느냐

봄이란 이름 하나
아직은 착각이야
차가운 꽃샘추위
떠나지 않았단다
조금 더 늦게 핀다고
그 누가 뭐랄까

우수도 아직이고
겨울이 앙탈 대니
작은 잎 꽃나무야
조금 더 참고 있다
훈풍이 불어올 때면
붉은 꽃들 피어라
– 시조 「명자나무」 전문

생명이 살아나는 봄은 어디에서 오는 것일까? 겨울을 보내
고 봄은 다가오지만 꽃샘추위가 매서운 법이다. 들판은 아직
도 서울이 펼쳐졌기 때문에 '이른 봄'의 신기함을 훈풍의 봄
바람이 일깨워준다. 그러나 이미 빗장을 푼 바람의 미소는 세
상을 더욱 재촉하는 봄기운에 취할 때 온실의 따스함은 명자
나무꽃들의 웃음 천지를 제공한다. 다만 그 삶은 기다림이 필
요하다. 꽃이 늦게 피어도 붉은 꽃은 피어나기 때문이다.

한적한 산사에는
화사한 고운 꽃등
저 멀리 찾아오는
새싹들 맞이하려
붉은 등 환히 밝히고
오는 봄을 반기네
오백 년 느티나무
헐벗어 쓸쓸하니
봄날이 찾아들어
푸른 잎 파릇파릇
산새들 쉬어가라며
보금자리 내준다
– 시조 「느티나무」 전문

희망이라는 행복을 만나는 것은 더욱 화려하다. 자신이 먼저 '꽃등'이 되어 봄을 만나는 기쁨을 재촉한다. 그 마음은 시인의 정신 속에 담긴 약동의 에너지다. 오백 년 수령의 느티나무에 새싹으로부터 꽃봉오리와 꽃술의 피어날 때면 자신의 보금자리를 나눈다. '나눔'은 천상의 소식으로 승화한다. 시인은 다른 사람보다 먼저 봄을 향유(享有)하고 나누는 행복을 봄의 이미지에 담은 것이다. 시인은 봄이 오면 들썩이는 몸과 정신의 춤을 나눔이란 준비로 참새처럼 재잘거리는 형상이 된다.

햇살이 따사로운
뜨락의 담장 위에
한 마리 또한 마리
참새 떼 날아들어
봄바람 속삭임 속에
재잘재잘 떠든다

개나리 한두 송이
수줍게 피어나니
꽃들의 싱그러움
저리도 신이 날까
봄봄봄 짹짹거리며
제 세상을 만났네
– 시조 「참새의 봄날」 전문

'바람났다'는 말이 있다. 한시도 머물지 못하고 이리저리 혹은 저리 이리로 종잡을 수 없는 행동을 할 때 그런 이미지는 성립된다. 신복록의 시조에는 참새의 재잘거림이나 꽃들의 싱

그리움으로 표현할 수 있다.

> 찾아온 봄바람은
> 나무의 가지마다
> 흔적을 남겼는지
> 움 틔워 몽글몽글
> 작은 뿔 돋아 오르며
> 꽃 피우려 하누나
>
> 얕은 산 작은 폭포
> 두꺼운 얼음 옷이
> 봄볕에 녹아들며
> 눈물을 주룩주룩
> 청량한 맑은 물소리
> 봄노래를 부른다
>
> 양지쪽 들꽃들도
> 수줍게 방긋대니
> 이 멋진 자연 속의
> 풋풋한 풍경들을
> 호젓한 오솔길에서
> 내 마음에 담는다
> – 시조 「산길에서」에서

'청량한 맑은 물소리가 봄노래를 불러요'처럼 신명이 난다. 우리말에 신명(神明)이라는 말은 아주 유쾌해서 저절로 일어나는 흥과 멋을 말한다. 신들린 이유를 논리로 설명할 수 없을 때 무아지경(無我之境), 바로 마음이 어느 한 곳으로 온통

쏠려 자신의 존재를 있는 경지에 이르게 되는 것이다. 시인은 무아경(無我境)을 방문할 때 비로소 시의 신과 만나는 일이 성립된다. 참새, 폭포, 들꽃들의 행동은 곧 시인의 정신에 봄의 신이 들어와 춤을 대신 추는 이치와 같다.

산과 들 뜨락에는
연둣빛 푸릇푸릇
골목길 담장에는
움 틔운 꽃봉오리
봄날은 분주하구나
피울 꽃이 많아서

새들도 짝을 만나
사랑을 속삭이고
상큼한 봄바람에
꽃내음 그윽하니
화사한 축제가 되어
꽃동산을 수놓네
– 시조 「봄날은」 전문

신복록 시인은 왜, 봄의 시가 많을까? 또 신명을 불러오는 신바람은 어디에서 오는 것일까? 여기엔 신복록 시인은 강원도와 경기도 등의 자연에서 생활하는 자신만의 서정성과 따뜻한 정서로 설명할 일이다.

2) 부모님과 가족에 대한 그리움
시인은 시와 더불어 희로애락을 동반하는 삶을 살아갈 때

일정한 정서의 감흥이 나타난다. 다시 말해서 살아있는 자만이 시를 쓸 수 있다. 또한 시와 함께 일생을 동반할 때 그 존재의 감흥이 일어나는 것이다. 그렇다면 인간은 어떻게 살아가야 하는 것일까? 이 대답은 저마다 다른 개성으로 실현된다. 왜냐하면, 살아가는 일에 정해진 답이 없기 때문이다. 또 각기 살아가는 방식과 가치관이 마치 지문처럼 모두 다르다.

또한 행복에 대한 신념과 가치관도 역시 다르다. 그래서 시인마다 지닌 다양한 개성과 표정을 인정하는 일은 곧 자기 삶을 살아가는 사람들의 몫이다. 어떤 사람은 평탄하게 일생을 살아가는 사람도 있고 다양한 아픔을 감내하면서 살아가는 사람도 있다. 사실 전자보다는 후자에게 경험의 원숙성과 지혜를 발굴하는 일이 우선한다. 이는 고통은 인간을 성숙시키는 일이다. 또 생의 의미를 밝히 보는 성찰의 안목을 가진 사람이 된다.

신복록의 시조에서 「인사」처럼 부모님을 그리워하는 시 「아버지의 고향」, 「술 한 잔」, 「싸리나무 빗자루」 등을 통해 유년 시절에 대한 그리움과 추억의 이야기가 담겨 있다.

설렘의 기쁨 안고
고향길 찾아드니
동해의 푸른 파도
밀려와 반겨주네
비릿한 바다 내음은
아버지의 향기네

외롭고 쓸쓸할 때
울면서 찾던 곳이

희망 글 심었더니
웃음꽃 피어나네
아버지 푸근한 얼굴
그리움이 젖는다
  - 시 「인사」 전문

 신 시인의 시조 표제어는 '부모와 가족에 대한 그리움'이
아닐까 한다. 시인의 아버지는 북쪽이 고향인 실향민이다. 그
리고 가족과 형제들을 세상에서 떠나보내기도 했다. 그래서
아버지께서 가보지 못한 그 고향에 꼭 가고 싶은 그리움이
시에 절절하게 담겨 있다.

비바람 맞아가며
긴 세월 기다렸네
철마는 북쪽으로
달리고 싶은 마음
그 누가 가로 막았나
덩그러니 서 있다

철조망 녹슨 철길
그 언제 사라지나
뻥 뚫린 평양 길을
꼭 한번 가고 싶네
내 생의 아버지 고향
언제 한번 가려나

두고 온 부모 형제
그리워 한숨짓고

명절날 술잔 속에
눈물로 지낸 세월
생이별 북녘 가족들
한이 맺힌 실향민
- 시조 「아버지의 고향」 전문

　표제시 「그리움을 안고 산다」에서 그리움이 바탕색이고
삶의 궤적이 깊이 잔뿌리를 내려 모진 비바람을 이겨내고 있
다. 한평생 살아가는 과정이 자연의 모습과 다를 것이 없다.
마음과 영혼에 물든 그리움으로 기다림의 여백으로 시에 담
아내고 있다.

　오신다던 우리 엄마
　안 오시네. 안 오시네

　밝디밝은 보름달에
　귀뚜라미 슬피 우는
　신작로길 정류장에
　온종일 기다려도
　달력에다 동그라미
　서른 번을 그렸는데
　안 오시네. 안 오셨네

　어린 시절 기다림이
　반백이 넘은 세월에
　지금도 울컥해지며
　가슴 속이 아프다

잊지 못할 기다림에
그리움을 안고 산다
– 시 「그리움을 안고 산다」 전문

　현재의 실상과 시간과 정서의 원류를 따라가 보면 그리움의 정서를 형상화한 시법은 한 폭의 추억을 감상하는 듯하다. 그 정경이 그의 내면세계에서 분출되어 정형 미학으로 펼쳐짐을 볼 수 있다. 어쩌면 현재의 시간과 미래의 시간에서도 그리움은 영원성의 이미지를 담고 있는지도 모른다.

어둠이 내려앉은
해변의 백사장에
파도는 일렁이며
가슴속 파고들어
외로움 끌어안으니
젖어든다 슬픔이

쓸쓸히 혼자 찾은
아버지 기일 날에
먼저 간 형제들이
야속해 한숨짓네
조촐한 아버지 술상
술 한 잔을 올려요

오시여 잠시 쉬며
목마름 축이세요
든든히 잡수시고
꽃마차 타셔야죠

아버지 너무 그리워
속 울음을 삼킨다
- 시조 「술 한 잔」 전문

부모가 없고 가족이 없는 외로운 생활을 다룬 시조 「술 한
잔」을 살펴보자. 신복록 시인의 철학은 심오한 것보다는 일
상적인 것도 있음을 알 수 있다. 가장 합리적인 은유의 깊이
를 다룬다는 의미다.
다음의 시조 「북한강」을 살펴보자.

처량한 가을바람
얼굴에 스쳐 가니
아침의 강변길은
맑고도 상큼하네
물안개 피어오르며
너울너울 춤춘다

하늘에 철새들은
여행길 떠나가고
이슬에 반짝이는
들꽃의 고운 자태
북한강 가을풍경이
한 폭 그림 수놓네
- 시조 「북한강」 전문

시는 비유와 상징이다. 그리고 은유의 의상을 입을 때 상상
의 숲은 푸르고 깊은 의미로 다가선다. 신복록 시인은 이런
정서를 능숙하게 그림으로 그려내고 있다. 풍경화이고 채색의

아름다움이 화판 위에 선명을 자랑한다.

아침의
산자락에
흰 구름 머무르니

호숫가
맑은 물에
가을이 내려앉아

한 폭의
고운 풍경을
덧칠하고 있구나
- 시조 「호수」 전문

시의 무대 공간은 아침 호수다. 해가 뜨는 아름다운 모습 속에서 희망을 그리는 것이다. 앞에서 거론한 것처럼 아버지와 어머니, 그리고 가족을 그리워하면서도 시인은 자연의 전원생활에서 희망을 갈망하고 찾아가는 것이다.

황금빛
눈부심이
바다에 떠오르니

파도는
몽돌들을
보듬고 밀려오네

창가의

붉은 일출이
풍경 되어 물든다
- 시조 「일출」 전문

3) 희망의 언어, 행복의 글말

인간은 편리를 항상 추구한다. 다시 말해서 자기의 합리성을 위해 과거와 현재 그리고 미래를 동일선상에 놓는다. 그리고 이를 구분하면서 꿈을 그리는 그림을 그리려 한다. 여기서 과거는 오늘로 이어지고 오늘은 다시 내일, 여기서 꿈이 등장한다. 미래를 위한 꿈은 곧 현실을 위로하거나 건너가는 다리의 임무를 수행하기 때문에 과거는 현실이고 현실은 미래라는 길이 연결된다. 그래서 시인은 동심으로 그리운 추억을 다시금 떠올린다.

눈 쌓인 오르막길
옛 추억 생각이 나
나이는 숫자라네
동심이 되어 간다
은박지 깔고 앉아서
두 여인은 신났다

어릴 적 한 번쯤은
즐겁게 놀던 기억
하얀 밭 설원에서
뒹굴며 장난했지
그 시절 회상해 본다
다시 못 올 그 시간
- 시조 「동심」 전문

인간은 항상 추억을 회상한다. 산 자는 잘살기를 바라고 또 행복이라는 신기루를 찾아 항상 배회한다. 그러나 행복은 결코 신기루만은 아니다. 땀과 노력을 기울이게 되면 행복은 순간으로 다가와 웃음을 전달한다. 행복은 마치 순간에 사라지는 신기루요 안개 같기 때문이다. 그의 시조 「어부의 딸」에서 행복은 어떤 의미로 등장할까?

드넓은 고향 바다
어둠이 짙어지면
고깃배 집어등을
환하게 불 밝히고
밤새워 잠과 싸우며
오징어를 잡는다

낚시를 던져놓고
물레를 빙빙 돌려
한 두름 또한 두름
만선의 기쁨 되니
동녘의 여명이 뜨면
항구 찾아 달린다

저 멀리 앞바다에
불빛을 바라보니
아버지 고기 잡던
그 시절 아련하네
아침에 항구로 나가
기다리던 어린 딸
– 시조 「어부의 딸」 전문

그리움은 열정(熱情)이고 집중(集中)이다. 이 열정과 집중을 통해서 달성의 길이 열린다. 하찮은 것이라도 몰입하는 정신은 투사(投射)할 때라야 성취의 기쁨이 행복으로 전환한다. 신복록 시인은 대충이 아니라 진지함과 또 애정으로 섬세하게 사물을 바라본다. 그 눈빛이 따스하다. 이는 그의 삶의 자세이고 생활의 방편이다. 그렇게 단련된 의미를 갖는다.

둘이서 함께 걷던
주전의 해변에는
몽돌의 노랫소리
지금도 그대론데
나 홀로 찾아왔구나
그 사람이 떠난 곳

파도는 일렁이며
몽돌을 잠 깨우니
쫘르르 음률 되어
귓가에 스며드네
임 없는 쓸쓸한 바다
그리움만 젖는다
– 시조 「몽돌해변」 전문

자신의 것을 나눈 일은 애정이고 정성이다. 이러한 정성이 들어가면 나눔은 곧 행복을 전달하는 메신저의 기쁨을 맛으로 안아줄 것이기 때문이다. 작고 소소한 것을 귀하게 여기는 정신만이 행복의 진정한 가치를 알 수 있다면 '하늘 정원'은 시인이 추구하는 생활의 깊이요 건강한 삶의 표정이라는 생각이다.

깊은 산 돌고 돌아
산속의 언덕길에
마지막 자리 잡은
눈물의 하늘 정원
애달픈 가슴 달래며
이제서야 찾는다

아련한 추억 속에
그리움 스며드니
떠나간 그 사람이
잘 가라 배웅하듯
순백의 하얀 목련이
이내 마음 달랜다
- 시조 「하늘 정원」 전문

그리움이란 대상과 대상의 사이에 남아 있는 거리(距離) 때문에 안타까움이 생긴다. 인간사에서 거리가 발생하면, 항상 서로의 관계를 이어주는 역할을 한다. 그뿐만 아니라 사모하고, 증오하고, 또는 밀접도를 나타내는 이미지로 작동된다. 지우려고 해도 지워지지 않는 인연의 고리는 내면화되어 심리적 고통으로 이어진다.

그렇다면 '그리움'이란 서로의 관계가 잡을 수 없는 사이를 이름할 것이고 여기엔 애타는 상태의 안타까움이 존재할 것이다. 물론 인간이 그리움의 대상일 수도 있고 사물과 고향도 그리움의 이름으로 존재할 것이다.

학창 시절의 친구를 만나는 일은 추억이 새롭게 일렁일 것이다. 고향을 떠나 제각각 사회생활을 하면서 일정한 거리에 서로를 생각하는 마음에는 항상 추억의 이름들이 마음을 붙잡고 떠나지 않을 것이기에 애절함으로 상상의 길을 넓힌다.

'어부의 딸'로 살던 소녀의 추억은 그리움이다. 이런 추억들이 다가오는 추상에서는 그리움으로 채색된다. 그리움이 파도로 밀려오고 돌아갈 수 없는 거리에서 세월의 간격은 더욱 밀도를 높이는 정서를 애타게 불러온다. 시인은 그리움으로 마음 복판에서 떠날 수 없는 정감이 노래로 드러날 때 삶의 끈끈한 심정이 숙연함으로 표현된다. 이런 그리움은 시간을 거슬러 애달픈 노래의 가락으로 떠나지 못하는 여운의 시심을 붙잡고 있는 셈이다. 여기서 신복록 시인의 따스함이 묻어 있다. 그 추억을 마음에 간직한 정감이 포근하다.

빗소리 주룩주룩
산골에 내리는 날
감자떡 조물조물
송편을 빚어본다
붉은빛 강낭콩 넣은
쫄깃쫄깃 고향 맛

여인들 도란도란
웃음꽃 피어나고
그 옛날 즐겨 먹던
향수를 다시 찾네
구수한 추억의 맛이
몽실몽실 익는다
– 시조 「감자떡」 전문

신복록 시조에 등장하는 시간과 공간은 오늘의 땅이다. 해가 뜨는 땅 위의 존재이기에 비가 오는 날에도 추억이 생성되고 방황의 일들이 쌓이면서 체험의 일들이 존재의 형태를 이끌고 간다. 그 모습이 일상적으로 완연한 모습이다. 그러나 아무리 삶이 가파르고 삭막해도 따스함으로 사랑을 담으면 만사는 애정으로 감싸진다.

바다의 모습이 다양한 파문으로 생성한다. 아침을 일으켜 세우는 여명의 시작에서부터 꿈이 등장하면서 존재의 형태는 다양성의 이름으로 전개된다. 그때 바다는 땅과 같이 모든 것의 유사성에서 그 이름이 드러난다.

자연 속에서 인간의 생이 순리로 엮어지는 노래를 그리움으로 내용을 삼는다. 그 지혜가 안온하다. 이는 존재의 근거가 자연 속에서 이루어지기 때문에 자연은 모태의 심상이다. 여기서 자화상을 엮어가는 추억은 곧 자기 생의 역사로 뜻을 만들게 된다는 발상이다. 자연의 변화에 따른 풍경화는 즐거움과 아픔과 슬픔까지도 추억 속에서 생동감으로 세월을 엮어간다. 그래서 시인의 봄의 노래가 가슴속에 뛰어오르는 춤이 되는 생동감과 흥겨움이 있다.

얕은 산모퉁이에
잔설이 남아있고
찬바람 싸늘한데
땅 위에 꼬물꼬물
겨울을 견디어내고
돌아났네 봄들이

꽃다지 작은 얼굴
수줍게 피어나고
냉이는 새초롬히
하얀 꽃 간들대니
산속도 봄이 왔다며
춤사위를 벌인다
- 시조 「봄소식」 전문

3. 에필로그-시조라는 그릇에 담은 그리움

모두 45자 내외의 기법에 자유로운 생각을 형상화 또는 표상화하는 정형시로서의 시조는 다양한 매력이 있다. 그의 시조 표현은 끝 닿은 데가 없이 자유롭게 왕래하는 정신의 발상(發想)으로 압축과 절제의 정형미가 적용되고 있다. 다시 말해서 짧은 형식의 그릇 속에 무한의 정신을 담을 수 있는 것은 시조가 갖는 독특한 특성이다.

추억의 그리움에 삶의 표정을 의지하는 정서는 봄의 이미지에 인간사의 의미로 상징의 옷을 입는다. 그리움을 불러오는 추억들의 파편은 그가 살아온 삶의 전부이자 성찰이다. 이 모든 것들이 언어의 절제와 탄력을 긴장으로 이끄는 특성을 갖는다. 그런 의미에서 신복록의 시조는 정통성과 현대성을 동시에 획득하고 있다는 것이다. 그런 의미에서 신복록의 시조는 언어를 바로 세우는 정제미(精製美)와 시적 이미지를 살린 그리움을 추억하고 있다고 말하고 싶다. 다시 말해서 시조 쓰기를 통해서 초심을 잃지 않고 삶의 성찰을 통해서 행복을 빚는다고 하겠다. 그의 시조 「나의 길」을 살펴보자.

아픔이 두려워서
사랑을 보냈건만
숨겨둔 추억마저
지우지 못했구나
어느새 가슴 한편에
그리움이 스민다

세월은 아린 상처
가끔씩 들춰내며
초심을 잃을까 봐
뒤돌아보라 하니
올곧게 마음 다잡고
나의 길을 가리라
- 시조 「나의 길」 전문

시인은 아픔이 두려워서 사랑을 떠나보냈다. 그러나 그 추억을 지우지 못했다. 아린 상처를 들추면서 초심을 잃지 않기 위해 노력하고 있다. 시인의 길을 걷기 위해 올곧게 마음 다잡고 살겠다고 말한다.

다시 한번 신복록 시집 『그리움을 안고 산다』 상재를 진심으로 축하하며 그의 건승과 건강을 기원한다.

2. 진실의 옷을 입고 부르는 사랑의 노래
- 강자앤 시집 『기다려 보네. 사랑이여』

  기름지고 맛있는 음식이 뱃속에 가득하면 피부가 윤택해진다. 술이 뱃속으로 들어가면 얼굴에 붉은빛이 감돈다. 글쓰기도 마찬가지다. 마음속에 쌓여 있다가 바깥으로 드러나면 그 빛이 보인다. 그래서 시는 마음으로 그리는 언어 그림이다. 머릿속 생각을 언어로 꽃 피우는 것이다. 자신만의 생각을 글말로 표현해 독자에게 드러내는 것이다.

  그렇다면 좋은 시 쓰기는 어떻게 하는 할까? 좋은 시는 글속에 녹아든 그림이 사람의 이해를 돕고 공감을 불러일으켜야 한다. 남의 시를 읽는 것과 사색을 동반하면 글말은 깊이가 있다.

  다산 정약용 선생은 『다산시문집』 「오학론(五學論)3」이라는 책에서 이렇게 적었다.

어떤 사물을 마주하여 공감을 일으키거나 그렇지 않은 것을 글로 써서 밖으로 드러내면, 거대한 바닷물이 소용돌이치고 빛나는 태양이 찬란하게 빛나는 듯하다. 또한 이 글로 가깝게는 사람들이 감동하고, 멀게는 하늘과 땅이 움직이며 귀신이 탄복한다. 이것을 가리켜 '문장'이라고 한다.

강자앤 시인은 이번에 세 번째 시집 『기다려 보네. 사랑이여』을 내놓았다. 그는 시인의 역할과 사명에 대하여 이렇게 답한다.

시인은
자기를 알리는 게
아니고
누군가에 의해 알려진다

사물을 쉽고
정직하게
전달하는 자다
- 시 「시인(1)」 전문

시인은 '사물을 쉽게, 정직하게 전달하는 자'라고 말한다. 옳은 말이다. 마음속에 깨달음이 넘치면 시 쓰기는 저절로 이루어지는 법이다.

그렇다면 시적 소재는 도대체 무엇일까? 강자앤 시인은 '자연'의 아름다움과 변화를 읊조리고 노래한다고 한다. 그리고 '아름다운 세상'을 담는다고 말한다.

화가는
계절의 변화를
화선지에 수놓는다

시인은
자연의 아름다움과 변화를
읊조리며
노래합니다
- 시 「시인(2)」 전문

　또한 시인은 하늘과 땅 사이에 만물이 변화하여 놀라움을
기쁨으로 자연에 대한 감동을 표현한다. 또한 자연 속에서 느
낀 아름다움과 그 변화를 내 기운으로 받아들이는 경우가 많
다. 그 기운을 발휘한 문체와 형식, 자태를 갖출 수 있는 것
이 바로 글이고 시가 되는 것이다.

상큼발랄한
공기를 전하는 바람

눈을 감게 하는 햇살

지천에 만발한
꽃을 보고 느낀다

시인은
아름다운 세상을
시에 담아 전하는 자다
- 시 「시인(3)」 전문

시인은 자연 속에서 하늘과 땅 그리고 사람을 대상으로 살아 꿈틀대는 기운의 움직임과 변화를 시에 담는다. 이를 위해서는 마음속에서 깨달음의 기운을 길러야 한다. 이렇게 되면 애써 아름답게 꾸미려고 하지 않아도 문장은 저절로 살아 움직이는 빛을 발하게 마련이다. 다시 말해서 독자에게 사물의 이치가 넓고 밝게 공감을 통해 전해지는 것이다.

사랑의 마음도 마찬가지다. 말과 글은 마음속에 담긴 거짓과 진실에서 나오는 법이다. 진실을 말하는 사람은 말과 글이 조화를 이룬다. 더욱이 글말로 드러내면서 밝은 빛을 발하게 마련이다.

강자앤 시인의 또 다른 시 「사랑의 이유」를 살펴보자.

사랑하는 사람아
빛이 있으며 어둠도
괴로움, 슬픔도
한순간 피었다가
꽃처럼 시들어지는 것처럼

사랑하는 사람아
어디 하나 영원한 것은 없지 않은가?
부드러운 음성 따뜻한 미소가
말하여 주듯이

사랑하는 사람아
나의 말에
소중함을 느꼈으면 좋으련만

오늘날 번뇌에서

성찰하는 마음으로 돌아가
내일의 희망을 바라보고
다시 일어날 준비
연속이나 하듯이

이렇게 진실하게
부드럽게 속삭이며
있는 모습 그대로를

때문에
나는 당신의 말에 전부
동의할 수 없었으나
당신의 모든 것을
사랑하게 된 이유입니다.
- 시 「사랑의 이유」 전문

시인은 진솔하게 말한다. 성찰의 시간을 갖는다. 어느 하나 영원한 것은 없다고 깨달으면서 시인의 글말의 소중함을 고백한다. 시를 쓰는 것은 희망을 바라보고 다시 일어설 준비를 하는 것이라고.

시를 좋아하는 이유는 무엇일까? 시인의 말처럼 진실하기 때문이며 사랑하기 때문이다. 거짓의 말을 좋아하는 사람은 의로움이나 도리를 말하지도 않는다. 더불어 선악 구분을 하지 않을 뿐만 아니라 사랑의 말을 하지 않는다. 그런 사람은 다른 사람의 자질구레한 허물을 찾기에 급급할 뿐이다. 그러나 시인은 자연과 사람을 사랑한다.

세상의 온갖 일을 사랑하면서 시인의 말글에 진실한 기운이 환히 드러나는 법이다. 고운 말을 사용하는 시인은 얼굴빛

이 사나울 수 없다. 바른 말을 사용하는 시인은 눈빛이 곱고
마음이 선명하게 드러나는 법이다.

생각난다
좋아도 했고
사랑도 했었다

그동안
진실에 이르기까지
너에게 보여 줄 수 있는
사랑은 아주 작았다

가끔 밤하늘의 별을 보며
말할 수 없는 속마음을
이야기해 본다

너와 나의
생활이 너무나 다르기에
쉽게 다가갈 수 없는
현실이 되어간다

같은 하늘 아래 아주 멀리서라도
너를 향해 있는 나의 사랑이
그대에게 전해졌으면 한다

바람보다 먼저 느껴주고
아주 작지만
어떤 존재로 남아
서로가 향하고 있다는 것을

기도로서
작은 소망을 가져보련다
- 시 「속마음 이야기」 전문

　시인의 진실한 글은 보고 듣는 사람의 마음을 움직여 쉽게
뜻이 통한다. 이때에는 문장을 잘 짓겠다고 애쓰지 않아도 저
절로 훌륭한 문장이 나오기 마련이다. 시는 억지로 쓴다고 해
서 나오지 않는다. 뜻이 어긋나면 글은 힘이 없어진다. 그래
서 혼도 담을 수 없다. 결국은 조화로운 문장을 이룰 수 없
다. 그래서 시를 쓸 때는 맑고 진실한 마음으로 써야 한다.

추운 겨울 눈 덮인 깊은 숲속
땅속에서도
생명은 꼼지락거리네

바위는 살짝 옆으로 눕고
얼었던 강물도 쉬었다 가네
큰 아기 치맛자락
슬슬 올라가는 봄 한나절

연두색 새싹 간질간질
새로 돋는 잔디 뿌리랑 소곤거리면
나무는 조용히 생각합니다

무거워도 힘들어도 춥고 더워도
잎을 내고 꽃을 피우고
말씀을 따라 쉬지 않으리라

하늘은 한 발자국도
오갈 수 없는 나무들에게
지혜를 주시네
용기를 주시네

나무는 새들과 더불어
멀고 가깝고 밉고 예쁘고
온갖 바람을 견디며

엄마처럼
꿈을 안고 낙원을 향해 갑니다
– 시 「생각하는 나무」 전문

또 다른 시 「생각하는 나무」에서 보듯이 하늘과 나무는
서로 교감하면서 어려움과 힘겨운 환경을 극복하며 살아가는
것이다. 어쩌면 생각하는 나무는 곧 '시인'이 아니겠는가. 하
늘이 내게 준 능력 안에서 사랑으로 자연과 이웃을 노래하면
서 행복의 낙원을 찾아가는 것이 아닐까.

시는 '뜻을 표현하는 보자기'라고 말하고 싶다. 본래 뜻이
저속하면 일부러 맑고 고상한 말을 늘어놓아도 이치에 닿지
않는다. 마치 쓰레기를 비단 보자기에 싸도 쓰레기인 것처럼
냄새가 난다. 냄새나는 보자기에서 신비로운 향기를 기대할
수 없다. 오히려 비단 보자기만 아까울 뿐이다.

강자앤 시인이 또 다른 시를 살펴보자.

일상생활 속에
근면 성실한 사람은
늘 좋은 경험을 하며 살아갑니다

그러나 늘 불평을 늘어놓고
삶의 의욕을 잃은 자는
만사가 귀찮아지는 행동으로
타인에게까지 타격을 입힙니다

움직인 만큼
배워가는 것도 많았기 때문에
자존심은 버리고
자존감으로 삶의 질을 높인다

자기 자신을 위한
사랑으로 가는 길이
승리하기 때문입니다
- 시 「삶 속에 행복」 전문

 시인은 시 「삶 속에서 행복」을 통해서 자기를 사랑하는 길은 '배움의 길'이라고 분명하게 말한다. 글쓰기는 그 재주를 타고나기도 하지만 다양한 경험을 통해 얻는 경우가 대부분이다. 다시 말해, 타고난 재주가 뛰어나다고 해도 성실하게 애쓰지 않으면 그 재능을 완전하게 드러낼 수 없다는 의미다.
 글 쓰는 능력은 보고 듣고 아는 만큼 나온다. 보고 들은 것이 많아야 막힌 곳이 없는 법이다. 그래야 언어와 문장은 기이하고 뛰어나며 글의 깊이가 크고 넓어지는 것이다.
 그런 의미에서 책 읽기를 강조하고 싶다. 독서와 글쓰기는 마치 한 벌의 옷과 같다. 윗도리만 입고 밖에 나갈 수 없다. 물론 아랫도리만 입고 뛰어봐야 자세가 나오지 않는다. 독서와 글쓰기가 어우러졌을 때 좋은 시가 나오는 법이다.

너와 나
우리 모두 같이 가는 길에
항상 감사한 마음으로
날마다 당신을 기억하고 있습니다

아침에는 환한 미소로
낮에는 활기찬 열정으로
밤에는 편안한 마음으로
즐거운 말 한마디에
축복을 줍니다

하루를 후회보다 만족하며
꽃은 아름다움을 약속하고
공기는 맑은 산소를 약속하듯이

삶에 지치고 힘들 때
어디에선가
당신을 위한 기도가 있다는 것을
믿음으로 받아들이시면 됩니다
　　　　－ 시「당신을 위한 기도」전문

　사람이 사람에게 줄 수 있는 가장 큰 선물은 말글이다. 물론 사람에게 가장 큰 상처가 되는 것도 역시 말글이다. 시인은 오늘도 감사의 마음을 글로 표현하고 있다. 즐거운 말 한마디로 축복을 전하고자 한다.
　강자앤 시집『기다려 보네. 사랑이여』에 나타난 시의 특징은 한마디로 '이해하기 쉽고 진실이 담긴 글'이다.
　쉬운 글이란 도대체 어떤 글일까? 바로 마음으로 그릴 수 있는 글이다. 거짓으로 글을 꾸미고 장식해서 실제 형상과 다른 모습을 애기한다면 그 글은 쉬운 글이 결코 아니다. 그렇다면 쉬운 글은 어떻게 쓸까? 조선시대의 작가 이수광은 『지봉유설(芝峯類說)』「문장 文」에서 다음과 같이 세 가지 방법을 제시한다. 첫째는 우리 주변에서 흔히 볼 수 있는 소재를 활용하라는 것이다. 안개 낀 아침이나 달 밝은 밤, 짙은 나무 그늘과 비가 내리는 때를 만나면 문득 감흥이 일어나 시를 읊게 되고 문장의 구상이 떠올라서 글이 써질 것이다. 생동감이 있는 살아있는 글을 쓰는 방법이다.

둘째는 알기 쉬운 글을 써라. 다시 말해 복잡하고 번거로운 글이 아닌 간결한 문장으로 써야 한다. 마음으로 시를 쓰는 것이다. 마음에 싹튼 사랑으로 사람의 마음을 사야 한다. 그러기 위해서는 간결하고 명확하며 쉬운 글로 자주 퇴고를 해야 한다. 보고 또 보고 읽고 또 읽으면서 무슨 말인지 읽어보고 이해할 수 있는 쉬운 글로 고치고 또 고쳐야 한다.

셋째는 외우기에 쉬운 문장으로 쓰라. 다시 말해 쉽게 이해할 수 있는 쉬운 글을 쓰라는 것이다.

그런데 오늘날 시를 쓰는 시인들은 이해하기 어려운 시를 잘 지은 글로 생각하는 경향이 있다. 흔한 것은 쉬운 것이 아니다. 오히려 흔한 그것은 고민하는 풀기 어려운 문제인 셈이다. 흔한 것은 결코 싸구려가 아니다. 오히려 같은 문제가 반복된다는 의미를 담는 것이 아닐까.

하늘은 높고
구름은 유유히 떠다니며
자연 속에 나뭇잎과 나

길가에는
코스모스 한들한들
참 평화로운 날임에
틀림없다

내 마음 두둥실
뭉게구름에
사랑을 보내고픈
마음이다

편안한 마음으로
가만히 생각해보니
즐겁고 행복했던 날들

어둡고 힘들었던
과거는
세월에 잊혀 가고

자연아
사람아

우리들의 소망을
노래에 담아
감사의 인사를
하늘에 띄워 보내련다
- 시 「뭉게구름」 전문

얼마나 쉽고 편안한 시인가. 시인은 자연과 이웃과 더불어
사는 삶을 통해서 행복의 소망을 담아 노래하고 감사의 마음

을 담아서 인생의 시를 쓰고 있다.

시를 쓰려면 먼저 새로운 깨달음이 있어야 한다. 처음 시를 짓는 법을 배우는 사람은 먼저 생각을 어떻게 표현할 것인가 배워야 한다. 마음과 뜻을 전달하기 위해서는 글쓰기 연습이 필요하다.

시인은 손으로 쓰고, 입으로 뱉어내며, 눈으로 보고, 귀로 들은 다음에야 겨우 한 구절의 문장을 완성할 수 있다. 눈, 목, 코, 입, 살갗의 다섯 가지 감각과 기쁨, 분노, 슬픔, 즐거움, 사랑, 미움의 여섯 가지가 부지런히 애쓰고 작동해야 시를 지을 수 있다.

다시 말해 생각이 지혜롭지 못하면 훌륭한 시가 나오지 않는다. 마음이 맑지 못하면 생각이 지혜롭지 못하다. 밝고 지혜로운 생각으로 시를 쓰고 느끼고 읊어야만 사람들의 감정을 깨울 수 있다. 그러기 위해선 무엇보다도 자신을 사랑하는 마음이 있어야 아름다운 글이 탄생하지 않을까?

나는 나를 사랑해야 할
이유를 부여하고 싶다

이곳까지 오면서
다양한 일들

어쩌면 행복한 날보다
깊은 고난 속에
하나의 열매를 맺듯
힘든 고난들

사랑과 행복
불행과 슬픔

직접 체험하고
배움의 토대에서
경지는 아닐지라도

지혜로움에서
인생을 배우고
사랑을 배웠다

어둠을 뚫고 사랑으로
헤쳐나갈 때
나 자신 위한 시간에서
더 행복하고

승리하는 기쁨으로
내가 나에게
아낌없는 찬사를 주련다
– 시 「나를 사랑하노라」 전문

　시인은 직접 체험하는 삶 속에서, 혹은 배움의 토대에서 지혜로움과 인생을 배우고 사랑을 배워야 한다. 그런 의미에서 시인은 언제나 어디에서나 부단히 글 쓰는 재료를 모으고 적바림(메모)하는 삶을 살아야 한다.
　강자앤 시인도 마찬가지다. 아름다운 글말을 만나거나 기발한 비유나 빼어난 문장을 만나면 항상 작은 쪽지에 혹은 메모장에 기록해서 간직하기도 한다. 나중에 시를 지을 때 녹이고 다듬어서 사용하려는 마음이 있기 때문이다.

이제 강자앤 시인은 어느덧 중년의 삶을 맞이하고 있다. 시는 아름답고 소중하다. 그러기에 오늘도 황폐해지고 텅 비어가는 가슴속을 사랑의 노래로 채우려고 한다.

우리가 살아왔던 하루하루는 결코 헛된 것이 아니다. 과거를 기억으로 불러와서 재현하고 오늘의 삶을 진솔하게 털어놓을 이야기가 많다. 그래서 매일 매일 시 쓰기는 삶의 성찰과 질문을 던진다. 그리고 시 쓰는 시간을 정하고 그 시간을 온전히 소유해야 글 쓰는 힘이 생긴다.

봄이 오면 꽃피고
새들이 찾아와
지지배배
반갑게
노래 불러주고

봄에 연둣빛 이파리
여름철에는
청록색으로
갈아입어
푸름을 자랑하건만

가을 되면 오곡들
열매가 알알이
누렇게 익어
고개 숙이고
이파리
변하여 누렇게 변한다

나무는 겨울이면
맨몸으로
추위를 맞아
사람과 다르게
눈 맞는 게 특이하다

사람은 한번 가면
올 수 없으나
나무와 식물들
철마다 바꿔가며
새 옷 입는 삶을 산다
- 시 「계절은 변한다」 전문

　세월은 흐르고 계절은 변한다. 시인은 오늘에 머무를 수 없다. 나무와 식물들처럼 새 옷 입는 삶을 살아야 한다.
　글을 쓰며 살고 있고, 글을 쓰기 위해 오늘도 부단히 노력하고 있다. 중요한 것은 삶의 과정이다. 시 쓰기는 경험이 중요하다. 시인이 할 일은 계속 작품 활동을 이어나가는 새로운 방법을 배우는 것이다.
　사람이 시를 쓰는 것은 나무에 꽃이 피는 것과 같다. 나무를 심은 사람은 가장 먼저 뿌리를 북돋우고 줄기를 바로 잡는다. 그리고 가지와 잎이 돋아나면 꽃이 피는 것이다. 나무의 뿌리를 북돋우어주는 것은 진실한 마음으로 온갖 정성을 쏟는 것이다. 줄기를 바로잡는 것은 부지런히 글쓰기를 실천하는 것이다. 가지와 잎이 돋아나는 것은 널리 보고 두루 돌아다녀야 한다.

강자앤 시인은 시를 쓰면서 오랫동안 인생을 배웠다. 어느덧 세 권의 시집을 발간했다. 그는 삶의 실천을 통해 시행착오를 통해 배우는 것, 글로 자신의 적절한 목소리, 자신만의 독특한 목소리를 직접 찾는 것, 오늘도 시인은 끊임없이 노력하고 있다. 그는 오늘도 새 옷 입는 삶으로 '사랑의 시 쓰기'에 전념하면서 살아가고 있다. 그가 입는 새로운 가치관은 바로 '사랑의 시 쓰기' 활동이다.

뜨거운 열정에 박수를 보낸다. 아울러 건승을 기원한다.

3. 눈물과 행복으로 쓴 아픔과 성장 일기

– 최정식 첫 수필집 『바보 아빠』

어릴 적 추억을 되새겨보면 순수하고 깨끗하다. 아무리 짓궂은 장난을 쳤어도 그 마음과 생각이 단순했기 때문이다. 힘겨운 삶을 살다 보면 우리는 어린 시절의 순수를 그냥 잃어버리고 산다. 이리저리 욕심에 휩쓸리고 조급함으로 상처를 입으면서 산다. 그때마다 어릴 적 기억을 꺼내 복잡하고 때묻은 마음을 씻어 내곤 한다.

순수와 설렘을 오래 간직하는 방법은 내가 살아가는 삶을 귀하고 아름답게 하는 방법이다.

2023년에 훌륭한 친구를 글로 다시 만났다. 옛 시절의 추억을 보물로 삼으면서 순수와 설렘을 오래도록 간직한 수필가를 만났다. 내 인생의 소중한 만남이 아닌가 싶다.

바로 고양시에 거주하는 최정식 수필가다. 그의 인생은 두 번의 값진 인생을 살고 있다. 산을 등반하던 도중 낙상 사고로 목숨을 잃는 절체절명의 순간을 극복하고 새로운 인생을 살아가고 있기 때문이다. 그 삶의 모습을 모두 세상에 글로 발표하면서 마침내 제22회 계간 글벗 수필부문 신인상을 받게 되었다.

그의 수필은 가슴에 오래도록 남는다. 왜냐하면 가슴에 쓰인 이야기이기 때문이다.

나는 최정식의 수필집을 "가슴에 남는 이야기"라고 감히 말하고 싶다. 그는 오래도록 일기를 써오고 있다. 성공한 사람들의 공통된 특징은 '적바림의 글'이다. 그는 늘 메모하면서 글을 쓴다. 순간을 놓치지 않고 계속해서 적는다.

작가는 자신의 책을 이렇게 소개하고 있다.

"인생 60년, 희로애락의 삶을 드라마틱한 감성으로 노래한 생활 속에 사람 사는 이야기, 웃음꽃과 사랑꽃 이야기"

그의 수필 속에는 수없이 자주 등장하는 말이 있다. 고맙고 감사하다는 말이다. 고맙다는 말을 헤아려 보니 21번, 감사하다는 표현이 38번이나 나온다.

본인의 말대로 작가는 "꿀맛처럼 인생을 사는 것"이 아닌가 한다. 그는 세상을 살아가는 이야기에 『바보 아빠』의 인생의 모든 것을 담아내고 있다. 착하고 예쁘게 태어난 최가네의 인생 예찬이라는 기나긴 장편의 역사적 수필인 셈이다. 고뇌에 찬 집필과 편집으로 정리해서, 인생길 화려한 웃음꽃으로 피워내야 하겠다고 다짐한 것을 실천한 것이다.

가슴에 쓰인 것은 결코 잊혀지지 않는다.

키는 훤칠하였으나, 깡마른 체구로 살기 좋은 살아 볼만한 야심 찬 꿈을 안고 태어난 그때부터 오늘이라는 현재의 삶까지 "한번은 잘살아보세!"로 부와 명예 등 그 무엇을 위해 숨가쁜 걷기와 달리기, 뜀박질해왔는지 밀물이 되어 가슴이 벅차기만 하다.

개구쟁이의 유년기를 거치고, 초등학교와 중 고등학교, 대학과 대학원, 군인의 길과 공직의 직장생활 등, 그 이상의 꿈을 향한 도전은 중간에 브레이크 한 번도 제대로 밟아보지를 못한 채, 액셀러레이터만 힘겹게 밟아온 삶이다.

– 수필집 『바보 아빠』 작가의 말 「사랑꽃을 피워내며」 중에서

가슴에 남는 이야기만이 내 삶의 참된 이야기다. 그것을 끝까지 품고 사는 것이 우리가 해야 할 일이다. 그래서 우리는 가슴에 남는 이야기를 기록해야 한다. 가슴에 남아 우리를 지탱해 줄 이야기가 많이 있어야 한다. 바로 최정식 수필가의 인생 이야기가 그렇다.

최정식 수필가는 자신을 '바보 소년', '바보 소위', '바보 아빠'라고 스스로 칭한다. 그의 말대로 '바보 아빠의 삶'은 인생길의 멋진 피날레의 팡파르(fanfare)를 울리고 있다. 한마디로 등반 도중 낙상 사고로 인생의 아픔을 겪었다. 하지만 지금은 대만족의 성공으로 기쁨이 넘실대는 행복한 삶을 살고 있다. 그의 말대로 이제 남은 삶의 여정에서 "인생은 꿀맛처럼 살고 싶다."를 외치고 있다. 어제보다 오늘이 더 좋고, 더 맛있고, 멋있는 인생의 소풍길에 나서고 있다. 그것도 휘파람을 불어가면서 느긋한 여유로 뚜벅뚜벅 걸어가고 있다.

바보 소년의 부모님께서는 너무나도 고생스러운 삶을 사신

아프고 슬픈 기억들이 한가득 남아, 가슴 한켠에서 숨을 쉰다. 어린 시절의 풍경들은 회자되고 있다.

현재에 와서는 손주들이 태어나서부터 초등학교에 입학할 때까지 하루의 기억을 찾아주기 위해서 일거수일투족의 성장과 변화해가는 움직임, 활동들을 담아 글로 정리하여 저장시키고 있다. 할아버지가 된 바보 아빠는 정성을 다하여 일기를 쓰고 있다.

바보 소년의 꿈은 아직은 알 수가 없었다.

– 수필 「꾸러기와 하얀 손수건」 중에서

바보 아빠는 오늘도 매일 일기를 쓰고 있다. 훗날 되돌이 볼 때 흐뭇해하면서 혼자라도 웃을 수 있는 이야기를 지금 쓰고 있다. 진정한 삶은 내 가슴에 쓰인 다음, 타인의 가슴에도 그대로 전해지는 법이다.

최정식 수필가는 수필집 첫머리의 「작가의 말」에서 또다시 이렇게 이야기한다.

이제 먼 훗날에 책 몇 권(합창 소리, 몸부림, 가시덤풀, 할아버지 일기, 시집 등)은 최가네의 혼과 열정과 사랑이 담긴 아름다운 꿈과 희망이 되어 있을 것이다. 이는 삶의 야심 찬 도전의 산물로 만들어지고, 재산으로 남겨둘 수 있어 바보 아빠라는 존재에게 박수를 보내고 있다.

앞으로 수필집 4권은 물론 시집을 출간할 준비가 완료되었다는 이야기다. 참으로 놀라지 않을 수 없다. 아직도 가슴으로 쓴 이야기들, 세상 사는 이야기를 완성했으니 '바보 아빠'가 아니라 '작가 아빠'가 아니겠는가. 사실 세상에 많은 이야기들이 흘러가 버린다.

봄이면 겨우내 가두어 두었던 저수지와 발전소에서는 물을 방류하고, 봄비까지 많은 양이 내리었다 어느 때에는 물 반 고기 반이라는 말이 실감 날 정도로 많았다.

논에는 미꾸라지가 가득하여 쪽대로 논 안에 물골을 내어 밀고 다니면서 미꾸라지를 잡던 기억, 개울과 개울 사이의 중간을 흙으로 쌓아 막은 후에는 그 안의 물을 뿜어내고 물고기를 잡던 일, 동진강 강가에는 메기 등 고기가 얼마나 많았던지 작살 도구를 이용하여 고기를 잡던 어린 시절의 추억들도 많다.

'안되면 막고 품어라.'라는 이야기가 실감이 나는 어린 시절이었다. 그 시절, 당시에는 미꾸라지를 잡아 판매하는 일이 큰 수입원이 되던 시절이다.

– 수필 「자연 속에 순박한 동심 놀이」 중에서

어릴 적 추억을 꺼내 보면 순수하고 깨끗하다. 아무리 짓궂은 장난을 해도 그 마음과 생각이 순수하다. 살아가다 보면 우리는 어린 시절의 순수함을 잊어버리고 이리저리 휩쓸린다. 그때마다 어릴 적 추억을 꺼내 복잡하고 때 묻은 마음을 정화하면 어떨까?

최정식 수필가는 철부지 바보 소년의 기억에 저장되었던 어린 시절의 추억 하나하나를 다시금 꺼내어 우리에게 전하고 있다. 나중에 내 가슴에 아무것도 남아 있지 않는다면 우리의 삶이 얼마나 허망하겠는가? 그래서 진실과 사랑의 아름다운 인생 이야기가 가슴에 남는 이야기를 저장하고 기록해야 하는 것이 작가의 사명이다. 그런 의미에서 최정식 작가는 가슴에 쓰인 이야기로 자신의 삶을 새롭게 하고 있다. 아니,

스코틀랜드의 격언처럼 '참으로 기억되는 것은 가슴 속에 쓰인다'는 사실이 이 수필집을 통해서 증명되고 있다.

　최정식 수필가의 삶은 영리한 삶을 살아가기보다는 아주 긍정적으로 즐거운 삶을 사는 사람이라는 생각이 든다. 영리한 사람은 세상에 참으로 많다. 영리한 것이 나쁘지는 않다. 하지만 인생 전체로 볼 때 그것이 과연 최선인지는 생각해 볼 필요가 있다. 최정식 수필가의 말대로 '바보 아빠'로 사는 즐겁게 사는 인생을 우리에게 추천하는 것은 아닐까? 영리한 삶은 더 고달픈 인생이다. 언젠가는 자기보다 더 영리한 사람을 만나기 때문이다.

　최정식 수필가를 통해서 즐겁게 사는 인생이 행복하다는 사실을 다시금 깨닫는다. 즐거움에는 경쟁이나 비교가 없기 때문이다. 남의 영리함을 부러워하지 말고 자신의 소박한 기쁨을 즐기는 인생, 바로 최정식 작가가 우리에게 전해주는 교훈이 아닐까 한다.

　작가는 삶의 정상 근처에 도착하여, 지난날의 세월을 들추어 뒤적이며 뒤안길의 흔적을 열어보고 있다. 자신의 삶에 함께하고 수고해준 아내 수네 여사와 잘 성장하고 있는 변호사와 건설인, 선생님의 기쁜 일들이 삶의 희망으로 꽃핀 것이다. 보기 좋은 웃음꽃, 행복꽃을 피운 것이다.

　최정식 작가는 오늘도 글을 쓰면서 즐겁게 삶을 살고 있다. 그의 수필 작품은 우리 마음을 건강하게 해주고 있다. 아무리 좋은 글이라도 우리 마음을 혼란스럽게 하거나 어둡게 하면 나는 그 글을 피한다. 어떤 수필이든 결국 그 작품을 읽는 사람을 위한 것이어야 의미가 있다. 작가는 삶을 다양하게 표현할 수 있다. 하지만 본질적으로 사람을 살리고 기쁘게 하지 않는다면 진정한 글이라고 할 수 없기 때문이다.

내가 쓰는 글이 어떤 씨앗, 어떤 가치를 퍼트리고 있는가? 좋은 글 씨앗을 남길 때 비로소 좋은 가치가 매겨지는 것은 아닐까?

최정식 수필가의 글은 밝다. 희망적이다. 기쁨이 있다. 마음이 밝으면 글도 밝아진다. 마음이 즐거우면 글도 즐겁다. 아픔이 꼬리를 감추고 좋은 에너지가 우리의 몸을 일으키고 있다. 내 마음이 무엇을 아파하고 힘들어하는지부터 스스로 성찰하고 있다.

특별히 그의 글에서 나타난 또 다른 특징은 희망의 문학이다. 그는 산을 등반하는 중에서 낙상사고로 인한 죽음의 두려움을 극복하고 다시 제2의 인생을 살아가고 있다. 그는 삶에서 그는 죽음에 대한 두려움이 엄습할 때 붙들 수 있는 것은 오직 희망뿐이었다. 희망만이 두려움을 제거해 준다.

사고 당시에 다행히 피를 흘리었고, 신속한 응급처치가 이루어져서 찰나의 위급한 순간의 위기는 모면하고, 숨은 쉬고 있었다. 생명의 등불은 꺼지지 않았다.

그러나 치료한 의료진의 시술 결과는 등골이 오싹함으로 무섭기만한 결과였다. 하반신이 마비된다는 청천벽력 같은 말에 아내 수네 여사와 아이들 셋은 모두가 충격에 흔들리며 휘청이었다. 고난의 시작이다.

이후, 직장에도 긴급으로 보고는 이루어지고, 일요일 아침 동료 지휘관이 상황 파악차 도착하였다. 상황 보고 등 부단하게 움직이는 모습이 눈에 선하게 들어왔다. 발목을 잡는 것은 위수지역 이탈이니, 아무런 할 말도 없었다. 순창이나 잘 지키고 있어야 했다.

중환자실에서의 응급치료는 계속되었으나, 마산 삼성병원에서는 현 상태에서는 더 이상 치료할 것은 없고, 허리 수술만 잘하면 된다고 각종 검사와 의사 진단의 최종결론을 주고 있었다. 그때까지는 불구가 되더라도 죽지는 않고 살 수 있다는 희망은 있었다.
- 수필 「효심과 우정이 만들어낸 기적의 선물」 중에서

작가는 희망을 자주 말한다. 수필집에 총 34회 등장한다. 희망의 말을 하는 사람은 아픔을 회복해 나가지만 포기와 좌절에 빠진 삶은 회복되기 힘든 법이다. 사실 희망은 두려움의 유일한 해독제다. 희망만이 두려움을 이기고 새로운 세계를 보게 한다. 결국 희망의 언어를 사용해야 한다는 것이다. 최정식 작가는 앞에서도 언급한 것처럼 늘 '고맙다', '감사하다'라는 언어를 자주 사용한다.

또 최정식 작가가 자주 사용한 어휘는 '행복'이다. 총 62회 등장한다.

사실 내가 행복하기 위해서는 남이 행복해야 한다. 남과 상관없는 나만의 행복이란 결코 존재하지 않는다. 내가 최정식 작가를 학군장교(ROTC) 동기로 만나고 작가로 만나면서 절실하게 깨달은 것은 '행복은 소유가 아니라 관계에서 찾아온다.'는 것이다.

유태인의 격언 중에 이런 말이 있다.

"남을 행복하게 하는 것은 향수를 뿌리는 것과 같다. 향수를 뿌릴 때 자신에게도 몇 방울은 튄다."

남을 행복하게 하면 내가 행복하다. 내가 행복하면 남도 행복하다. 물론 자식이 행복하면 부모가 행복하고 아내가 행복하면 남편이 행복하다. 학생이 행복하면 교사도 행복하고 교

사가 행복하면 학교가 행복한 법이다. 한마디로 이웃이 행복하면 우리 집도 행복하다.

결론은 최정식 작가는 수필이라는 장르를 통해서 독자들에게 희망을 전하고 행복의 향기를 전하고 있다. 결국은 그 향기가 본인에게도 돌아와 행복을 만끽하는 것이 아닐까?

중위 시절의 마지막 직책은 인사장교로 참모 업무를 수행하게 되었다. 나름은 직책이 적성에 맞는 것 같기도 하였다. 그냥 그렇게 묻히어 세월은 흐르고 있었다.

참모직책을 수행해 가면서 잘한 것이라고는 집을 떠나와 수고하는 동기와 후배 장교들의 사기와 복지를 위해 관심을 갖고 정성과 사랑을 나눈 것이 작은 것이지만, 보람으로 남아 기억되고 웃으면서 회자하고 있었다.

이후, 남은 시간은 후배들과 함께 보내는 즐거움으로 시절을 회상하고 있었다. 후배들 모두 건강하고 행복하게 사시면 좋겠다는 생각이 밀려오면서 인생은 그렇게 가고 있었다.
– 수필 「산전수전 군 생활, 결혼과 사랑 찾기」 중에서

군 시절은 물론 지금도 그의 인간관계는 아름답고 따뜻하다. 그래서 그의 행복은 아직 끝나지 않았다. 이제부터 그동안 쌓은 경험과 지혜들이 좋은 일들을 만들어낸다. 그동안 작가의 고통과 눈물은 내일의 좋은 일을 맞이하기 위한 준비가 아닐까 한다.

아침은 날마다 새롭게 찾아온다. 봄도 다시 올 것이다. 물론 내일도 아프고 쓰린 일이 왜 없겠는가. 하지만 이웃과 함께 하는 사랑으로 극복할 것이다.

인생이라는 먼 길을 가려면 좋은 동행인이 있어야 한다. 바

로 가족과 친구, 동료가 소중하다. 최정식 작가가 수필에서 표현했던 것처럼 늘 가족과 친구, 그리고 동료들에게 고마움과 감사함으로 자신의 마음을 표현하면서 살아가고 있다. 필자는 그 아름다운 삶이 부럽다. 그리고 함께 배우고 싶다.

작가는 내 마음과 몸이 그들에게 깊이 의지하고 있으니까 그들 덕분에 오늘도 무사히 길을 걸어가고 있다.

어느 날이었다. 지난날을 회상하면서 느낀 감정은 아마도 빨간 투피스의 여학생 집에서는 이놈이 과연 괜찮은 놈인가. 우리 언니의 짝으로 이상은 없는지 정황을 판단하고 결정하기 위하여 파견된 정보 및 첩보원이었구나 라고 생각했다.

사는 환경과 여건을 보니, 어느 드라마나 영화에서 볼 수나 있는 빈민촌의 아들로 보이고 있었다. 셋째 딸을 주려고 생각하니, 갑갑하기는 하였던 모양새였다.

나이 60을 넘은 현시점에서는 셋째 딸이었던 아내 수네 여사가 그래도 부의 축적은 부족하지만, 9명의 형제자매 중에는 제일 행복한 삶을 누리며 잘살고 있다는 것은 분명한 사실이었다.

- 수필 「나아가야 할 방향은」 중에서

최정식 수필가의 인생의 만남에서 가장 소중한 만남은 바로 수네 여사의 만남이었다. 그것이 행복의 시작이었다. 이제 바로 군인으로서 작가로서 그가 나가야 할 방향은 '도전'과 '행복'이라는 방향이다.

어렵고 힘들었던 멋진 바보 아빠를 만나서 연애하고, 사랑하고 결혼하고, 사랑의 흔적을 세 개씩이나 남겨주신 나의 신부, 나의 아내, 수네 여사와 지혜와 지환, 지원이에게도 19번이라는 잦은 이사와 어렵고 힘들었던 환경과 여건에서도 희로애락의 순간들을 잘 참고 극복하여 주고, 사람 사는 세상으로 우뚝 솟아 웃어주는 그대들에게 바보 아빠가 주는 아름다운 행복의 훈장을 멋지게 달아주고 있었다.

– 수필 「사람과 장소는 삶의 중요한 안내자」 중에서

최정식 작가에게는 소중한 가족이 있다. 그리고 친구가 있고 동기가 있으며 이웃이 있다. 그래서 최정식 작가는 더 잘할 수 있을 것이다.

아직도 그의 뜨거운 희망과 아름다운 도전은 끝나지 않았다. 그래서 그의 행복은 계속되고 있다.

지금껏 최정식 작가가 살아온 63년의 삶은 대학에 진학하고, ROTC가 되어 장교의 길을 걷고, 빨간 투피스 여인을 만나 삶을 나누고 누린 것은 기쁨이고, 행운이었다. 사는 재미를 찾는 행복이었다. 이제는 이 모든 것을 글로 일기처럼 적어내려가고 있다.

끝으로 최정식 작가에게 부탁하고자 한다. 인생은 장거리 여행이기에 함께 하자고 말하고 싶다. 우리가 얻을 수 있는 모든 좋은 것은 많은 시간과 노력이 필요하다. 사람과의 관계든, 글을 쓰든, 그리고 기쁨을 함께 나누든 그 길은 아직도 멀다. 우리 모두 함께하길 소망하고 기원한다.

이제는 건강한 삶으로 그 어떤 욕심과 사심도 멀리하고, 바보 아빠의 것을 채우기에 급급한 삶이 아닌, 베풀고 나누는 희망의 공간에서 꿈을 노래하고 나누어 주는 바보 아빠이고 싶다.

살아온 63년의 삶은 대학을 가고, ROTC가 되어 장교의 길을 걷고, 빨간 투피스 여인을 만나 삶을 나누고 누린 것은 기쁨이고, 행운이었다. 사는 재미를 찾는 행복이었다. 바보 아빠와 함께 달려온 63년의 희로애락을 함께해 준 아는 사람들에게 작은 희망으로 삶을 노래하면서, 인생은 꿀맛처럼 신나게 살아가자고 삶의 메아리를 울리고 싶었다.
- 맺음말 「인연의 소중한 소풍길에서」 중에서

더불어 힘겨운 삶의 경주에서 멋지게 승리한 아름다운 삶을 축복하고 응원한다. 다시 한번 작가로서의 아름다운 도전과 새 출발을 응원한다. 언제나 건강하고 행복한 삶 속에서 멋진 글쓰기를 기대한다. 건강과 건필을 기원한다.

4. 문학적 자유를 통한 구도檻讖의 시심
- 김지희 시집 『슬픈 사랑 긴 그리움』을 읽고

　시는 왜 쓰는가? 시를 무엇 때문에 쓰는가? 그 효능에 대한 논의는 오랜 세월 갑론을박의 대상이었다. 예술은 지식의 샘물을 만드는 행위라 생각한다. 시가 즐거움을 주든 유용성에 기능이 있든, 서구의 'Poetry(시, 운문)'란 낱말이 의미하는 바와 같이 음악적인 구조와 기능을 갖는다. 한 마디로 시와 음악은 처음부터 함께 있는 것이다. 시가 노래가 되고 노래가 시가 되었던 것이다.

　르네상스 이후 서구는 자연을 인간화하였다. 반면에 동양은 인간을 자연과 하나가 되는 물아일체(物我一體), 물심일여(物心一如)의 사상을 갖고 있었다. 그런데 여기서 주목할 것은 우리의 문학이 불교나 도교, 기독교, 쉽게 말하면 철학과의 합일과 교섭에서 오는 묘한 어떤 구원, 혹은 구도적인 힘이 시에 담겨 있다는 점이다. 인간의 숙명적인 고통과 삶의 근원적인 물음을 성찰한다든지, 존재에 대한 인식, 구원에 대한 물음이 바로 그것이다. 바꾸어 말하면 아포리아(Aporia)에 관한 것이다. 그래서 시는 단순히 미적 대상만이 아닌 시인의 인생관과 세계관의 개인적 표현이라고 말할 수 있다.

이번에 출간한 김지희의 시집 『슬픈 사랑 긴 그리움』도 이와 연관된다. 그의 시는 문학적 진리로 자리매김한다. 그의 일련의 시들은 사실 사유(思惟)의 근원인 존재로 돌아가 그 진리를 찾으려고 노력한다. 본질적이며 근원적인 것, 신비로운 것, 사실 존재라는 것, 이것은 숨어있는 자신을 그대로 드러내려고 노력하는 것이다. 다시 말해 시적 존재를 통해 시인 자신을 널리 알리고 토로하는 일이다.

본질적으로 인간은 외롭고 힘겨운 존재다. 그 때문에 누군가와의 소통이 필요하리라. 그 소통의 매체가 바로 문학이라는 장르다.

> 홀연히 그저 자연을 벗 삼아
> 가슴에 사랑 씨앗 심었을 때
> 그 씨앗 아직은 필 수 있으리라
> 어느 날 우연히 다시 만날 수 있을 때
> 가슴속에 간직한 핑크빛 사연
> 고이 꺼내어 보여 줄 수 있을 때
> 내 마음이 그랬었다고 고백하리라
> 깊은 산 깊은 곳에 한 떨기
> 외로운 들꽃 한송이었다고
> – 시 「내 마음의 사랑」 중에서

자연과 벗 삼아 살아가면서 사랑이 꽃필 무렵이 되면 누구나 설렘 속에서 자신을 고백하기 마련이다. 자신의 처지와 상황을 말하고 자신의 존재를 은근히 드러내는 것이다. 시에서 보는 것처럼 시인은 외로운 들꽃으로 살아가는 자신의 모습을 고백하고 싶은 것이다.

이 세상에 고독하지 않은 인간은 없다. 이는 일반적으로 '혼자' 내지는 '외로움'이란 의미로 통용된다. 하지만 사회적 측면에서는 '혼자'라는 개념이 강하다. 심리적인 측면에서는 '외로움'이란 개념으로 표출된다.

따라서 이를 달래는 정신적 구조의 일부가 문학으로 표출되는 것이다.

만고의 시련 끝에
한 송이 피어나다
우아한 백련 송이
빗줄기에 힘없이
눈물방울 쪼르륵
장맛비 야속하다
우아하게 가는 길
바쁘게 재촉하네
내 의지 상관없이
난 떠나가네
- 시 「백련 빗줄기」 전문

시 한 편만으로 김지희 시인의 자기 존재를 분명하게 나타내고 있다. 시련, 야속함, 눈물방울, 떠나감. 결국 시를 통해 구원(救援)을 찾고 구도(求道)를 생각한다. 김지희 시인의 구도는 '자연의 소리'를 듣는 것에 시작한다.

그 존재의 확인은 '빗소리', '바람 소리', '계곡의 물소리'다. 한마디로 소리의 미학이라고 할까.

통통통 빗방울이
연잎 위 뱅글뱅글
잎사귀 휘청휘청
빗방울 소리 내어
퐁퐁퐁 재미있게
춤추며 뱅그르르
떨어진 빗방울이
연꽃잎 쓸어안고
내 마음에 떨어지네
– 시 「물망울」 전문

연꽃에 떨어지는 빗방울이 내 마음에도 떨어지는 모습이다. 마치 연꽃잎을 쓸어 안은 것처럼 그 소리를, 그 마음을 담은 것이다. 그 빗방울이 내 마음에 떨어지는 그 순간을 상상해 보라. 노자는 이 순간을 '황홀(恍惚)'이라고 표현했다. 마이농 (Meinong, 오스트리아 철학자)은 무(無), 둥근 사각, 현명한 바늘을 생각하면서 '정유(定有)로부터 벗어난 자유'라고 말했다. 그것은 어쩌면 '일상'과 통한다고 볼 수 있다.

청량한 계곡 소리는
마음의 때를 씻어 내리고
오가는 오솔길엔
내 근심 내려놓을 곳

봄날의 바람은 백설도 녹여주고
여름날에 녹색의 향연
가을에는 오곡백과 넘실거리듯
쪽길 문을 열어주니
겨울철 설한풍도 봄눈 녹듯이
포근히 감싸 안아
내 마음에 봄꽃 피우리
– 시 「사계절의 사랑」 전문

봄날의 계곡 물소리와 바람, 겨울철의 바람이 내 마음에 봄꽃을 피우는 존재다. 그 목소리를 담아서 시인은 노래한다. 비록 허공에 쓰는 글일지라도 그것은 '교감조응(交感照應)'이라고 할 수 있다. 귀가 열리고 혜안이 열리고 마음이 열리는 순간이다. 그것은 영혼의 울림으로 우리들의 마음에 비로자나(毘盧遮那)가 되어 신의 계시가 되어오는 울림이리라. 여기서 우리는 김지희 시인과 함께 글을 쓰는 숙명에 대하여 다시 한번 생각하게 된다.

그저 소리친다
무엇을 말하는 건지
남겨지지도 들어 주지도 않는
나의 수많은 독백은
그저 돌아오지 않는 메아리처럼
깨알같이 수많은 하고 싶은 말들이
하염없이 쏟아져 나온다
누구에게 쓰는 글일까
나 역시 궁금하다.
그러나 난 하염없이 써 내려 간다

그림도 그리고 노래 가사도
난 허공을 향하여 오늘도 하염없이
수많은 글을 써 내려 간다
허공 속으로
- 시 「허공에 쓰는 글」 전문

김지희 시인의 정서는 그리움이다. 그의 시집 표제시 「슬픈 사랑 긴 그리움」을 살펴보자. 그는 사랑했기에 가슴에 구름이 되고, 가슴이 저미는 순간을 맞이하게 된다. 그것은 아픔으로 다가오고 마침내 상처로 남는 것이다.

진정 사랑했던 그때 그 사랑은
가슴의 슬픔이 구름이 되고
구름이 뭉칠 때면 가슴이 저밉니다
저 밑에서 용솟음으로 올라오는 비구름은
바쁘게 휘몰아쳐 비가 되어 흘러내립니다
슬픈 사랑은 언제나 아픔이 되어
가슴 구석을 후벼 파듯
심장을 도려내듯이 아프게 합니다
그 아픔 또한 살아오는 내내
그리움으로 파고듭니다
어떻게 그 아픈 사랑이 살아오면서
긴 그리움으로 남아 있는지
아직도 슬픈 사랑 긴 그리움은
가슴에 상처가 되어 흘러내립니다
- 시 「슬픈 사랑 긴 그리움」 전문

그의 그리움은 사랑이라고 할 수 있다. 그것으로 풀꽃으로 피어나고 사랑으로 꽃이 핀다. 그 그리움은 소멸과 변화의 인식이라고 볼 수 있다.

안갯빛
그리움

풀꽃으로
피어나다
그리움도
사랑이다
– 시 「바람으로 보낸 그리움」 전문

시 창작에서 '향수(鄕愁)'는 동서고금을 막론하고, 많은 시인들이 표현하는 시적 대상이다. 우리의 원초적인 정서와 관련해서도 중요한 주제이기도 하다. 그 향수의 성격은 과거 회상적인 내용을 주로 하는 'Homesickness'가 되든지, 아니면 미래의 가치관적 세계 혹은 이상적인 세계를 내용으로 하는 'Nostalgia'가 되든지는 그리 중요하지 않다. 다만 이 두 정서가 발생하는 동인(動因)이 문제이다. 무엇 때문에 이미 과거의 시간에 가치를 두고 동경하는지, 혹은 어떤 이유로 미지의 공간과 미래의 시간에 상상되는 세계에 가치를 두고 동경하고 있는지?

아무래도 이러한 향수의 발생의 동인의 요소 중 가장 직접적인 영향을 끼치게 되는 것은 현실에 대한 부정적인 인식이다. 현실의 이러한 요소들을 진지하고 날카롭게 바라보며 깨닫게 되는 세계, 물론 이것은 과거의 시간에 대한 경험과의 관련 속에서 인식되는 세계이기도 하다. 그리고 살면서 체험이나 지식에 의해 구상된 주관적 세계와의 관련을 통해 얻어지는 인식의 세계일 수도 있다. 이때 현실을 지양하고 과거의 세계로 지향하거나 미래의 세계에 가치를 두는 태도를 보이게 된다.

별도 달도 없던 지난 밤
내 창만 하염없이 두드리는
저 울음보따리는 밤새 내 엄마 생각으로
거듭 잠 못들은 밤이었습니다
달이 떠나면서 두고 간 작은 조각배에
그 사연 담아 보내온
내 엄마의 연서인가 봅니다
이렇게 가슴 저미어 오는 걸 보니
밤새 추적거리는 하늘의 울음보따리는
내 엄마 생각에 잠 못 들게 한 것이 아니라
내가 가는 현실에 힘든 것들이
그저 저 하늘 울음보따리 핑계 삼아
엄마 그리운 척
내 그리움 만들어 낸 조각인 것 같습니다
- 시 「슬픈 보따리」 전문

그리움은 고향과 향수와 관련된다. 그 향수는 바로 어머니로 연결된다. 인간의 원초적인 정서와 닿아 있는 대상이기 때문이다. 어머니는 우리에게 시간적 개념의 첫 시작이 되는 존재다. 고향이 바로 어머니로 대신 표상이 되는 것이다. 어머니에 대한 기억들이 바로 향수의 근원이 되는 것이다. 따라서 김지희 시인의 경우, 문학 자체가 그의 그리움의 대상이고 위로기 되는 몰입이며 황홀함을 느끼는 문학적 자유를 추구한다는 것이다.

　따스한 차 한잔
　두 손 꼭 잡고서
　진하게 느끼는
　차 향기에 그대 모습
　떠올려 본다
　찻잔은 식어가는데
　머릿속에 떠오르는
　그 모습은 떠나질 않는다
　그대 향기까지
　다 마셔 버리는 건 아닌지
　찻잔 속에 드리워진 그리움도
　식어가는 차는
　어느새 다 마셔 버렸네
　- 시 「찻잔 속의 그리움」 전문

　그러나 찻잔의 그리움처럼 그리움은 때로 소멸하기도 한다. 하지만 새로운 그리움은 다시 또 생성하기 마련이다. 결국은 삶의 성찰을 통한 자신의 존재를 인식하는 것이다.
　결론적으로 김지희 시인의 첫 번째 시집 『슬픈 사랑, 긴 그리움』은 문학적 자유를 통한 그리움을 표출하고 있다. 그 그리움은 소멸하거나 다시 생성된다는 삶의 성찰을 통해서 문학적 황홀이라는 구도의 삶을 추구한다고 볼 수 있다. 어쩌면 시인은 그 황홀이라면 문학적 자유를 통해 새로운 삶의 활력과 문학적 의지를 표출하고 있다고 하겠다.

이제 새로운 문학적 탐구와 우리 고유의 문학 장르에 대한 도전을 다시 꿈꾸면 어떨까? 그의 건승을 기원한다.

제2부
사랑과 행복으로 빛다

1. 삶의 열정이 빚은 시적 상상력과 행복

　- 임효숙 시집 『들길이 맛나다』을 읽고

　글이란 나를 드러내는 도구이다. 나를 존중하는 가장 아름다운 무기이기도 하다. 시인에 걸맞는 글을 쓰는 일은 끊임없이 공부하고 고민해야 한다는 의미다.

　글이란 소통의 기본이자 인격이다. 글을 토해내면 소인이요. 글을 다듬으면 시인이다. 시인이라면 더욱 그래야 한다.

들길이
빵길이다

소보로
울퉁불퉁

자갈길
향기 속에

물 웅덩
하늘 담고

들길이 나무 그늘에
스며들어 맛나다
- 시조 「들길이 맛나다」 전문

　이 시조 작품은 임효숙 시인의 시조 등단작품이다. 시인이
어느 길을 걸으면서 느낀 감성을 맛있는 '소보로빵'에 비유한
개성적이고 톡톡 튀는 작품이다. 들길이 '빵길'이고 '소보로빵'
이란다. 그리고 물웅덩이에 하늘이 보인다. 들길이 나무 그늘
에 스며드니 산책길이 신나고 즐거워 맛이 난다고 했다. 동심
이 드러나는 독특하고 창의적인 작품이다.
　필자는 글을 쓰기 전에 꼭 하는 일이 있다. 컴퓨터의 국어
사전의 창을 띄우는 일이다. 그런 습관이 생긴 것은 오래전의
일이다. 글은 곧 말이다. 내가 쓴 단어를 사전에 다시 찾아보
는 일, 내가 쓴 단어 중에서 더 적절한 어휘가 있는지 확인하
는 일, 그리고 문맥에 맞게 단어를 썼는지 재차 확인한다.
　쓸 글이 많다고 해서 글을 잘 쓰는 것은 아니다. 그것을 어
떻게 표현하느냐가 관건이기 때문이다. 글을 쓸수록 어려운
가장 큰 요인은 어휘력 부족이다. 어휘력이 부족하면 글이 빈
곤해지고 맛이 없어진다. 내가 가진 것과 보여주는 것은 별개
의 문제다. 어휘력이 부족하면 가진 자료가 많아도 제대로 보
여줄 수가 없다.

어떻게 하면 어휘력을 키울 수 있을까? 많은 이가 독서를 적극 권한다. 옳은 말이다. 하지만 필자는 글 쓰는데 필요한 어휘력은 자신이 닮고 싶은 사람의 책을 읽고 필사하는 것이 가장 좋은 방법이라 생각한다. 나의 멘토이자 모델로 삼고 싶어 눈여겨 봐둔 작가의 글을 반복해서 읽고 필사하면 좋으리라. 그러다 보면 그 사람이 자주 쓰는 어휘를 자신도 모르게 흉내 내고 닮아가게 된다. 그러면서 자신만의 개성을 찾고 이를 뛰어넘는 글쓰기의 과정이 필요하다. 그래서 글 쓰는 이에게는 무엇보다도 국어사전을 수시로 찾아보는 것이 매우 중요하다.

내가 아는 시인 중에 열심히 독서하고 글 쓰는 열정을 늘 실천하는 작가가 몇몇 있다. 그중에 한 분이 바로 임효숙 시인이다. 임효숙 시인은 등단 전에 시집 『글이 나의 벗 되다』라는 시집을 이미 발간했다. 아울러 계간 글벗에서 시조 부문에 신인문학상을 수상하고 등단한 시인이다. 한마디로 열심히 공부하면서 새로운 것에 끊임없이 도전하는 창조적인 시인이다. 자신이 꿈꾸는 일과 관심 있는 분야에 열정으로 임하는 멋진 시인이기도 하다. 시인은 시집 첫머리 '시인의 말'에 남긴 것처럼 65세의 나이에 석사학위 과정을 졸업하고 지금도 배움의 열정을 불태우고 있다.

글의 어휘력은 나이테처럼 연륜이 드러나기 마련이다. 삶의 경험과 거기서 얻은 사유의 깊이가 글에 담기는 것이다. 한 해 한 해 늘어가는 나이에 걸맞게 어휘도 꾸준히 늘어나야 한다. 그러지 않으면 학창 시절에 익힌 어휘력 수준에 머물다가 생을 마감할지 모른다. 그래서 더 배움이 필요하다. 그 배움에 열심히 임하는 시인이 바로 임효숙 시인이다. 65살을 넘긴 그 열정이 눈이 부시다. 나이가 문제 되지 않는다.

　나이가 문제 될까
　도전은 생명이다
　어둡다 돋보기로
　노트북 불 밝히고
　어느새 세종대학원
　석사과정 학위식

　잘했다 토닥토닥
　스스로 격려하며
　힘겹게 달려온 길
　이제야 한숨 쉬네
　갈 길은 늘 멀고 먼 길
　달려갈 길 가보세
　－ 시조 「석사를 마치며」 전문

말 그대로 시인에게 도전은 생명이다. 배움에는 끝이 없다. 갈 길은 늘 멀고 먼 길이다. 그렇지만 시인은 멈추지 않는다. 시인답게 시를 쓰고 시인답게 말하고 어른답게 인간답게 말하고 싶어서일 게다.

　방안 끝 오랜 세월 흔들림 하나 없다
　책장 안 새 주인이 다소곳이 자리한다
　오랜만에 묵은 때 닦고 긴 여정을 쉼한다

　자리한 오늘부터 미소 띤 모습으로

새로운 공간 속에 행복을 전해준다
한 번씩 눈 맞추면서 커피 향에 머문다

언제나 있었던 듯 책장 속 가운데 자리
노력과 열정으로 가득한 결정체는
나를 더 낮추면서 늘 겸손하자 다진다
- 시조 「다짐」 전문

그의 배움의 열정에는 겸손이 있다. 글 나눔의 순간에도 시인은 더 배우려고 하고 더 알고자 원한다. 품격있는 삶을 위한 배움의 태도다.

드디어 제게 도착했네요.
시작이 잉태한 결과물
세종대 산업대학원
호텔관광외식 경영학 석사
곱게 다가와
어깨를 토닥토닥
내가 나에게 보내는 마음입니다

다시 도전할 대상은
글입니다

밑그림이 시작되어
글이 되고 벗이 될 날

탄생할 밑거름이
잘 숙성될 수 있길 바랍니다
감사합니다
- 「도착한 학위기」 전문

시인의 말처럼 글이 되고 벗이 될 날을 꿈꾸는 삶의 숙성을 희망하고 꿈꾸고 있다. 그의 시의 밑거름은 삶의 경험이다. 삶의 경험은 가장 중요한 글쓰기의 밑천이다. 글 문이 글쓰기가 막막할 때는 경험을 얘기하면 된다. 그리고 그 경험에 의미를 부여하고 인용을 달아준다.

밤이 긴 추분의 밤
그을린 검은빛 밤
바닷물 시린 마음
사각사각 아침 여네
떠오른 젊은 열정이
기나긴 밤 깨운다
– 시조 「추분」 전문

그의 삶의 열정은 밤을 지새우는 일로 번져간다. 몸은 연륜을 더했지만 배움에 있는 젊은 시인의 열정은 기나긴 밤을 깨우는 것이다.

두 번째로 임효숙 시인의 시의 근원은 사랑의 힘이다. 그가 배움에 임하고 글을 쓰는 것은 기적 같은 일이다. 그의 인간관계는 참으로 아름답다.

어느 날 부산에서 연천의 종자와 시인박물관을 첫걸음 하는 시인이 있었다. 먼 곳에서 연천의 종자와 시인박물관까지 찾아오시기에 불편하니 본인이 자청해서 모시고 오겠다는 것이다. 물론 행사가 끝나고 뒤돌아가는 과정에도 시인은 기꺼이 봉사하는 그런 성격의 시인이다.

사랑의 힘 우리 앞에
기적을 만들었고

우리의 나눔과 배려로
온 세상은 행복하다

사랑을 받을 때는
받아서 행복하고
사랑을 나눔 할 때는
온 세상에 기쁨이다

세월 앞에 장사 없듯
오늘처럼 건강하세요
아픔은 대신해 드리거나
나눌 수 없으니까요
  - 시조 「사랑은」 전문

　시인이 지닌 아름다운 철학이다. 사랑은 받고 나눔에 있음을 간파하고 행복한 삶, 건강한 삶을 추구한다. 그 사랑의 중심에는 가족이 함께하고 있다
　글말은 현실을 만들어 낸다. 실제로 그렇다. 말글은 마음의 알갱이다. 말글은 자기 생각과 마음이다. 말글이 바뀌면 생각과 마음이 바뀌고 생각과 마음이 바뀌면 행동이 바뀐다. 행동이 바뀌면 습관이 되고 습관이 바뀌면 현실이 된다. 모든 것은 말하는 대로, 글을 쓰는 대로 되는 것이다. 시작의 힘이 중요하다.

시작이 시작됐다
빗소리 바람 소리
길가에 예쁜 꽃들
미소로 응원받고

열매에 순수 속에
결실의 희망이 보여
행복하게 달렸다

달리다 구름 위에
꿈들을 그려보고
이상의 날개 펴고
독수리 벗도 되고
자그만 참새 무리에
푹 빠져도 보았다

시작의 힘이 있다
다리가 없는데도
달리는 시작의 힘
늘 우린 하고 있다
가을에 결실 앞에서
결정체는 다 컸다
- 시조 「시작의 힘」 전문

심리학에 자기실현적 예언 효과라는 게 있다. 사람은 공개
적으로 발언하면 거기에 맞춰 자신의 태도를 변경하는 경향
이 있다. 그 때문에 말한 내용이 현실에서 이루어질 가능성이
매우 높다는 이론이다. 심리학에서 말하는 이른바 피그말리온
효과(Pygmalion effect)다.

상대방에게 긍정적인 말을 건네면 상대방이 긍정적인 결과
를 만들어내고 부정적인 말을 하면 부정적인 결과를 낳는 법
이다. 이와 반대의 경우가 바로 골렘효과(Golem effect)다.
이는 사랑이 없는 행동이고 언어에서 비롯된 말이다.

마음을
한 보따리

한가득
챙겼어요

나누려
뚤레뚤레

골고루
챙겼어요

마음이
할 수 있는 건
마음 나눔 하는 일
– 시 「마음 나눔」 본문

　시인은 사랑의 마음을 나누고 글을 나누어야 한다. 독자와
나누는 언어 중에 행복의 말이 있었으면 좋겠다. 그 말은 긍
정이고 사랑의 말이어야 한다. 왜냐하면 말은 곧 씨가 되기
때문이다. 좋은 씨앗을 심으면 좋은 열매를 거두는 법이다.
콩을 심은 데 콩이 나고 팥을 심은 데서 팥이 나는 법이다.
뿌린 대로 거둔다는 말이 있지 않은가.
　시인이 사용하는 말글이 독자의 운명을 좌우할 수도 있다.
말글이 다짐이 되고 언약이 되어 꿈을 현실로 만드는 것이다.

　맑은 물 시냇가에
　두둥실 노란 참외

엄마는 치마폭에
건져서 안았다네
자식은 나 하나뿐인
무남독녀 외동딸

외로운 노란 참외
지혜로 두리뭉실
모양은 동글동글
집안의 보배로세
행복을 가꾸는 가족
꿀맛 나는 사랑맛
– 시조 「태몽 참외」 전문

무남독녀 외동딸인 본인이 지혜로운 사람이 되고 집안의
보배가 된 것이다. 그러면 그곳에는 무엇이 존재했을까? 바로
사랑의 언어다. 사랑의 말이 긍정의 젖줄이 되어 가족을 이끌
고 자녀를 양육한 것이다. 이 얼마나 아름답고 긍정적인 언어
인가. 결국은 사랑으로 인해 행복을 가꾸는 가족이 되었고 꿀
맛 나는 사랑을 맛본 것이 아닐까?

사랑해
나의 가족

좋아해
내 새끼들

세월이
흘러가니

오늘이
탄생했네

부모의
내리사랑은
젖줄 되어 키운다
- 시조 「젖줄」 전문

　그런데 그 사랑에는 열정이 있다. 또한 열정이 있는 곳에 물론 사랑이 있기는 하다. 시인은 글로써 사랑을 열정으로 심은 것이 아닐까?

가을이
붉게 탈 때
욕심을 내려놓고

식은 꿈
찻잔 속에
따스한 열정 넣다

빈 마음
녹인 사랑은
낙엽 향기 사랑차
- 시조 「사랑차」 전문

　그 열정은 욕심이 없는 열정이다. 마음을 비운 사랑이다. 어떤 대가도 바라지 않는 사랑이다. 다시 말해서 겸손함에서 시작된 욕심 없는 마음이다. 욕심을 버리는 태도가 눈부시다. 큰 대가를 바라거나 욕심을 내지 않기에 그 결과에 대해 후회가 없다.

텅 빈 공간 속에
아무것도 없음이라

욕심 든 내 마음을
허공에 날려보니

돌아온
메아리마저
허공중에 공이오
- 시조 「공」 전문

다시 말해 열정은 있으나 욕심은 없다는 말, 혹시 이해할 수 있겠는가. 가을에 자연의 소리를 들으면서 평화를 꿈꾸는 삶, 그것이 시인으로서 지닌 철학이다. 욕심을 내려놓고 열매도 내려놓는다. 가진 것을 모두 버리고 자연의 소리만을 듣고 싶은 것이다.

높은 하늘에 구름 두둥실
내 욕심 매달고
일렁일렁 그네 탄다

황금물결 파도치는
풍요로운 결실의 무게
살며시 내려놓는다

가을은 옷을 벗고
탐욕도 성냄도 벗어놓고
보내려는 바쁨 속에
나뭇잎 두드리며
바람 소리에 실려 오는
가을비 소나타

자연의 소리 들으며
눈감으니 마음에 평화 잠든다
- 시 「가을은」 중에서

시인은 욕심을 내려놓는다. 하지만 삶의 뚜렷한 목표를 갖고 사는 삶이다. 그것은 시인은 도전하는 삶, 꿈꾸는 삶이라고 말한다.

도전하는 삶은 성공의 비율이 높다. 임효숙 시인은 그렇게 글쓰기를 시작했고 머릿속에 그런 생각이 있었기 그의 꿈을 실천하고 있다.

시화전 품으셨소 종자는 잉태하네
조각한 시어들이 바위에 몸을 싣고
박물관 패션니스트 곳곳에서 뽐내네

무더위 열광 속에 찾아든 시인님들
진열된 시화들과 만남을 축복하네
수고로 봉사하신 맘 걸개마다 수놓네

구름도 바람처럼 말없이 쉬어가며
나무의 그늘 시화 펄럭이며 격려해

자식을 잉태하듯이 시집은 탄생했네

출판과 사인회로 행사장 빛내시고
모두들 행복하게 만드신 마술사님
종자와 시인 박물관 시비들과 영원하리
- 시조 「종자와 시인 박물관」 전문

시인은 2021년 연천 종자와 시인 박물관에서 열린 글벗시
화전에 참석하고 자신의 첫 시집 출판기념회를 가진 바가 있
다. 그 감회를 적은 시조 작품이다. 전국의 원근 각지에서 글
벗시화전과 출판기념회에 많은 지인이 다녀갔다. 그의 삶과
그의 인생, 그리고 그의 폭넓은 인간관계를 필자의 눈으로 직
접 만날 수 있었다.

사랑이 나눔 되어
시화전 골짜기에
우수수 쏟아지는
영롱한 시향 있어
난 내가 서 있는 곳에
오늘을 새긴다

비 오는 골짜기에
임자도 없는 빈 곳
빗소리 펄럭펄럭
시화들 응원한다
저 자리 서 있는 곳에
사랑 나눔 싹튼다

네 이름 가을향기

내 이름 가을은 사랑
네 별명 메리골드
내 별명 해바라기
나서서 화장 고치고
바람 따라 나선다
- 시조 「내가 서 있는 곳에」 전문

임효숙 시인의 삶에는 또 다른 나눔의 삶이 있다. 그것은 다름을 인정하고 믿음으로 사는 삶, 인연을 소중하게 나누는 삶인 것이다. 본인을 가을 향기라고 칭했고 가을은 사랑이라고 말한다. 그리고 꼭 오고야 말 행복을 메리골드로부터 찾는다. 그리고 화장을 고치고 바람 따라나서는 시인의 모습이 아름답다.

나와는 다르기에
틀린 줄 알았었다
내 말이 안 통하고
내 멋대로 안 되기에
소중한 사실을 잊고
고집으로 살았다

나와는 다르지만
인정해 믿음 주고
신뢰로 나눔 하며
편하게 즐기는 자
인연의 끈을 꼭 잡고
행복하게 살았다
- 시조 「끈」 전문

간디의 묘비석에 이런 글귀가 쓰여 있다.

"내 삶이 나의 메시지다."

나의 메시지가 무엇인지 알고 싶거든 내가 어떻게 살았는지 바라보라는 의미일 것이다.

지금껏 임효숙 시인의 시와 시조 작품의 작품세계를 개략적으로 살펴보았다. 그의 시와 시조 작품에는 그의 삶과 열정이 묻어나 있다. 그의 시를 직접 만나서 그의 삶의 향기를 확인해도 좋을 것이다. 한마디로 그의 시와 시조 작품에 담긴 경향을 분석하면 열정 있는 삶, 욕심이 없는 삶, 그리고 나눔과 사랑의 삶, 목표가 있는 삶을 꿈꾼다.

다시 말해서 삶이 열정이 빚은 행복한 삶인 것이다. 그는 지금의 삶은 거저 얻은 '덤'으로 사는 삶이라고 말한다. 그 삶에서 행복이 묻어난다. 그 행복은 바로 사람과 사람의 인연, 그리고 긍정적인 삶에서 우러난 행복이다. 그래서 그의 시와 시조 작품이 더욱 빛난다.

빈손으로 왔기에
내 삶은 덤입니다
만나고 스친 인연
내 삶의 보물이다
오늘도 덤으로 사는
행복 속에 눈 뜬다
- 시조 「덤」 전문

이제 글을 마무리하고자 한다. 글 쓰는 것은 재능이 아니라 기술이다. 타고난 글재주는 없다는 말이다. 그렇다면 글쓰기는 무엇인가. 경험에서 비롯된 표현력이다. 좀 거창하게 말하면 수사법이다. 같은 내용이라도 어떻게 표현하느냐에 따라서 결과가 달라진다. 글쓰기는 노력의 결과다. 그리고 아무런 대가 없이 자신을 내어주는 사랑이다. 글쓰기는 이웃과 자식에게 홍시처럼 내어주는 열정이다.

> 까치밥 가지 끝에
> 목숨 줄 매달고서
> 동구 밖 자식 발길
> 눈 감고 귀 문 여네
> 붉은빛 사랑의 열정
> 내어주는 그 사랑
> ─시조 「홍시」 전문

뉴욕 센트럴파크에서 한 남자가 "나는 앞을 보지 못합니다."라고 쓰인 팻말을 들고 구걸하고 있었다. 그러나 사람들은 눈길조차 주지 않았다. 그 모습을 지켜보던 어떤 여인이 다가가 팻말의 문구를 고쳐 주었다. 그 뒤로 사람들이 모여들기 시작했고 동냥 바구니가 가득 채워졌다. 팻말에는 이렇게 쓰여 있었다.
"곧 봄이 오겠지만 나는 봄을 볼 수가 없습니다."

임효숙 시인의 매일 한 편 이상 글을 쓰려는 그의 열정을 존경한다. 그리고 창조적인 배움과 글 사랑의 도전을 응원한다. 그의 앞날에 문운이 창대하리라 확신하고 기대한다.

2. 시가 음악을 품은 사랑의 노래
- 이지아 첫 시집 『오봉산 아가씨』를 읽고

　삶에 있어서 문학은 인생에 대한 재발견이다. 이는 아름다운 성숙을 의미한다. 감각적 이미지로 꾸는 꿈, 깨어있는 의식으로 날개를 펴는 이상이기도 하다.

　시 쓰기는 감각이다. 관찰 감각, 사유 감각, 표현 감각이 발현된다. 관찰도 사유도 표현도 감각적으로 했을 때마다 감동과 신선한 정서적 파장을 일으킬 수 있다. 나만의 차별화된 시적 사유와 시적 감각이 생길 때 다양한 시 쓰기가 가능하다. 그래서 시인은 스스로 연구하고 개별화하여 자신만의 시적 세계에 도달해야 한다.

　좋은 시는 감동과 여운을 오랫동안 주는 작품이다. 시를 표현할 때 두 가지 축이 작동한다. 간절한 상황이 하나가 축이고 그 상황을 대신 표현할 객관적 상관물이 또 하나의 축이다.

나만의 간절한 상황은 지독히 예민한 상태의 정서적 문양, 존재론적 문양, 관계론적 문양으로 드러난다. 여기서 지독히 시적이고 예민한 상태라는 것은 구체적이고 간절한 경험 맥락을 가진 화자나 시적 대상이 어떤 구체적인 정황 속에서 드러난다.

대구에서 활동하는 가수이자 시인인 이지아 시인의 첫 시집 『오봉산 아가씨』에 실린 100편의 작품을 만날 수 있었다.

이지아 시인은 대구에서 미용실을 운영한다. 그리고 자신의 시로 노래하는 시인이다. 시인은 자신의 이야기를 시로 쓰고 자신의 감성을 직접 육성으로 노래를 부른다. 시집의 제목으로 등장하는 '오봉산 아가씨'도 바로 시인이 생활하는 대구의 침산동에 위치한 '오봉산'을 소재로 한다.

대구의 오봉산은 '침산'이라고 부르기도 한다. 달구벌 북쪽에 자리 잡은 대구문화의 발상지다. 산의 모양이 소가 누워있는 것 같아서 와우산 또는 봉우리가 다섯 개라 해서 오봉산이라고 부르고 있다. 이곳은 조선조 향토 출신인 서거정(徐居正)이 대구의 아름다운 열 곳을 골라 노래할 때 침산의 저녁 노을을 두고 '침산만조'라 한 유서 깊은 곳이다. 대구 오봉산은 일출과 일몰이 아름답기로 유명하다. 그 때문일까? 시인은 만남과 이별이 있는 오봉산의 연가를 노래한 듯하다.

이지아 시인의 시의 특징을 한마디로 말한다면 "시와 음악이 만나는 최상의 연가"라고 말하고 싶다. 무엇보다도 눈길을 끄는 작품은 「오봉산 아가씨」, 「첫 느낌」 등이다.

표제시(標題詩)인 「오봉산 아가씨」를 감상해 보자.

구름도 돌아가는
오봉산 마루
첫사랑 그리움 하나
산새들 지저귀는 노랫소리
오가는 나그네
쉬어가는 꽃밭에
꽃잎에 새긴 사연
바람 따라 흐르고
노을 진 석양 아래
내 임 얼굴 그리며
오늘도 홀로 걷는
오봉산 아가씨

못 잊어 찾아왔네
오봉산 둘레길
옛사랑 그리움 하나
산새들 지저귀는 노랫소리
오가는 나그네
쉬어가는 꽃밭에
꽃잎에 새긴 사연
바람 따라 흐르고
노을진 석양 아래
내 임 얼굴 그리며
오늘도 홀로 걷는
오봉산 아가씨
– 시 「오봉산 아가씨」 전문

시적 자아인 '오봉산 아가씨'는 첫사랑의 그리움을 안고 있
다. 산새들의 노랫소리를 들으면서 꽃밭에 그리고 꽃잎에 담

긴 무수한 사연을 홀로 거닐면서 추억의 임을 회상한다. 그리고 잊지 못한 임을 그리워하면서 노래한다. 이지아 시인이 첫 시집의 주된 감성은 '사랑'과 '그리움'이다. '사랑'이란 시어는 40회, '그리움'은 24회 등장한다. 시적 자아가 어떤 대상을 그리움으로 품어 사랑으로 안듯이 이지아 시인의 시는 음악을 사랑으로 끌어안는다.

시가 음악을 끌어안는다는 의미는 무엇일까? 인간의 언어 가운데 가장 정제되고 순수한 것이 '시의 언어'다. 만일 이 시의 언어로 도저히 전하지 못하는 것이 있다면 어찌할 것인가? 시의 언어는 가장 아름다운 최상의 언어다. 다만 언어의 범주에서 벗어나지 못하는 언어이긴 하다. 따라서 시의 언어가 인간의 언어가 지닌 필연적인 속성인 '의미'의 굴레에서 벗어날 수는 없다. 바로 이 의미의 굴레에서 벗어나려고 하지만 그것은 역부족이다. 언어의 투쟁을 통해 의미의 굴레에서 벗어나려 하는 시인이 있다면 훌륭한 시도이자 아름다운 도전이다.

황혼에 지는 해가 서산에 걸려
지는 것이 아쉬워 머뭇거리고
갈대숲 끝자락을 맴돌면서
임 그리워 우는 원앙새

긴긴 이 밤의 별들의 속삭임
질투나게시리 다정한데
그리운 당신은
왜 이리도 나를 울립니까
내 작은 바람이 하나 있다면

당신을 내 가슴에 묻어두고서
행복을 꿈꾸는 여자이고 싶어요
나는 당신의 여자랍니다
– 시 「연가」 전문

이 시는 실제로 작곡자 장대성에 의해 노래로 만들어진 시
다. 시로써 다하지 못한 의미 전달의 방법으로 다른 대안을
찾을 수밖에 없었다. 그래서 시인은 언어의 범주를 벗어날 수
있는 또 하나의 언어를 생각하지 않을 수밖에 없다. 다름 아
닌 '음악이라는 언어'를 선택한다. 시의 언어를 노래라는 음악
의 언어로 호소할 수밖에 없었다. 다시 한번 말하자면 '음악
이 시의 언어를 끌어안은' 것이다. 왜냐하면 시는 본질적으로
음악을 지향하는 예술이기 때문이다.

한없이 가고 싶어도
머무는
종착지는 하나

백일홍 활짝 필 때
실바람 타고
그날은 오시려나

하루해는
저물어가고
어제처럼 애타게
기다리는데
어이해 못 오시나

저 강 너머에

외 등불만 깜박깜박
비 내리는 나의 종착지
- 시 「비 내리는 종착지」 전문

　다시 말하면 시는 음악을 내재적 구성 요소로 끌어안고 있
는 예술이다. 영국의 평론가 월터 페이터(Walter Pater)의 말
대로 한 걸음 더 나아가 모든 예술은 끊임없이 음악의 상태
를 지향한다. 시가 궁극적으로 추구하는 것은 다름 아닌 음악
의 경지가 아닐 수 없다. 시와 음악이 하나로 합쳐지는 예,
시의 언어가 끝나고 이 시의 언어를 이어받아 음악이 시작되
는 예, 다시 말하면 시의 음악화에 논의 초점을 맞출 수도 있
다. 물론 시의 음악화는 음악인의 자발적인 참여에 의해 이루
어지기도 하지만 경우에 따라 시인의 요청, 또는 소망에 의해
음악인이 '시의 음악화'를 시도하기도 한다. 결론적으로 말하
면 시인이 진실로 원하는 바는 시의 언어로 다 드러내지 못
하는 초월한 의미를 음악이라는 언어를 통해서 드러내고 싶
은 것이다.
　영국의 비평가이자 수필가인 월터 페이터(Walter Pater)의
말처럼 시인이 해야 할 일은 끊임없이 호기심을 갖고 새로운
생각을 시험해보고 새로운 인상을 받는 것이 매우 중요하다.
그런 의미에서 이지아 시인은 지금도 시의 언어로 다 말하지
못한 아쉬움을 음악이라는 언어를 통해서 계속적으로 도전하
고 있다.
　많은 사람들이 아끼는 글, 좋아하는 글을 보면, 한 가지 특
징이 있다. 운율감이다. 시가 아니어도 시처럼 혀끝에 감도는
운율, 리듬감이 있을 때 사람들은 거부하지 않고 시를 읽어나

가게 된다. 운율감, 리듬은 시에게만 있는 것은 아니다. 산문에도 은은한 리듬이 흐른다. 운율이 있는 문장은 쓰는 이도 즐겁고, 읽는 이도 즐겁다. 글쓰기를 즐기는 사람들의 글에는 항상 운율이 있다. 노래를 못하는 사람은 리듬, 박자를 무시하고 노래한다. 리듬을 무시한 노래는 듣기에도 거북하고 불편하다. 마찬가지로 운율을 무시한 시는 어색하고 전달력도 떨어진다. 한마디로 골치 아픈 글은 시로서 자격을 상실한다.

그리스의 철학자 디오게네스(Diogenes)는 이렇게 말한다. "도덕을 설교하면 사람들이 모여들지 않는다. 휘파람을 불며 몸을 흔들고 춤을 추면 사람들이 몰린다."

이지아 시인도 바로 그런 염원이 있기에 그의 시를 음악의 품에 안기게 하고 싶어 하는지도 모른다. 하지만 라이너 마리아 릴케(Rainer Maria Rike)의 말대로 "음악이 물리적 시간의 흐름을 거슬러 수직으로 세우는 것"은 결코 쉽지 않다. 시인이 원하는 '시의 음악화'는 시인 자신의 시 정신을 영원히 살아 숨 쉬게 하는 일이다. 그들의 시 정신을 릴케의 표현대로 "사멸을 향해 가는 심장의 / 길 위에 수직으로 서 있는 시간"으로 영원히 남기를 원하는 것이다. 그 때문에 이지아 시인은 끊임없이 도전한다. 바로 우리 겨레의 시가인 시조 쓰기에 도전한다.

앙상한 가지 끝에 물오른 새싹 물결
가슴에 차오르는 숨소리 들려온다
졸졸졸 계곡 물소리 노래하며 흐르네

늦겨울 추위 이긴 하늘의 빛난 빛살

살얼음 사이사이 봄버들 춤을 춘다
꽃소식 기다린다오 두근두근 뜨겁네
- 시조 「봄을 기다리며」 전문

운율이 있는 문장은 기억하기 쉽고 기억을 되살리기에도
좋다. 우리말의 특성상 글자 결합이 3·4 혹은 7·5가 될 때 리
듬감이 살아난다. 특히 4·4음보는 우리 전통 시가인 시조를
이루는 우리 민족의 노래다. 시를 큰 소리로 읽어보면 리듬이
들어있는지 들어있지 않은 지를 분간할 수 있다. 큰 소리로
읽을 때 운율감이 있는 글은 술술 막힘이 없다. 전래동화, 명
작 동화 속에도 우리의 운율은 들어있지 않은가. 시가 아무리
내용이 좋아도 운율을 살려내지 못하면 읽기 싫은 글이 되어
버린다. 이는 잘못 쓴 시, 시조가 된다.

소설가 이문열은 언젠가 그의 글쓰기 비법을 묻는 질문에
이렇게 밝혔다.

"저는 지금도 독자들에게 제 글이 부드럽고 인상적으로 읽히
길 기대할 때는 리듬에 맞추어서 씁니다. 우리에게 익숙한
리듬이란 3·4나 7·5가 아니겠어요. 소설에 리듬이 필요 없다
고 한다면 이는 틀린 말입니다.
- 문예중앙, 1998년 겨울호

음악도 마찬가지이겠지만 시는 인간의 혼을 일깨우는 예술
로서의 존재의 이유가 있다.

두 번째로 시는 교훈을 주는 설교다. 그 설교는 따분하지
않아야 한다. 그래서 시인은 세상을 가르치는 교사가 되어야
한다. 인생의 중요한 교훈을 독자에게 전달하는 시인이 되어

야 한다.

> 부모는 자녀들의 처음을 마주하고
> 자녀는 부모님이 마지막 지키지요
> 인생은 만남과 이별 가슴 아픈 이야기
>
> 어머니 뱃속에서 탯줄을 끊고 나와
> 자식과 부모 되어 잘살아 가는 우리
> 귀하고 소중한 인연 사랑하고 아끼리
> 세상에 없어서는 안 되는 피 나누다
> 부모는 자식에게 소중한 빛과 소금
> 자녀는 내 부모님께 희망이고 꿈이지
> – 시조 「소중한 인연」 전문

　시인은 시조 「소중한 인연」을 통해서 인생의 소중한 가
르침을 주고 있다. 인생의 만남과 이별을 부모와 자식간의 이
야기로 말한다. 사랑하고 아껴야 하는 존재로서 '빛과 소금',
그리고 '희망이고 꿈'이라고 말한다.
　멋진 시인은 독자들에게 때로는 가수가 되고 소설가가 되
어야 한다. 필요하다면 소품을 이용하고 이리저리 돌아다니면
서 손뼉도 치고 질문도 던지면서 노래도 불러야 한다. 그래야
만 독자들의 시선을 끌 수 있다. 관심을 집중시키려면 시인은
다양한 방법을 펼쳐야 한다. 지루한 노래는 결코 독자들의 주
목을 받지 못한다.

> 생각만 해도 / 바라만 봐도
> 좋은 사람아

까르르 / 웃을 때는
너무 멋진 당신

오로지 / 당신뿐인
내 마음 몰라주고

철없는 아이처럼 / 사랑의 조약돌만
던지는 사람아

당신을 알고 / 사랑을 알고
그리움도 알았네

나에겐 오로지 / 당신뿐인데

이러면 저러고 / 저러면 이러고
뽀드득거리는
당신이 미워 죽겠어

그런 / 내 마음 몰라주지만
보고 또 봐도 / 보고 싶은
당신은 내 사랑
행복하게 살아봅시다
– 시 「내 사랑 멋쟁이」 전문

고대 그리스의 철학자 디오게네스(Diogenes)는 이렇게 말
한다.
"시인은 글을 장악하는 모습을 보여주는 것도 중요하다. 문
장의 위치가 제멋대로이고 인용문이 힘을 가지지 못하면 사
람들은 시인의 말을 귀담아들으려 하지 않는다. 그냥 지나쳐

버릴 것이다."

인생길 험한 길에
우여곡절 많고 많지만
시련이 밀려와도
나는 나는 두렵지 않아
살다보면 해 뜰 날 올 테니

이제는 아무것도 생각을 말자
빈손으로 왔다가 빈 손으로
가는 것이 인생인 것을
이래도 한세상 저래도 한평생
노래에 인생 걸고 멋지게
아주 멋지게 살아갑시다
- 시 「인생」 전문

시인은 독자 앞에서 휘파람을 불고 춤을 춘다는 생각으로
출발해야 한다. 독자들은 설명이나 추상적 철학에는 별로 관
심이 없다. 사람들이 모인 이유는 이야기를 듣고 싶어서다.
그들은 진실한 그 뭔가를 만나고자 한다. 그 때문에 시는 일
단 재미가 필요하다. 하지만 재미만 노린다면 사람들이 속았
다고 느낄 수 있다. 재미 속에서도 '가르침'을 주어야 한다.
호라티우스의 격언처럼 "시는 즐거움이자 교육"이다.

가던 길 멈추고
돌아서서 그리움 안고
또다시 찾아갔네
나를 만나 행복했고

너를 만나 즐거웠지
인연인 줄 알았는데
누구의 잘못 없이
우린 헤어졌네

돌아선 그대와 나
이제는 남이 되었고
지금은 어느 임의
품에서 무얼 하며
어떻게 살고 있는지
너의 모습 보고 싶구나
두 번 다시 만날 수 없어도
꼭 행복해야 해
잘 살아야 해
- 시 「그리움」 전문

잘 쓴 시는 다른 사람들의 마음에 영향을 끼친다. 읽어도 아무런 반향이 일어나지 않는다면 헛수고가 된다. 그래서 시인은 자신의 마음을 전달하려는 꾸준한 노력과 연구가 필요하다. 바로 독자의 마음을 움직이는 시를 써야 한다.

독자의 마음을 움직이는 시는 어떤 시일까? 우리의 경험을 뒤져보면 "진실이 담긴 글"이라고 대답하게 된다. 그런데 그 진실은 문자로 나타나지 않고 구호 속에 있지 않다. 그냥 향기처럼 은은하게 다가올 뿐이다. 진실은 생생한 문장, 구체적인 문장 속에서 살아나는 속삭임이 있다. 읽으면서 가슴이 뭉클하거나 깨달음을 주는 글이 그런 글이다.

인생사 새옹지마

음과 양 있는 세상
부조화 속에 조화
무질서 속에 질서
그 속에 잘 살아가는
세상 사는 이야기

꽃길이 있다지만
가시밭길도 있네
자라난 환경들이
제각기 다른 사람
만나서 잘 살아가는
우리들의 인생길
－ 시조 「인생길」 전문

그의 시와 시조에는 항상 인생의 깨달음이 있다. 수많은 인
연을 만나면서 추억이 생기고 그리움이 생겨난다. 그래서 그
의 노래는 사랑의 연가다.

그대를 만나던 그날
첫 느낌이 왠지 좋았어
인연일까 운명일까
설레는 이 마음
말 못 하는 이 심정
너무 부끄러워
눈을 감아도 떠오르는 그 얼굴
보고 있어도 멀리 있어도
언제나 함께이지만
그날의 첫 느낌은
이내 가슴에
사랑의 꽃을 피웠어요
－ 시 「첫 느낌」 전문

이 시 역시 강희 작곡가와 함께 노래로 만든 시다. 사랑의 노래요. 시가 음악을 끌어안은 연가다.

특별히 의도하지 않았는데 우연한 기회에 작가가 된 사람들은 많다. 이지아 시인도 마찬가지다. 우연한 기회에 친구의 소개로 글쓰기에 입문하면서 다양한 장르의 글쓰기에 도전하여 마침내 첫 시집을 발간하게 된 것이다. 시인은 책을 쓸 거라고 단 한 번도 상상해 본 적이 없었다. 그런데 어느날 정신을 차리고 보니, 글을 도저히 멈출 수 없게 된 것이다. 매일매일 시를 쓰고 노래를 작사하고 심지어 노래를 부르게 된 것이다. 본인이 운영하는 미용실에 아예 노래방 기기를 설치하여 끊임없이 시를 쓰고 노래를 부르는 것이다.

파아란 하늘 향해
불어오는 잎샘 바람
양지 녘 언덕 위에
살포시 그린 그림
수 없이
가슴에 새긴
무지갯빛 사연들

예쁘게 수놓은 꿈
핑크빛 사랑으로
우연히 만난 운명
숙명의 인연 되어
소중한
그리움으로
가슴 속에 물들다
– 시조 「인연」 전문

시인은 오늘도 시로 노래로 마음의 그림을 그린다. 수없이 가슴에 새긴 무지갯빛 사연들이다. 마치 운명처럼 인연을 만나듯이 시를 만났고 노래를 만난 것이다. 그것은 이지아 시인의 꿈이 되었고 사랑이 되었고 운명이 되어버렸다. 그것이 마침내 소중한 인연으로, 그리움으로 자리 잡게 된 것이다.

시를 읽는 즐거움은 어디서 비롯되는 것일까? 예쁜 시어들이 운율을 잘 타고 있어서 낭송하기 좋으면 즐거움을 줄까? 거창한 웅변으로 감동을 끌어내면 시를 읽는 즐거움이 더할까? 그럴 수도 있겠다만 운문의 짧은 글 속에서 그 문장의 열 배가 넘는 이야기를 읽어낼 수 있다면 그게 바로 시를 읽는 즐거움이 아닐까 싶다.

이지아 시인의 시집 『오봉산 아가씨』에서 그런 '발견'의 즐거움을 만난다. 시 속에 또 다른 속뜻인 '메타포'가 얼마나 들어가 있느냐에 따라 시가 어려워지기도 하고 때로는 미소 짓게 하기도 한다. 하지만 이지아의 시는 독자들의 미소를 짓게 만든다. 시인은 시어들이 품은 뜻을 '발견'하고 '공감'하는 즐거움을 마음껏 누리는 것이다.

눈보라 속에서
방울방울 맺힌 핑크 천사

힘겨운 겨울 이기고
당당히 피었구나

손대면 터질 것 같은
봄 처녀 설렌 가슴

연분홍색 사랑이
아롱아롱 맺혔네
아름다운 너를
사랑해도 되겠니
- 시 「봄처녀 만나는 날」 전문

　먼저 언급해야 할 것이 있는데, 엄밀히 따지면 이 시집에 들어있는 시와 시조다. 이 시의 표면만 보면 겨울이 나가고 피어난 꽃을 아름답게 봄 처녀로 형상화한 시다. 그런데 이러한 시인의 마음을 읽어낸다면 또 다른 그림이 보인다. '손대면 터질 것 같은 봄 처녀의 설렌 가슴'은 시인의 기억에 아름답게 남아 있는 아름다운 추억이고 기다림이다. 그러다 보니 어느새 인생은 봄이요. 아름다운 성찰을 지닌 사랑의 고백이기도 하다. 시인은 여기서 멈추지 않는다. 시를 노랫말로 만들어서 직접 노래를 부르는 것이다.

　결론적으로 작가의 삶은 문학의 재료이다. 자신의 삶을 차분히 관찰한 후에 경험한 그것을 차분히 묘사할 때 시가 되고 노래가 되는 것이다. 시가 음악을 끌어안은 연가를 노래하는 시인, 그 부족한 감성을 최대한 실현하고픈 가수로 활동하는 시인, 바로 이지아 시인이다. 그의 첫 시집 출간을 응원한다. 더불어 그의 아름다운 연가가 온 누리에 널리 퍼지길 소망한다.

3. 행복을 꿈꾸는 젊음의 로맨스
- 조인형 시집 『73세의 여드름』을 읽고

사랑은 시간을 거스르는 힘이 있다. 나이가 들어서 노년을 절대 비관하지 않는다. 지금 머물러 있는 곳을 불평하지 않는다. 새로운 것에 대한 희망의 말을 하면서도 그곳으로 발걸음을 옮긴다. 다시 말해 떠남의 축복을 만끽한다. 두려움이 없어서가 아니다. 두려움보다 새로운 것에 대한 기쁨과 희망이 더 크기 때문이다.

조인형 시인의 첫 시집 『73세의 여드름』은 한마디로 젊음을 꿈꾸는 행복한 상상력이 결집한 시집이다.

새로운 지식을 얻기 위해서는 지금에서 떠나야 한다. 떠난 자만이 새로운 이야기의 주인공이 될 수 있기 때문이다. 새로운 가치를 발견하고 새로운 문화를 창출해야 한다.

시인은 그런 꿈을 꾸기 위해 끊임없이 탐구하고 배움에 참여하고 있다.

꿈이란
희망이요

삶의 원동력이며
존재의 의미다

꿈이란
소유하는 것
행복하다는
증거이기도 하다

황금 보화가
가득해도
꿈이 없다면
삭막하고 메마른
갈대숲과 같고

꿈이 사라지면
텅 빈 고목과도 같다
- 시 「꿈의 존재」전문

꿈을 꾸기 시작하면 예상치 못한 좋은 일들이 나타난다. 가장 먼저, 자신의 숨은 끼, 잠재된 능력을 깨닫게 된다.
"우아, 내 안에 이런 능력이 있었네. 나에게 이런 아이디어가 있었다니…"

조인형 시인은 일흔셋의 나이에 배움의 길에 나서고 있다. 꿈을 꾼다는 것은 용기 있는 지혜다. 용기가 없으면 어떤 천재성도 능력도 기적도 나타나지 않는다.

두근두근 하네요
아침 일찍 일어나

어린 학생처럼
책가방 챙기고
학교 가는 날

늦공부 하느라
밤잠을 설치고

일학년 마지막 시험
잘 보고 싶어

새벽길을 달려가니
우리 학교가 보이네

우리 교실이 날 부른다
몸속에 학구열이 넘친다
- 시 「늦깎이」 전문

일흔셋의 늦깎이 배움에 두근두근하는 설렌 마음, 밤잠을 설치고 새벽길을 달려가는 그의 열정이 눈부시다. 그의 열정은 꿈과 용기를 부른다. 그리고 그 꿈과 열정은 큰일을 하게 한다. 예기치 않은 열정이 일어나고 지혜가 생기며 끈기를 발휘하게 된다. 이것이 아마도 기적이 아닐까 한다.

어쩌면 이번 첫 시집 『73세의 여드름』의 발간은 그의 열정에서 비롯된 기적이 아닐까 한다.

꿈 있기에 아직도 백발의 청춘이라고 말하고 싶다.
꿈을 가지는 것은 꿈을 잘 꾸는 사람이기에 행복을 누리는 사람이라고 믿는다.
난 아직 청춘처럼 마음만은 젊고 철없는 다섯 살짜리 철부지 같다. 내 나이 고희를 넘어 시 창작에 입문하면서, 시를 읽고 쓰는 과정에 인생사 전부가 시의 자료임을 알게 되었다. 문학은 생이 저물어 가는 순간까지도 현역이기에 삶의 흔적이요 보람이요 위로가 된다고 여긴다. 시를 배우는 열정은 삶을 더욱 보람 있게 하고 뜻있게 살아가게 한다고 생각한다.
– 초판 시집 「머리에 두는 말」 중에서

조인형 시인은 자신을 다섯 살짜리 철부지라고 말한다. 그리고 생이 저물어가는 순간까지도 현역이라면서 삶의 흔적을 남기는 보람과 위로로 살아가겠다고 말한다.
첫 시집 발간을 앞두고 고민을 한 듯하다. 시를 고치고 퇴고하기를 여러 번 반복하면서 편집자를 힘들게 한 모양이다. 그만큼 시인에게는 큰 열정이 있다. 그의 시 공부가 그의 배움이 늦바람인지 모른다.
서평 원고를 내게 건네주면서 시인은 다시금 또 부탁한다. 혹시 오타나 잘못된 시어를 교정해 달란다. 얼마나 용기 있는 시작인가. 시인의 마음은 참으로 겸손하며 어린아이처럼 순수하다.

시원한 바람이 분다
교실 안으로 살며시 창문 열고
바람도 나의 마음을
아는 것처럼

내가 끙끙거리며
늦공부 하느라
비지땀 흘리는 것을

남쪽에서 부는 바람이
예쁜 글씨 쓰라고
노란 색종이에게 인사한다

내 얼굴을 살며시
어린아이처럼 만져주니
어둠의 터널에서
안개 그치듯이 사라지며
밝은 마음에 불빛이 나를 반겨준다
– 시 「늦바람」 전문

날마다 우리는 희망의 씨앗을 심는다. 어느 봄날 어쩌다 흙을 밀고 올라와 새싹을 틔우는 숭고한 모습을 본 적이 있다. 두리번거리는 듯한 그 작고 연한 초록의 모습이 얼마나 대견하고 멋지던지 저절로 감탄하게 된다. 어쩌면 조인형 시인은 시를 쓰는 새싹인지도 모른다. 어둡고 딱딱한 땅을 뚫고 나와 세상을 향해 두 팔을 벌리는 순간, 바람이 응원하고 노란 색종이 인사한다. 그뿐인가. 얼굴을 매만져 주고 어둠의 터널에서 밝은 마음의 불빛을 주는 것이다.

꿈이란 단어 적어 놓고
꽃바람처럼 스쳐 가며
희망을 꿈꾼다

꿈은 희망에 씨앗
내일의 목적지
꿈은 행복을 가지는 것

오늘도 꿈은 이정표 향해
달리기도 하고
넘어지기도 한다
꿈을 안고 살면
황혼기에도 늘푸르다
행복하려면 꿈을 꾸어라
— 시 「꿈 너스레」 전문

조인형 시인은 꿈을 꾸는 것이 행복이라고 말한다. 그리고 행복하게 살기 위해 꿈을 꾸라고 말한다.

그렇다면 꿈을 꾼다는 것은 무엇을 의미할까? 호기심을 가득 안고 날마다 새롭게 긍정적으로 사는 삶, 열심히 살아가는 것이 아닐까?

이 모든 일은 사랑이 있어야 가능하다. 삶에 대한 사랑, 나에 대한 사랑, 그리고 이웃에 대한 사랑이 세상의 모든 싹을 틔우는 힘이고 꿈을 실현하는 힘이 되는 것이다.

갈 길은 / 까마득하게 멀고 //
마음은 / 그지없이 바쁘고 //
시간은 / 티끌만큼도 없고 //
할 일은 / 태산처럼 쌓여 가는데 //

어찌하리 //
하고 싶은 것 / 너무나도 많아 //
보고 싶은 곳 / 너무너무 많고 //
이 애타는 가슴 / 어찌 어찌하리 //
사랑하지만 / 이룰 수 없고 //
그리워도 / 감춰야 하는 //
이 애태우는 내 마음 / 어찌 어찌하리 //
잊고 싶어도 / 잊을 수 없고 //
보고 싶어도 / 갈 수 없으니 //
무정한 인생사 / 어찌 어찌하리오
– 시 「어찌하리」 전문

　조인형 시집에 자주 등장하는 어휘가 '어찌하리'다. 시인의
고뇌가 담겨있는 호기심이자 힘이 된다. 결국 시인은 이 모든
일에는 사랑이 있어야 가능하다는 사실을 깨닫는다. 삶에 대
한 사랑, 나에 대한 사랑, 그리고 이웃에 대한 사랑이 세상의
모든 희망의 싹을 틔우는 힘이라는 사실을 깨닫는다.

　창가에
　부딪히는
　빗방울 소리는

　봄이 오는 소리일까
　꼬맹이들
　책을 읽는 소리일까

　진종일
　봄이 왔다고
　알려 주네

앙상한 가지에
사뿐히 내려와
사랑한다고
고백한다

꽃봉오리 맺어
예뻐지고
멋 부리면
나비 찾아올 거라고
속삭인다
- 시 「봄비 내리는 창」 전문

이진관의 노래 「인생은 미완성」 이란 노래가 있다. 그리다
마는 그림을 그리더라도 그리고 쓰다가 마는 편지가 되더라
도 우리는 현재 진행형으로 살아야 한다. 꽃봉오리의 가능성,
발전과 성숙의 기쁨, 새로움에 대한 호기심과 기대, 얼마나
귀하고 아름다운가. 비가 내리는 상황에서 꽃은 나비가 찾아
올 것이라는 기대 속에서 현재 진행형의 삶을 사는 것이다.
나의 상황이, 그리고 나의 부족함과 부끄러움이 사람들에게
더 매력적으로 보일 수도 있다. 어느 누구도 완벽한 사람은
없기 때문이다. 그런 의미에서 우리는 끝까지 배워야 한다.

노을 진 가을 하늘
둥실 떠다니는 구름
흘러가는 인생길의 여정

어려움 속에 애틋이 만났던
너와 나의 애달픈 사연은

석양의 타오르는 불꽃같이
내 가슴을 태워 버렸다

너는 나의 초가집의 꽃이 되고
나는 너의 듬직한 기둥이 된다

가버린 너의 흔적들
너는 떠났지만
내 가슴속엔 보내지 못하고
널 붙잡고 있다

아! 마른하늘에 날벼락
천둥소리가 들린다
눈 뻔히 뜨고 바라볼 뿐
붙잡지 못했다

날 두고 떠나갔어도
그대의 흔적은
어두워진 안갯속에
멈칫멈칫 머물러 있다

귓가에 속삭이는
귀뚜라미 소리는
밤 깊은 줄 모르고 구슬프다

너는 가고 없지만
우리의 사랑은 은퇴를 모르고
안개 낀 골목에서
서성거리며 눈물짓는다
- 시 「서정의 흔적」 전문

아내를 잃고 사랑하는 부모를 잃은 아픔을 기록한 시다. '사랑은 은퇴를 모른다.'는 시어가 인상적이다. 하지만 세월은 파도처럼 물결을 타고 우리를 향해서 달려온다. 시인은 그 세월 속에서 추억을 붙잡는다. 그리고 시를 쓰는 것이다. 시인은 시 쓰는 삶이 젊음이며 그리운 시절을 추억하는 것이 그의 삶의 행복임을 다음과 같이 말한다.

파도가 우리를 향해서
물결 타고 달려온다
가지 마세요

어여쁘고 우렁찬
목소리 철썩거리고
살짝 나를 붙잡는다

그리운 젊은 시절
비취 파라솔
그늘진 모래밭에 앉아
이야기꽃 활짝 피며
헤엄치고 물장구쳤지

갈매기 너울너울
바다 위에 날고
젊음의 낭만 허공에 띄우며
추억은 마냥 행복하여라
− 시 「파도가 부른다」 전문

파도라는 물결이 세월로 흘러갈 때 작가는 시를 쓰면서 추억을 노래하는 것이다. 그것이 행복이고 낭만인 것이다. 그런 삶은 삼백육십오일 내내 한결같다. 해오름달 새해 첫날이다. 시인은 이렇게 노래한다. 새해 첫날을 하얀 눈이 내린 날로 언어유희를 통한 새해의 기쁨을 노래한다. 마치 어머니를 만난 듯이 반가운 마음으로 순결한 마음으로 시를 쓰는 것이다.

  그리움처럼 쌓이는 흰 눈
  창가에 비치는
  나무 위에 앉아
  세상을 노래한디
  어머니같이
  고마운 하얀 눈
  오늘이 설날인 줄
  그대는 어떻게 알고
  다정하게 내려와
  세상에 순결한 미소를 주는가

  난 그대를 오랫동안
  보고 싶어

  태양아 저 멀리 가렴
  하얀 눈 다치면
  마음 아프니까
  – 시 「해오름달 첫날」 전문

이 시의 백미는 끝부분에 나타난다.
"태양아, 저 멀리 가렴 / 하얀 눈 다치면 / 마음 아프니까"
필자는 이 시를 보고 '젊음의 로맨스'가 떠올랐다. 다른 사람과의 로맨스는 끝날 때가 있다. 하지만 자신과의 로맨스는 평생 지속된다. 이 로맨스는 어떤 부작용도 없다. 갈수록 즐거움을 더해준다. 내 존재 자체는 물론이고 감정, 마음, 성격, 체력, 환경, 가족 등 나를 둘러싼 모든 것과 사랑을 나누면 세상 모든 것이 아름답게 보이는 법이다.

결국 타인을 향한 사랑도 자신을 사랑하는 것에서 출발하기 때문이다.

금발 머리 갈대
겨울바람에 하늘거리고

그대는 금발이 되어도
허리가 굽지 않은 몸매

한 점 부끄럼 없다고
고개 숙이지 않은 몸가짐

겨울이면 부동자세로
겨울밤을 지새우며

바람결에 살금살금
사랑을 속삭인다
– 시 「갈대」 진문

시인은 갈대와 같은 삶을 추구한다. 머리는 금발이지만 겨울바람을 이겨내고 꼿꼿하게 사는 삶, 부끄러움 없이 사는 삶, 그리고 사랑하면 사는 삶인 것이다.

우리가 살아가면서 여러 가지 노력을 한다. 공부하고 일하고 생각하고 어느 때는 일기와 같은 글을 쓰거나 시를 쓰기도 한다. 이러한 노력이 어디를 향할 때 가장 효과적일까? 자기 자신이다. 나를 향한 노력이 가장 귀한 투자가 아닐까 한다. 남을 가꾸기 전에 먼저 자신을 가꾸어야 한다. 그런 의미에서 남을 행복하기 위해서는 내가 행복해야 한다. 타인을 위한 사랑보다는 먼저 자신을 사랑하고 나아가 사람을 깊이 사랑할 줄 알아야 한다. 그런 다음에 사랑의 범위를 넓혀야 한다. 내가 서 있어야 남을 일으킬 수 있기 때문이다.

이제 시인이 젊음을 꿈꾼다. 오늘도 청춘을 돌려달라고 일흔셋의 여드름이 아우성치는 듯 시를 쓰고 있다. 청춘이란 착각 속에서 여드름을 짜는 삶, 다시 말해, 생각이나 삶의 태도가 젊음을 유지하는 삶, 다시 말해 시를 쓰면서 젊음의 노를 저어가며 사는 것은 아닐까? 시인은 그렇게 자신을 사랑하고 있다.

낯선 이국땅
이방인 길 찾듯이
심쿵하며 더듬는 볼살 위
여드름 부대가 떼창 하듯
시끄러워 가만히 들어보니

청춘을 돌려 달라
아우성치는 듯하다
열여덟에 피어난
여드름 자국 위에
황혼에 돋아난 철없는

너를 보며
만추의 울타리에
착각한 덩굴장미 피었다가
서리에 얼어 죽은 최후 생각나

은근슬쩍 겁이 났지만,
그래도 나는 청춘이란 착각에
여드름 짜면서 즐기고 있구나

인생이란 덧없이
흘러가는 강줄기 위
삶이란 배를 띄워 노 저으며
73세 황혼 녘 남모르게
여드름 만지며 미소 감추네
– 시 「73세의 여드름」 전문

　　이제 글을 마무리하려 한다. 시인은 자신을 '일흔셋의 고목'
으로 인정한다. 다만 고목인 매화가 꽃을 피우듯이 목숨을 다
해서 글을 쓰듯 꽃잎을 피우겠다는 의지다. 다시 말해 글 쓰
는 삶, 배움의 삶을 통해서 살빛 햇살에 다시 청춘에 물들고
싶은 것이다.

　　살빛 햇살처럼
　　은총 같은 물줄기
　　계곡에 흘러
　　화음이 아름답다

　　세월 풍상에
　　낡아버린 매화나무

계절을 잊은 채
고목에서 꽃이 돋네
꽃을 피우던 물줄기
고목이라 아니 갈까

목숨 다해 피워낸
꽃잎에 입 맞추고
살빛 햇살에 다시
청춘, 물들이고 싶다
– 시 「청춘, 물들이고 싶다」 전문

결론적으로 시인이 꿈꾸는 행복은 젊음이며 그 젊음은 자신을 사랑하는 삶이다.

그래서 조인형 작가의 젊음의 로맨스는 유쾌하다. 그 로맨스는 젊음을 지닌 배움의 삶이며 아직도 여드름을 짜는 현재진행형이다. 그가 우리에게 전해주는 메시지는 희망이다.

시인에게 희망은 절대적이다. 젊음이라는 희망 없이는 아무 일도 할 수가 없다. 나의 영혼은 나의 희망을 먹고 산다. 그렇기에 누군가에게 무언가를 주고 싶다면 희망을 주어야 한다. 진정한 마음으로 글을 쓰는 고목의 희망은 어떤 경우에도 쓰러지지 않는다.

희망이란 마음 밭에 뿌리는 조인형 시인의 시는 시의 정원에 한 번 뿌려지면 스스로 자라 꽃을 피우고 열매를 맺으리라 생각한다. 그리고 그 열매가 새로운 희망을 만들 것이다. 시의 정원에는 행복의 꽃이 피리라 생각한다.

다시 한번 시인의 젊음의 로맨스에 응원의 박수를 보낸다. 항상 시의 정원에서 꽃이 활짝 피는 모습을 기대한다.

4. 마음을 일깨우는 순수의 눈으로

− 홍송 김명희 시집 『갈음옷을 입고』를 읽고

시는 어떻게 탄생했을까? 시는 작가의 마음을 좀 더 멋지고 아름답게, 그리고 더 세련되게 표현하기 위해 시작되었을 것이다. 사랑, 미움, 그리움, 슬픔처럼 누군가에 내 감정을 더 그럴듯하게 표현하고 싶었을 것이다. 아름다운 표현으로 내 감정을 더 효과적으로 멋지게 전달하기 위함이다. 이는 이야기든 시든 뭔가를 만들어 표현하고 싶은 인간의 본능이 바탕이 된 것이다. 우리가 가지고 있는, 어떤 예술적인 본능이다.

그렇다면 이 시대를 살아가는 우리에게 세상이 요구하는 시인의 역할은 무엇일까? 바로 상상력과 창의성이다. 우리는 시를 씀으로써 공감 능력이나 예술적 감각도 익힐 수 있다. 뻔하고 상투적인 표현을 쓴다면 듣는 이의 공감을 얻어내기

힘들다. 아이의 순수한 마음으로 바라보는 생각이거나 기존의
생각을 뒤틀고 비틀어서 다른 생각을 하면 어떨까?

　좋은 시는 어떤 시일까? 자신의 경험을 담은 글이어야 한
다. 시에 감정을 담는 것은 시를 쓸 때 가장 기본적인 일이
다. 그래서 더욱 어려운 일이다. 감정을 완전히 노출해서도
안 되고, 그렇다고 너무 숨겨도 안 된다. "슬프다. 기쁘다. 행
복하다. 그립다." 등의 감정 단어가 너무 많이 사용하면 그걸
인지하는 순간, 그냥 호소하는 듯한 느낌이 들거나 감정의 과
잉 상태로 인식하게 된다.

　시는 음악성이 생명이다. 시의 운율을 파악하려면 시를 다
쓰고 난 다음에 시를 소리 내어 읽어봐야 한다. 낭송하다가
자연스럽게 흘러가지 않고 어딘가 걸리는 느낌이 든다면 그
부분에 운율의 문제가 있는 것이다.

　이런 시적 고민과 깨달음 속에서 새롭게 만난 시인이 있다.
바로 파주에서 가온 재가복지 센터장으로 일하는 홍송(紅松)
김명희 시인이다. 그의 시는 맑고 깨끗하다. 그의 삶도 그렇
다. 사회복지에 관심을 갖고 있는 것은 물론 사물과 소통하는
능력과 마음을 읽는 시적 아름다움이 돋보인다.

　　사부작사부작
　　하루 한 발씩
　　솔밭길 걸어오는 봄

　　갈음옷 입고
　　하루 한 뼘씩
　　사립문 열게 하는 봄
　　- 시 「봄 마중」 전문

시는 수필과 다르게 연과 행으로 압축된 형식을 통해 의미를 전달하는 문학의 갈래다. 김명희 시인의 시적 촉수는 동심으로 혹은 순수한 자연인으로 삶 전체를 조망하고 있다. 자신의 삶에서 잔상처럼 드리워진 기억을 일깨운다. 때로는 희망을 읽어가는 여정이자 희망을 찾기 위한 고투의 흔적들이 묻어난다. 그렇다고 방문 요양을 담당하는 사회복지사 출신이어서 시적 한계성이 시편 곳곳에 투영돼 있을 것이라는 상상은 자유지만 그것은 편견 그 자체다. 인생의 첫 시집을 출간하는 그가 독자들에게 내놓은 시편들은 융숭하고 사려 깊다. 독자에게 시 읽기를 유도한다. 굳어있지 않고 때로는 부드러운 속살처럼 잡히면 어떠한 것은 시리고 아프고, 어떠한 것은 간지럽기까지 하다.

딱
딱
아이고 허리야

눈 감고도 알 수 있는
엄마 지팡이 소리

세 다리로
살아가는 날들

서울에 사는
딸이 오는 날

다리보다

마음이 먼저 간다
- 시 「엄마는 다리가 셋」 전문

이 시는 어린아이의 생생한 감성을 조망하면서 지난 시대를 그들과 함께 조응하려는 시적 의지가 읽힌다. 다리가 셋이라는 표현에서 시적 리듬감이 느껴진다. 아이들 속으로 들어온 어머니의 사랑이 가감 없이 드러난다.

암 덩어리가
온몸을 지배하는
늙은 아버지

이 세상 누구보다
이 세상 무엇보다

가장 귀하고
멋스러운 분

새벽 두 시
조청 유과 옆에 놓고
큰 글자 책을 본다

다시,
어린아이가 된다

아버지는 좋아서 잠이 안 오고
자식은 걱정으로 잠이 안 온다
- 시 「퇴원 전야」 전문

그러면서 한편으로는 사랑이라는 본질적 근원에 대한 끊임없는 관찰과 사유를 추구한다. 시인은 '입원 전야'나 '어머니와 감나무', '엄마는 다리가 셋'의 시편에서 어린아이처럼 살아가기를 소망하는 순수와 가족사랑에 대한 탐구가 이뤄진다.
　삶을 살아가는 의미와 존재의 탐구에서 이뤄진 자아에의 시적 물음이 우리에게 절절하게 다가온다. 어린아이의 마음에서 새로운 삶의 길을 뚫어내고 있는 듯하다. 중년의 시간이 다시 존재에 대한 촉각을 세우는 이유다.

　감 떨어지기
　기다리는 아이처럼

　감나무 밑에서
　발 동동

　구순의 노모는
　애가 탄다

　자식들이 어릴 적에는
　먹일 것이 없어 걱정

　자식들이 다 크고 나니
　객지로 모두 떠나 빈 둥지

　떨어지는 홍시가
　야속하기만 하다
　―시 「어머니와 감나무」 전문

시의 3요소인 주제, 운율, 심상 등이 잘 드러나고 있다. 또한 다양한 비유와 상징, 시적 진술에 의한 이미지를 통해 동심에 다가서고 있다. 이밖에 시적인 짱짱한 이야기 구조를 보이는 시편들로 읽힌다. 이 시편들은 가장 오랫동안 눈길을 머무르게 한 작품들이다. 시제에서부터 시적 긴장감이 형성되는 듯하다.

사람들은 누구나
생각이 다르고
보는 관점이 다르다

서로 다르다고 해서
상대방이 틀린 것은 아니다

살다 보면
본의 아니게
잘못하기도 헌다

그러나
잘못을 인정하기는 쉽지 않다

물에 빠져도
동동 뜰 것 같은
알량한
자존심 때문이다

잘못하고
야단을 들어도

금방 웃는 얼굴을 하는
어린아이를 보라

마음에 쌓아두는 것이 없으니
해맑은 얼굴이 될 수 있다
어른이 되고 나서도
세 살 아이에게 배우고 싶다
- 시 「세 살 아이를 닮자」 전문

"어린이는 어른의 아버지"라는 말이 떠오른다. 어린이에게
순수를 배우자고 말한다.
　문학은 자기중심적 사유에서 벗어나게 하는 촉매제다. 그래
서 시인은 연기적 사유를 동심에 심어주고 싶었는지 모른다.
자기는 욕심부려서 많은 것을 담으려 하지 않는다. 누더기 같
은 옷의 수식어를 입히지 않는 간결하고 참신한 시다.

빈 들녘에 남아 있는
벼 그루터기를 보았습니다

수확의 기쁨보다
한숨 소리가 더 커진

텅 빈 겨울 들녘에
노을이 지면

거두어들인 기쁨보다
무언가 잃어버린 허전함이
맘을 차고 들어옵니다

이건 아닌데
이래선 안 되는데

허수아비의 한숨이
빈 하늘에
울림 없는 메아리로 돌아옵니다

아이는 빈 들판이
마냥 신나서 뛰어노는데

자꾸만
자꾸만 눈물이 납니다
- 시 「겨울 들판」 전문

어른의 생각이 아닌 자기 추측이나 회상만이 아닌 아이의
감성과 상상력을 통해 어머니와 아버지에 대한 세심한 관찰,
가족에 대한 동경과 사랑이 담긴 가슴에 남은 이야기다.

조심조심
그린나래 걸음

콩닥콩닥
딸깍발이 심장

오늘은
결혼식 날

행복한 가정에도
시련과 고통은 찾아오지만

대나무가 큰 시련을 이겨내고
큰 나무가 되듯이

오늘의 초심을
잊지 말고

남편은 가정을 지키는
책임감으로

아내는 남편을 이끌어주는
지혜를 갖기를 바라는

어버이의 마음을
아는지 모르는지

신랑과 신부는
보름달보다 밝다
— 시 「우리 결혼 합시다」 전문

작가의 첫째 의무는 재미있게 쓰는 데 있다. 독자의 재미를
생각해야 한다. 이 원칙은 너무나도 자명하다. 글의 첫 부분
이 눈에 확 띄는 문장이 들어와야 한다.

밖에는 비가 내리고
귓가에 음악이 들리는
가을 아침
커피 향기에 눈을 뜬다

비도 오고
음악도 있고
커피도 있는데

꿈속에서 약속한
너만 없다
– 시 「가을 아침」 전문

시인의 둘째 임무는 가르치는 데 있다. 교훈을 주는 설교
다. 그 설교는 따분하지 않아야 한다. 그래서 시인은 교사다.
인생의 중요한 교훈을 독자에게 전달한다. 좋은 교사는 학생
들 앞에서 개그맨이나 코미디언이 되어야 한다. 필요하다면
필기는 물론이고 소품을 이용하고 이리저리 돌아다니면서 손
뼉을 치고 질문을 던지고, 성대모사도 해야 한다. 학생들의
주목을 이끌고 관심을 집중시키려면 무슨 일이든지 해야 한
다. 지루한 강의보다는 이벤트를 하는 것이 바람직하다.
　시의 끝부분은 가급적 긍정적인 분위기를 유지하는 편이
좋다.

내 귀는
달콤한 말만 듣고
내 눈은
예쁜 것만 보고
내 입은
세상의 진미를 다 먹어도

즐거움은 잠깐이고 순간

혼자 있는
잠깐의 시간이
긴장한 나를 만나고
나와 가장 가까워지는 시간

세상의 이치를 깨닫고
우주의 섭리를 알게 된다
- 시 「혼자만의 시간」 전문

좋은 시는 어떤 시일까? 나는 짧고도 쉬운 문장으로 이루어진 시라고 감히 말하고 싶다.

러시아의 대문호 톨스토이(Leo Tolstoy)는 좋은 문장을 가리켜 "유치원 아이가 이해할 수 있는 문장"이라고 말했다. 내가 아는 단어, 글을 읽는 사람이 아는 단어만을 사용하면 좋은 글이다. 의미를 제대로 전달하기 때문이다. 그래서 필자는 시인에게 시조 쓰기를 강조한다.

항아리 깨진다는
시샘달 정월 그믐

오늘이 우수라고
호들갑 떨다보니

문 앞에
봄이 왔다네
짧아지는 치맛단
- 시조 「시샘달」 전문

　시를 읽을 때 쏙쏙 들어오는 시 구절이 있는가 하면 그렇
지 못한 시가 있다. 쉬운 내용을 어렵게 써서 머리를 복잡하
게 만드는 난해한 시도 있다. 반면에 어려운 내용인데도 쉽게
느껴지는 글이 있다. 같은 내용이라도 문장의 초점이 살아있
느냐에 따라 전혀 다른 결과를 가져온다. 그래서 같은 내용이
라도 어떤 사람이 썼느냐에 따라 읽고 싶은 시가 있고, 읽기
싫은 글도 있다. 왜 이런 일이 일어나는 것일까? 문장의 정확
성 때문이다. 그런데 정확한 문장일수록 짧은 것이 특징이다.
다시 말해 시는 짧은 문장으로 써야 한다. 긴 문장은 초점을
흐리기 때문이다.
　"묵념, 5분 27초"
　황지우 시인의 짧은 시다. 본문에는 아무것도 적혀 있지 않
다. 5분 27초 묵념은 43년 전 오늘, 광주의 오월 항쟁이 진
압된 5월 27일을 기리는 의미다. 1980년 5월 27일 도청을
사수하다 죽은 30여 명의 시민군을 기리는 시다.
　시 쓰기는 마치 등산(登山)과 같다는 생각을 한다.

　육체는 슬프다. 아! 나는 모든 책을 잃어 버렸다.

도망치자! 저 멀리로 도망치자! 나는 느낀다. 새들이
미지의 물거품과 하늘 사이에 취해 있음을!
아무것도, 눈에 비친 옛 정원도
오, 밤이여! 백색이 방어해 주는 텅 빈 종이 위의
내 램프의 쓸쓸한 빛도
애기에게 젖먹이는 젊은 여인도
바다에 젖은 마음 억누르지는 못하리라.
나는 떠나리라! 돛대를 흔드는 기선이여!
이국적인 풍경을 향해 닻을 올려라!
   – 말라르메의 시 「바다의 소슬바람」 중에서

프랑스 시인 말라르메(Stephane Mallarme) '육체는 슬프
다'라고 숙명처럼 노래한 시인이 있다. 그러나 시가 있기에
오히려 육체는 기쁜 것이 아니겠는가. 시를 만나러 가는 길은
항상 가슴이 설레고, 조금쯤은 흥분된다. 언제나 긴장하기 마
련이다.
   김명희의 시인은 「아버지의 인생 시계」를 통해서 삶을
깨닫고 인생을 배우면서 인간은 자연으로 돌아감을 말한다.
그의 시적 특징은 내용이 간결하고 이미지도 선명하다.

아버지의 시간이
얼마 남지 않았다

발걸음은 양말 열 개를 신고
바닥에 서 있는 것 같고

목은 뭔가 꽉 차 있어서
물 한 모금 넘기기가 힘들고

입 안은
떫은 감 먹었을 때처럼
막이 꽉 차 있고

모든 음식이
소태 씹는 것처럼 쓰다는
아버지

하얀 쌀을
곰탕처럼 고와

한 모금 한 모금
힘겹게 마신다

엄마 젖 빨듯이
미음을 마신다

자연으로 돌아갈
준비를 한다
– 시 「아버지의 인생 시계」 전문

시는 언제나 거기 그대로 있다. 자연은 다양한 모습과 표정
으로 나를 맞아들인다. 시를 만날 때마다 새롭게 풋풋하게,
나의 육체 속에 충만한 생명을 감지하는 것도, 시의 이 같은
변화무쌍한 자연 속성 때문일 것이다. 그래서 나는 시를 언제
나 '산행山行'과 같은 것이라고 말하고 싶다. 육체가 마음 놓
고 자유로워질 뿐만 아니라, 고통이나 고달픔까지도 모두 기

쁨이 된다. 시인은 이미 그것을 이미 터득한 듯하다.

　삶에 낙관주의를 심어주는 것, 육체는 기쁨에 떨게 하고, 정신은 한없이 풍부하게 채워주는 것, 바로 이것이 시가 아닐까.

　잔디에 맨발로 나가
　너의 입맞춤 같은
　초록의 싱그러움을 느껴보자

　하늘이 다가와
　구름을 숨겨 놓고
　바람이 술래가 되는
　놀이터로 나가보자

　하늘만큼 넓은 마음
　너를 품에 안으니
　바다보다 깊은 네 마음이
　내게로 온다

　가을이 오면
　자연에 입맞춤하고
　코스모스 길도 걸어보자

　그리고
　오래도록 사랑만 하자
　- 시 「그래, 그래 보자」 전문

　그렇다면 시를 간결한 문장으로 쓰는 비결은 무엇일까?
　첫째, 한 문장 속에 여러 가지 생각을 담지 않는다. 한 문장 속에 한 가지 생각만 담다 보면 자연히 길이가 짧은 문장이 된다.

둘째, 한 문장 속에 주어와 서술어를 하나씩만 넣는다. 주어와 서술어가 하나라는 것은 단순한 이야기만 담는다는 의미다.

셋째, 쉬운 단어를 사용한다. 어려운 단어를 사용하면 그 단어를 설명하는 구가 들어가므로 간결한 문장이 될 수 없다.

리얼리즘 창작론에 '말하지 않고 보여주라.'는 이론이 있다. 설명하기보다는 보여주기가 더 사실적이란 의미다. 시에서 분노, 실망, 희망, 좌절이라고 말하지 말고 무엇이 당신을 그렇게 만들었는지를 보여달라는 것이다. "기쁨"이라는 단어를 사용하지 않고도 "기뻐하는 모습을 보여주는 것"이 더 좋다. 사진을 보여주듯이 하나하나 선명한 이미지를 보여줄 때 읽은 이는 마음이 움직인다.

좋은 시를 쓰는 사람은 자신의 시각, 청각, 촉각, 후각, 미각이 보고 느낀 것을 정확하게 표현할 수 있는 단어를 선택한다. 독자도 생생하게 표현된 문장을 읽을 때 그런 장면, 그런 맛, 그런 냄새를 상상하며 읽는 것이다.

지금까지 홍송 김명희 시인의 시를 살펴보았다.

김명희 시인의 일상은 시가 된다. 그의 시는 간결하고 맑고 쉽다. 순수한 삶의 이야기를 시로 풀어내고 있다. 한마디로 '동심의 순수를 담은 시'라고 말하고 싶다. 그래서 그의 시는 쉽다. 현란한 수식어가 없다. 형용사도 자주 등장하지 않는다. 그래서 시가 쉽고 읽기에 편안하다. 때로는 비유와 상징을 동반한 함축된 시구 하나에서 깊은 울림이 나오듯이 그의 모든 시의 대부분은 맑고 투명하다.

　김명희 시집 『갈음옷을 입고』을 읽고 느낀 소감을 말하라고 한다면, '노력이 재능이다'라는 말을 하고 싶다.

　많은 사람은 재능은 특별한 것으로 여긴다. 일곱 살 초등학생이 어려운 수학 문제를 풀거나 열 살짜리 학생이 대학생이 되었다는 신문보도처럼 특별하다고 생각한다. 그러나 나는 여러 사람의 창작을 지도하면서 느낀 감회는 재능은 극히 평범하다는 사실이다. 내가 좋아하고 하고 싶은 것을 열심히 하는 것이 곧 재능이란 생각이다. 다른 것에 비해 더 잘하고 싶고 더 하고 싶다면 그것이 바로 그가 지닌 재능이다. 그런 의미에서 홍송 김명희 시인은 시 쓰는 노력에 집중할 줄 아는 재능있는 시인이다. 땅속에 있는 금도 캐내지 않으면 없는 것이나 마찬가지다.

　시인에게 노력이란 무엇일까? 시라는 이름의 재능을 자꾸만 캐내는 것이 아닐까?

　홍송 김명희 시인의 열정과 노력에 찬사를 보낸다. 머지않아 우리에게 더욱더 감동을 주는 새로운 시가 탄생하리라 의심치 않는다. 그의 건강과 건승을 기원한다.

제3부
인생의 행복을 찾아서

1. 열림, 나눔, 섬김으로 시 쓰기

- 임경자 첫 시집 『철부지 아내』를 읽고

21세기의 새로운 시 쓰기는 어떻게 해야 할까? 21세기의 우리 시단의 지배 담론은 도대체 무엇일까?

이지엽 교수는 『현대시 창작 강의』(고요아침, 2005)에서 「21세기의 새로운 시 쓰기」의 흐름을 다섯 가지로 분류했다. 즉, 문명비판의 정신사적 몸부림, 솟구치는 생명력에의 경의나 생태환경에 대한 관심, 소시민의 건강한 일상성, 대지적 여성상 혹은 존재적 성찰, 반구조 혹은 탈중심 주의의 도전이 그것이다.

오늘날의 시인들은 과연 어느 쪽에서 서야 할 것인가, 이는 온전히 시인 본인의 자유로운 선택에 달린 문제이다.

내가 알고 있는 시인 중에 21세기의 시인으로서 새로운 시

쓰기에 도전하는 여장부가 있다. 바로 소담(昭潭) 임경자 시인이다.

임 시인과의 첫 만남은 2011년으로 기억한다. 비영리 문화예술 재능기부 봉사단체인 '문예샘터'에서 함께 활동하면서 첫 만남이 이루어졌다. 임 시인은 2006년 무렵에 학교가 중심이 돼 지역교육공동체를 구축하여 취약지역의 저소득층 영유아, 아동, 청소년들에게 평등한 교육 기회를 제공하고자 '문예샘터'를 창립했다. 그 당시 서로 뜻이 통했다. 문인으로서 동지 의식 탓인지 의기투합하게 되었다.

학교 현장에서 독서 운동을 활발하게 전개하고자 했던 나의 뜻과 문화예술 봉사활동을 활발히 진행하던 임 시인과 만남은 '독서야 놀자'라는 독서토론 프로그램으로 인연을 맺었다.

임경자 시인을 만날 때마다 필자가 자주 듣는 말이 있었다. '시를 잘 못 쓴다.'고 늘 겸손히 말하곤 했다. 그래서 아직 시집을 출간하지 못했다고 했다. 여러모로 바쁜 일상도 있었지만 임 시인은 사실 시 창작을 게을리하지 않았다. 지금도 임 시인은 글벗문학회 창작 공간에서 하루에 두세 편의 작품을 계속해서 꾸준히 올리고 있다.

더불어 다양한 문우들과 만나면 스스럼없이 어울린다. 다양한 관심사에 대해 자연스럽게 포용하는가 하면 때론 직설적으로 자신의 생각을 펼치기도 한다.

임경자 시인은 1994년 「순수문학」에서 시 부문 신인상 수상으로 등단한 이래, 많은 시와 수필 작품을 창작하고 있다. 지금도 의정부문인협회, 글벗문학회 등에서 왕성한 창작활동을 전개하고 있다. 하지만 임 시인에게는 이번 시집이 등단한

지 25년 만에 발간하는 첫 시집이다. 지역사회에서 다양한 문화교육활동과 봉사활동 등으로 지금껏 시집 발간을 미루어왔기 때문이다.

그의 첫 시집 『철부지 아내』에 상재된 120작품을 분석해 보았다. 임 시인의 시에 가장 많이 등장하는 시어는 꽃(48회)과 사랑(25회)이다. 이어서 나무(25회), 향기(20회), 햇살(16회), 새(12회), 별(11회), 자연(11회), 웃음(9회), 바다(7회), 행복(6회), 기도(6회), 친구(5회). 고향(5회), 숲(5회) 등이다.

나는 알몸이 되어 알몸 옆에 누워본다
푸르게 물들어가는 나의 몸뚱어리
그대의 알몸은 미동도 하지 않지만
나의 오랜 친구가 되어주겠다며
유리창을 타고 넘어오는 햇살 한소끔
아, 나의 영원한 동반자
- 시「동반자」일부

그의 시에는 자연을 대상으로 한 소재가 많이 등장한다. 그 이유는 그가 도심에 살면서도 도시의 삶에 지친 시인에게 자연은 다정한 친구이자 오랜 친구였기 때문이다.

사실 자연은 자신을 화려하게 치장하거나 거짓말을 하지 않는다. 결코 남을 속이는 법도 없다. 그래서 시인은 자연을 '나의 영원한 동반자'라고 표현하고 있는 듯하다. 그 때문에 그의 시에는 자연과 더불어 사는 깨달음과 삶의 성찰이 다양하게 그려지고 있다.

앞에서 언급했던 것처럼 이지엽 교수의 주장을 바탕으로 임경자 시인의 시를 분석한다면 다음의 네 가지로 정리할 수 있겠다.

첫째는 자연과 생명력에 대한 경외심이다. 자연의 놀라운 치유력과 경이로움에 대한 재발견이자 삶의 성찰이라고 할 수 있다. 어쩌면 문명 비판의 정신적 몸부림이라고 할까?

임 시인은 자연 속에서 겸손하게 배우고 자연을 닮아가고자 노력하면서 자연 속에서 삶의 길을 찾고 있다.

소나무 둥지가 사랑채를 차려준다
돗자리 위의 묵은 바람이
광릉내 수목원으로 나를 끌고 간다
자연 앞에만 서면 항상 무지해지는 나
- 시 「수목원에서」 일부

자연은 시인에게 삶의 안내자 역할을 하는 것은 물론 자신의 부족함을 알게 해주는 동반자 역할을 하고 있다. 때론 이를 뛰어넘어 깨달음과 가르침을 주는 스승이 되고 있다.

산은 세월을 간직한 나무의 나이테처럼
햇살과 바람 사이 간격 그대로 둔 채
변해가는 자연을 잉태하고 여백을 채운다
하늘의 해는
다시 자연 속으로 삶을 향유하며
열린 틈 공간 앞에
자연을 닮아버린다
- 시 「산행」 전문

시인은 자연과 하나 되는 물아일체(物我一體)가 되어 자연의 한 일원으로서 자연과 함께 하는 삶을 살고자 한다. 그래서 시인은 자연에서 배우고 삶을 성찰하면서 자신의 길은 오로지 자연에 있다고 종종 말하곤 한다.

나이가 드니 / 자연에서 배우고 / 다시 점검한다
새롭게 거듭나며 / 자연으로 가는 길 / 넓은 가슴으로
배낭 속 풀어놓고 / 보듬고 걸어간다
- 시「길」전문

둘째는 탐욕과 욕심에 관한 시를 쓰고 있다. 문명의 발달로 인한 인류는 엄청난 변화를 이루어냈고 아름답게 계승해 왔다. 하지만 결핍과 고갈, 그리고 관계의 갈등과 단절이 문제가 되고 있다. 임 시인은 그런 면에서 탐욕이 없는 순수한 마음을 원한다. 그 순수는 앞에서 언급한 것처럼 자연과 함께 하는 삶에서 자연에게 배운 삶을 포함하기도 한다.

내가 바라는 것은
순수한 나의 마음 같은 인연
번뇌와 탐욕도
법당 공간에 던져 놓고
길고 짧은 숨소리만
코끝에 닿을 뿐
장엄한 목소리에 머리 숙여
깨달음도 없이
임 앞에 앉아있구나
- 시「원(願)」일부

아무에게도 말할 수 없는
따뜻한 음성 맴돌 때
즐거운 날개를 펴고
바람 따라 날아가는
철새가 되겠어요
 - 시 「내일이 다시 오면」 일부

　시인은 순수한 마음을 닮은 어떤 인연을 찾아서 날개를 펴
고 바람 따라 어디론가 힘차게 날아가는 철새가 되고 싶은
것이다. 그리고 햇살이 걸린 창가에서 열린 창문으로 자연을
만끽하는 삶을 살고 싶은 것이다. 그것에는 어떤 탐욕도 번뇌
도 없다.

햇살이 걸린 창가의 커튼
한 가지 색으로 꾸며도
전혀 밋밋하지 않은 느낌이다
삶의 계절을 먼저 아는 듯
열린 창문으로 바람이 묻어든다
 - 시 「삶을 가꾸는 향기」 중에서

　시인은 어머니를 닮은 엉겅퀴를 좋아한다. 엉겅퀴에서 자신
을 희생하면서 살아가신 어머니를 떠올린다. 자연을 통해서
어머니와 같은 삶을 닮고 싶은 것이다.

거센 바람에도
잎새 하나 흔들리지 않고
땅을 뒤틀며 뿌리 내린 엉컹퀴
흙 내음마다 사랑을 모종하고

늘 약초로 희생하고도
품위를 잃지 않은 도도한 자태
어머니를 닮아버린 순수한 꽃
겨우내 눈의 무게 이겨내고
눕지도 않고 강인한 정신 내세우더니
성큼 다가온 봄 햇살 속에
냉기 떨구며 멈추어 속앓이 한다
- 시 「엉겅퀴」 전문

셋째는 소시민의 건강한 일상성, 즉 소소한 행복을 담고 있
다. 행복은 낮은 곳에서 발견하는 삶의 아름다움이다. 임 시
인의 시에 나타난 행복은 도대체 어떤 빛깔일까? 그 행복의
빛깔은 음악이 흐르는 봄빛이며 푸른 물결이 흐르는 은빛색
이 아닐까?

아련히 가슴을 파고드는 음률 속에
버거운 삶의 끈을 동여매
한 올 한 올 풀어본다
지그시 눈을 감는다
남는 건 바라보는 여유뿐
싸한 외마디
아무것도 아닌데
정녕
당신이 내 곁에 있어
행복하다고
- 시 「좋은 음악 같은」 전문

임 시인은 항상 어디를 가든지 음악을 즐겨 듣고 흥이 나

면 콧노래를 부른다. 힘겨운 삶의 보따리를 자연 속에서 음악으로. 혹은 시로서 풀고 있다. 그의 삶 속에는 언제나 음악이 흐른다. 그의 삶은 그래서 항상 봄이고, 그 봄 속에서 여유를 찾고, 행복을 찾는지도 모른다.

콧노래를 부르며
먼 산 언덕
봄눈 녹아내리듯
흙바람 속으로 떠나고 싶다
날개가 없어 뻐근한 일상들
음악마저 없다면
떠나지 못하는 봄은
얼마나 무거울까
(중략)
나는 저수지의 은빛 물결 위에
내 존재의 이유를
남기고 싶다
봄으로 남기고 싶다
– 시「봄」일부

시인은 같은 하늘 아래 사소한 일조차 속일 필요가 없다. 오히려 잘 보이려고 애쓸 필요도 없는 세상을 꿈꾼다. 가진 것이 넉넉하지 않아도 자연과 음악이 있다면 그는 부자이고 행복한 것이다.

어리석은 눈동자에 버젓이 앉아
마음속에 음악이 흐르고
가진 것 넉넉하지 않아도

마음이 부자이었는데
겨우 알량한 행복이란 말인가
－「아름다운 고백」일부

시인은 때로는 매미가 되어서 자연의 푸름을 흔들고 음악으로 일어서서 삶의 무게를 덜어내고 있다. 그 매미 소리는 마침내 산이 되고, 자연이 되는 천연색 행복이다. 마치 자연과 자아가 하나 되는 전통적인 우리 민족의 정서인 물아일체(物我一體)의 경지를 만나게 되는 것이다.

이맘때면
어진 눈빛으로
푸름을 흔드는 매미
작은 날을 사는 것인데
음악으로 일어서
되새기지 못한 삶의 무게를
천연색 항아리에 쏟아놓는다
－시「매미」일부

그뿐인가. 시인은 자연의 소리, 음악 소리로 묵직한 돌솥밥의 뜸을 들이고 견과류의 맛도 되살아난다. 마침내 라일락 향기까지 만날 수 있는 것이다. 오감이 다시 살아나는 진정 행복한 삶을 만날 수 있는 것이다.

도심 속에 농촌
새소리가
하루를 열어준다

음악 소리가
묵직한 돌솥 밥 뜸을 들인다
콩이며 은행, 대추, 견과류
입맛으로 살아간다
라일락꽃 향기 찾아간다
- 시 「기분 좋은 날」 전문

네 번째는 대지적 여성성, 혹은 존재적 성찰을 담긴 시를
쓰고 있다. 시인은 자신을 '철부지 아내'로 명명한다. 지난날
을 살펴보면서 가장 행복하고 좋았던 날은 바로 마음에 드는
시 한 편을 쓰는 날이라고 고백한다.

언제였던가
기분 좋은 날들
잊었던 세월 꺼내어
묻혀버린 날을 펼쳐보니
남는 건
두고 간
맑은 연못에 비친
환한 얼굴
시 한 편 건져
아직도 웃고 있구나
철부지 아내
- 시 「철부지 아내」 전문

임 시인은 「의정부 문학」 제18집을 발간하면서 다음과 같
은 글을 쓴 적이 있다.

바람을 볼 수는 없지만 바람에 흔들리는 나무는 보입니다. 나무는 바람에 흔들리면서 스스로 굳건한 나무가 됩니다. 바람에 흔들려 아파하고 방황하면서 소중한 체험들을 얻고 인생의 갈피 속에 네잎클로버로 간직한곤 합니다. 바람은 닫힌 마음을 열어 밖으로 손을 내밀게 합니다. 번번이 시 쓰기를 통해서 바람을 다스립니다. 순해지고 정직해지고 싶어서 손을 뻗어 시에 의지합니다. 부족하지만 마음속의 바람이 꽃처럼 아름답게 피어나 때때로 향기를 갖기도 합니다. 시가 되지 못 할지언정 맑은 정신을 회복하여 일상을 새롭게 보기도 하고 바람이었던 사람을 그리워 할 때도 많습니다. 시도 수필도 소설도 사람이 중심이 되어 사람을 보듬는 얘기라고 생각합니다. 사람냄새를 으뜸으로 여기며 서로를 확인하고 격려하는 것을 잊지 말아야 할 것입니다
- 『의정부 문학 제18집』에서

시인에게 살아있는 증거는 시를 쓰는 일이다. 제 삶을 성찰하면서 자신의 길을 찾아가는 작업이 곧 시 쓰기 활동인 것이다. 시를 쓰기 위해서는 앞에서 언급한 것과 같이 자연을 닮은 시를 써야 한다. 다시 말해 햇살이 되어 보고 시냇물 소리가 되어야 한다. 잃어버린 음악을 찾아내야 하고 시인의 목소리를 찾아내야 한다.

시 창작활동은 햇살이 시냇물 소리와 어깨동무를 하는 것처럼 음악과 소리와 서로 만나고 벽을 허무는 작업이 필요한 것이다.

시 쓰기 시작한 날
들숨 날숨으로
맴도는 벽을 허물고

토해 낸다
음악과 묻어나는
소리를 읽어내려 간다
시작만큼 중요한 게
마무리다
살아있다는 증거이다
길을 잃어버렸다
찾은 것 같다
햇살이 시냇물 소리와
어깨동무한다
- 시 「시 쓰기」 전문

시인은 시 쓰기를 통해서 바람을 다스린다고 했다. 그 바람은 곧 사람의 마음이다. 시를 쓰는 활동을 통해서 마음속의 바람을 다스려야 한다. 그때야 비로소 시는 꽃처럼 아름답게 피어나고 마침내 진정 아름다운 향기를 갖게 되는 것이다.

임 시인은 시 쓰기를 '물을 닮은 사랑'이라고 말한다. 다시 말해 시는 물 같은 존재가 되어야 한다는 의미다. 물은 나무를 푸르게 하고 꽃을 피운다. 마침내 열매를 맺게 한다. 곧 시인은 물처럼 열린 마음으로 사람들을 만나고, 치유와 위로가 되어야 하며, 나눔을 주는 존재가 되어야 한다. 마침내 나무를 섬기고 꽃을 섬기듯 그렇게 살다가 자신의 본질을 잃지 않고 그대로 사는 것이 시인이다.

오늘도
나무를 푸르게 하고
꽃을 피게 하고
열매를 맺게 하지만

물이 풀이 되는 것도 아닌데
물이 꽃이 되는 것도 아닌데

필요한 만큼 만들어주고
다시 물이 된다
- 시 「물의 사랑」 전문

사람들은 순해지고 정직해지고 싶어서 손을 뻗어 시에 의
지한다. 이 때문에 시인들은 마음속의 바람이 꽃처럼 아름답
게 피어나 때때로 향기를 품을 수 있도록 부단히 노력한다.
때로는 맑은 정신을 회복하여 일상을 새롭게 바라보기도 하
고, 독서를 통해서 혹은 여행을 통해서 세상을 만나고 다른
사람들의 삶을 닮아가려고 노력한다. 그래서 시인은 자연을
이해하고 사람을 이해하고 소통할 줄 알아야 한다. 시는 결국
사람을 보듬는 얘기이기 때문이다.

결국 필자는 임경자 시인을 '열림, 나눔, 섬김을 실천하는
글벗'으로 기억하고 싶다.

시인으로 산다는 것은 시인으로서 스스로 가치를 스스로
확인하는 사명을 지닌다. 자신을 검증하면서 부족한 것은 만
남과 만남을 통해서 서로의 연결고리를 확인하고 서로 삶을
나누는 만남과 순환이 필요하다. 그때야 비로소 시인의 이름
을 내세울 수 있는 것이다.

끝으로 임 시인의 시 「글벗」을 소개하면서 마무리할까 한
다. 글벗은 내 마음과 내 마음을 서로 한 올 한 올 서로 풀어
맞춰가면서 시간 가는 줄 모르고 살아가는 영원한 친구이기

때문이다. 임 시인은 영원한 글벗을 꿈꾸고 있다. 필자 역시 모든 이에게 영원한 글벗이 되고 싶다.

눈만 뜨면 불어나는 눈꽃 글
순백에 투명하기까지
요리조리 보아도 넌 영원한 친구
나이 들어 곁에 두니

네 맘 내 마음인 듯
한 올 한 올 풀어 맞춰보니
시간 가는 줄 모르는 좋은 친구
마주하는 얼굴보다
울컥 눈시울 적시고
깊은 계곡 흐르는 물 퍼 담아
목줄기에 옮겨 놓고
시원하게 미소로 화답한다
그래도 안쓰러워 다독여 주며
아기 숨결 모아 하루를 시작한다
– 시 「글벗」 전문

2. 행복을 빚는 마음의 화가

−이도영 시집 『삶은 시의 날개를 달고』을 읽고

글을 쓰거나 무언가를 만드는 등 창의력을 발휘하는 행동
은 평상시보다 뇌에서 도파민이 더 많이 생긴다는 연구 결과
가 발표된 적이 있다. 쉽게 말해서 글을 쓰면 쾌감이나 만족
감 생긴다는 의미다. 도파민은 사람이 쾌락을 느끼게 하는 물
질이다.

하버드대학교 의과대학 교수인 앨리스 위버 플라허티(Alice
Weaver Flaherty)는 사람들이 생각하고 움직일 때 뇌에서
어떤 변화가 일어나는지를 분석했다. 첨단 의료 기술을 이용
해 사람의 뇌를 촬영해서 창의력을 발휘할 때 쾌감을 느낀다
는 흥미로운 사실을 발견한 것이다. 플라허티 교수는 다양한
창의적인 활동 중에서도 글을 쓰거나 자기 생각을 발표하는

것처럼 언어 능력을 활용할 때 도파민이 더 많이 나온다고 밝혔다. 한마디로 쾌감을 느끼게 하는 글쓰기의 매력에 주목했다.

가만 생각하면 정말 맞는 말이다. 글을 쓰고, 노래를 부르고, 말을 하고, 그 어떤 것을 기획할 때 마음속 깊은 곳에서 어떤 쾌감을 느꼈던 경험, 누구에게나 한 번쯤은 있었을 것이다. 하지만 무조건 글을 쓸 때마다 쾌락을 느끼는 건 아닐 것이다. 만일 글을 쓸 때마다 쾌락을 느낀다면 직업적으로 글을 쓰는 사람들은 도파민에 중독되지 않을까? 어쩌면 식음을 전폐하고 글만 쓰는 글쓰기 폐인이 등장할지도 모를 일이다. 하지만 우리 글쓰기에 중독됐다는 사람은 아직 찾아볼 수는 없다.

그러면 어떤 글을 쓸 때 행복할까? 전문가들은 일기부터 시작하라고 권유한다. 자기 하루를 돌아보고 감정을 솔직히 표현하고 해야 할 일들을 나열하다 보면 하루를 정리하는 데 큰 도움이 된다는 것이다. 일기도 어렵다면 하루에 행복했던 일을 두세 가지 적어 보는 것도 좋은 일이다. 중요한 것은 자기감정을 있는 그대로 솔직하게 쓰는 것이다.

따뜻한 봄바람에
꽃망울 터트려
활짝 피웠네

춘삼월 꽃피면
오신다던 임 소식에
버선발로 꽃길 걸어

덩실덩실 춤추며 가네

모든 것이
힘겨워도

당신의 위로는
내게 행복이고
기쁨이란 걸
- 시 「내게 힘이 된 당신」 전문

　인생은 장거리 여행과 같다. 우리가 얻을 수 있는 모든 것
은 많은 시간이 필요하다. 사람과의 관계이든 지혜이든 행복
이든 그것을 알고 소유하기까지는 오랜 시간이 걸린다. 우리
가 가야 할 길은 이렇게 멀기 때문에 빨리 갈 수가 없다. 그
래서 인생의 먼 길을 가려면 좋은 동행인이 필요하다. 혼자서
는 누구도 그 거리를 감당할 수 없다.
　시인은 지금 나와 함께 인생길을 걷고 있는 그분이 계시기
에 시인은 행복하다. 그리고 감사한 일이다. 시인의 마음과
몸이 그분에게 의지하고 있기 때문이다. 절대자이신 그분 덕
분에 시인은 오늘도 행복의 길을 걷고 있다.

행복을 사려고
마트에 갔다
행복을 파는 곳은
없었다

행복을 잡으려고
길을 걸어도
나비처럼
날아오르는

행복은 없었다

행복은 어디에 있을까
푸른 하늘에서
내려올 것 같은
행복은 어디에도 없고

내 마음속에
있다는 걸 스위트홈
하나님과 동행하면
- 시 「행복 주님과 동행하면」 전문

다음으로 감정부터 시작해서 생활, 있었던 일들을 하나하나 떠올리며 적어 보는 시작품도 의미가 있다. 물론 사랑의 이야기라도 좋다. 가슴 두근거리는 첫사랑의 이야기도 좋고, 추억 어린 가슴 절절한 이야기도 좋다.

금잔디에 누워
파란 하늘을 쳐다보며
꿈을 그리던 그 날도
진달래 화사한
봄날이었어

까만 교복을 입은
네 모습이 보이면
괜스레 내 마음은
진달래보다 붉었고
행복했던 날

너는 말도 없이
이사 갔지
네가 없는 봄날은
쓸쓸하더니
그만 진달래도 지더라

날이 가고 밤이 가도
떠오르는 네 생각은
변함없던 어느 날
너에게서 전화가 왔지만
이미 흘러간 세월에

어긋난 인연은
되돌릴 수 없고
아직 네가
같은 하늘 아래
있다는 것으로
감사해
– 시 「처음 느낀 사랑」 전문

이렇게 적바림으로 지난 추억을 서로 잇고 그렇게 감성을
하나씩 연결하다 보면 멋진 시작품이 탄생하기 마련이다. 그
때마다 시작품 하나하나를 완성했다는 기분과 함께 남다른
쾌감이 밀려올 것이다.

파르르 떠는
나뭇가지에
봄이 매달려
꽃을 피웠네

경쟁력 많은 세상
꽃샘추위에
시달려도

임께서 안아주시니
행복해 다독여 주는
그대의 포근한 사랑

시샘하는
눈총 속에
싹트는 사랑
- 시 「꽃샘추위에도 봄」 전문

특별한 것은 이도영 시인은 그 행복을 신앙에서 찾는다는
점이다. 마음속의 신앙에 행복이 존재하는 것이다. 신과 인간
의 관계는 자유롭고 인격적인 만남을 원한다. 신과 인간은 함
께 하기를 원한다. 서로 사랑하기 때문이다. 사랑하면 같이
일하고 싶어진다. 신은 우리를 종이나 노예가 아닌 사랑의 대
상으로 창조했다. 다시 말해 호두나무가 있게 한 것은 신의
영역이지만 그 껍질을 까는 일은 인간의 영역인 것이다.

새벽녘까지
외로운 밤을
지켜주는 별들도

오늘 밤에 다시
만나자고 떠나면
주님께 기도해요

오늘도 사랑하는
이들에게
참 평안과 건강과
좋은 하루이길 빌면서

하루는 시작되고
주님께서 함께하신다는
사실 하나만으로
봄처럼 싹 터오는 기쁨
– 시 「주님 함께 하심으로」 전문

　이렇게 완성한 시 작품을 블로그나 페이스북 혹은 밴드 같은 공간에 올려서 문우들과 글 나눔을 실천하고 있다. 이 글 나눔을 통해서 타인과 공감하고 소통할 때 얻는 기쁨은 이루 말할 수 없다. 이를 책으로 출간하여 그 작품을 다시 읽을 때 얻는 웃음은 부수적인 행복이다.
　다만 공개하는 글이라면 읽는 사람을 배려하면 행복하다.
　그렇게 글을 쓰다 보면, 그렇게 쓴 글이 쌓이다 보면 쾌감이라는 말로는 도저히 표현할 수 없는 행복한 마음이 생겨난다. 글 하나를 완성했을 때 오는 쾌감, 그 글을 읽을 때 오는 만족감, 나중에 다시 읽어보는 그리움…. 애써 쓴 글에는 이렇게 다양한 행복이 들어 있다.

사랑은 멜로디
오선지에 꽃이 피네
도레미파 솔라시도
화음에 맞춰

노래를 한다

사랑아
즐거운 노래로
그대 있음에
나는 행복해

벚꽃이 피었다 지어도
우리의 사랑은
영원히 지워지지 않는
사랑꽃으로 피어나라
- 시 「지지 않는 사랑꽃」 전문

　시인은 마음의 화가다. 자연의 아름다움을 마음으로 그려보
면 어떨까? 자연을 마음에 그리면 지혜를 얻을 수 있을 뿐만
아니라 세상을 아름답게 사는 힘을 얻을 수도 있다.

눈으로 보고
마음으로
느끼는 봄은
아름답다

꽃길에 누워
꽃들의 사연을
듣고 싶다

꽃 중에도
외로운 꽃은
내게로

우리 함께하면
행복할 거야
따뜻한 가슴으로

우리 서로
부둥켜안고
꽃을 피우면
향기로 모두가
즐거울 테니
  - 시 「사랑의 향기로」 전문

  인간은 무언가를 어디선가 끊임없이 공급받아야 한다. 그
중에 하나가 자연이다. 자연의 아름다움을 마음으로 그려보아
야 한다. 다시 말해 시인은 마음 화가가 되라는 것이다. 그런
의미에서 필자는 이도영 시인은 행복을 빚는 마음의 화가라
고 말하고 싶다.

아름다운 계곡
선녀들이 하강해
목욕하는 곳

여름엔 무지개
아롱져 뜨고
청아한 하늘이
빼꼼히 보이는 곳

그림물감을 칠한 듯

어여쁜 물새가
물 마시고
노닐다 가는 곳

고향의 푸른 꿈이
남실대는
나는 오늘도
그곳을 그리며
작은 꿈을 펼친다
- 시 「무지개 뜨는 계곡」 전문

시를 통해 우리는 어려움을 겪을 때 견디는 힘을 공급받을
수 있다. 시를 통해 인생을 한 번 제대로 살 수 있는 자신감
도 가질 수가 있다.

기왕 쓰는 글인데 쓰는 사람도 행복하고 읽는 사람도 행복
하면 얼마나 좋을까? 세상 어느 한 사람이라도 내가 쓴 글을
읽고 행복해한다면 이 또한 얼마나 가치 있는 일일까? 이도
영 시인은 매일 매일 나를 행복하게 만드는 감정들을 하나씩
적어 보고 있다. 끊임없이 계속해서 글 쓰는 일을 멈추지 않
고 있다. 시인은 글을 쓰는 아주 작은 일지만, 마음이 흐뭇해
지는 것을 느낀다고 했다.

사랑은 사랑을 낳고 행복은 또 다른 행복을 낳는다. 내 마
음에 사랑과 행복이 있다면 한 사람이나 몇몇 사람을 사랑하
는 것에 만족하지 않는다. 사랑이 깊어질수록 사랑의 대상은
넓어진다. 한 방울의 빗물이 냇물을 따라 강을 지나고 바다가

되듯이 내 사랑도 깊어가면서 시내가 되었다가 강이 되고 결국 바다처럼 넓어져야 한다. 제한된 사랑은 그것은 사랑이 아니다. 집착이나 확대된 이기주의일 수도 있다. 사랑의 깊은 맛은 넓어질수록 더 강해진다.

나와 세상을 행복하게 만드는 글, 아름다운 글로 행복한 세상을 만들 수 있다. 시인의 작은 글들이 많은 사람을, 그리고 이 세상을 행복하게 만드는 것이다.

촛농이
자기 몸을 태워
흘러내리듯
인생의 세월도
그렇게 녹아

아직도 태워야 할
미련은 있는 것
촛불처럼
이 한 몸 태워

오롯이
희망을 향해 전진
오늘도 촛불은 그 빛을
잃지 않고 타오른다
– 시 「촛불처럼」 전문

시인이 글을 쓰는 일은 어쩌면 작은 일일 수도 있다. 하지만 그 일은 누군가에게 어떻게든 영향을 끼친다. 나를 통해 누군가가 힘을 얻고 기뻐한다면 그것은 삶의 세계를 깊이 누리는 것이다. 동시에 우주를 변화시키는 일이다.

그리움 사무쳐
가지마다 매달려
꽃을 피웠네

봉오리 숨긴 사랑
그대가 모를까 봐

속마음까지
볼 수 있게
활싹 피웠노라
- 시 「그리움」 전문

그리움이 마침내 꽃을 활짝 피웠다. 속마음까지 모두 볼 수 있도록 꽃을 피운 것이다.

내가 내 집 앞을 청소하면 지구 한 모퉁이가 깨끗해지듯이 그렇게 나누는 마음, 주는 마음을 넓혀가면 모든 사람이 즐거울 수 있다. 망설일 필요가 없다. 좋은 것을 많이 나눠줘서 실패한 인생은 없다. 꽃처럼 자신을 활짝 피워서 모두 드러내는 것이다.

시인은 자신의 노력으로 세상이 변하는 흥분과 설렘을 꼭 경험할 수 있으리라.

결론적으로 김도영의 시집 『삶은 시의 날개를 달고』에 활짝 핀 시심은 행복이다. 시인이 행복해야 독자가 행복하다. 그리고 이웃이 행복할 수 있다.

3. 사랑과 웃음이 빚은 행복의 미학

- 황규출 시집 『사랑 찾아서 웃는 나』를 읽고

미국의 심리학자 윌리엄 제임스는 '행복해서 웃는 것이 아니라 웃어서 행복한 것이다'라고 말했다. 웃음은 진심이 아니더라도 억지로 웃는 것만으로도 행복할 수 있다고 말한다. 작위적인 부분이라도 그만큼 웃음은 행복과 연관이 매우 깊다.

우리는 살아가면서 행복이란 말을 자주 쓴다. 그러나 진정 행복이 무엇이냐고 묻는다면 서슴없이 대답할 수 있는 사람이 과연 얼마나 될까? 나는 오래전에 유행했던 가수 조경수의 「행복이란」이란 노래를 좋아했다.

'행복이 무엇인지 알 수는 없잖아요
당신 없는 행복이란 있을 수 없잖아요

이 생명 다 바쳐서 당신을 사랑하리
이 목숨 다 바쳐서 영원히 사랑하리
이별만은 말아줘요 내 곁에 있어줘요
당신 없는 행복이란 있을 수 없잖아요.
- 노랫말 「행복이란」 전문

그 노래를 따라 부르다 보면 나도 모르게 흥이 넘치면서 행복해진 느낌이 들곤 했다.

행복과 불행은 내 마음속에 만들어 놓은 욕망의 사슬 같은 것이다. 하지만 그것을 소중한 선물로 받아들일 때 그 얽매임에서 자유로워질 수 있으리라.

소문만복래(笑門萬福來)라는 말이 있다. 집안에 웃음이 넘치니 복이 철철 넘친다는 말이다. 웃음을 통해 소통하고 기쁨과 사랑, 즐거움 등 행복의 씨앗을 뿌리면서 내가 하고픈 일을 하면서 후회하지 않게 열정적으로 사는 시인이 글벗문학회에 있다. 바로 웃남 황규출 시인이다.

그는 따뜻한 웃음을 지닌 시인으로 통한다. 스스로 자신을 일컬어 '웃남 시인'이라고 말한다. 나는 그 말에 전적으로 동의한다. 그의 따뜻한 철학과 행복한 웃음은 깊은 인간관계를 맺는데 중요한 역할을 하기 때문이다.

웃음은 마음을 열어주고 사람 간의 거리를 좁혀 신뢰를 쌓은 데 큰 도움을 주기 때문이다. 그래서 웃음은 신이 인간에게 내린 축복이란 생각을 한다. 그의 작품 중에 웃음이 담긴 시를 만날 수 있다.

부지런히 살았다

버릴 여유 없이
오직 신고 다녔던 양말

그 오랜 세월 속에
밟히고 밟히면서 지냈지만

오직 발만 위해서
따뜻하게 해주고
보호해 주고

곳곳을 따라 다니며
먼지는 혼자 감수한다

빨래통에 들어가
빙빙 돌아가는 세월 속에
정신없이 돌고 돌아서
햇빛 받아서 따라 다닌다

구멍 난 줄도 모르는
야속할 사이도 없이
그냥 버려졌다

우연히 구멍 난 양말을
자세히 보니 웃음이 난다

너무 고맙다
– 시「구멍 난 양말」전문

시인은 구멍 난 양말을 바라보면서 고마움과 함께 버려진 존재에 성찰과 관심이 돋보인다. 결국 버려진 양말에게 고맙다는 말로 그 따뜻함을 전한다.

　황규출 시인의 또 다른 시 「그런 사람이 있습니다」를 만나보자. 이 시는 어쩌면 황규출 시인 자신을 스스로 말하는 자화상 같은 시가 아닐까.

　　그런 사람 있습니다
　　전화 오면 미소가 입가에 맴돌고
　　웃음이 뒤엉키어 못 알아들어도
　　웃음 나오는 그런 사람 있습니다

　　서로 위안 되고 이해 안 가도
　　저 해가 오지 않아도 싫지 않은
　　그런 사람이 있습니다

　　까치 소리가 웃음소리로 느끼며
　　흐린 날에 투박한 음성도
　　짜증 난 목소리도 웃음으로 들리며
　　그냥 들어주는 그런 사람이 있습니다

　　전화 올 때 되면 꼭 오고
　　미지도록 보고 싶은 그런 사람 있습니다

　　그런 사람은 어떤 사람인가요
　　 － 시 「그런 사람 있습니다」 전문

　'그런 사람'은 삶의 태도가 매우 긍정인 사람이고 삶을 초월하듯 살아가는 사람이다. 언제나 웃음이 가득한 그런 사람이고 매사에 낙천적인 사람이다. 그리고 때로는 따뜻한 사람이면서 자꾸만 생각나게 하는 사람이다.

올해 초에 파주에서 파주시 중학생을 대상으로 독서토론한마당 행사를 준비하기 앞서서 여러 차례에 걸쳐서 연수를 진행한 적이 있다. 그때마다 놀랍게도 황규출 시인이 다리가 다친 상태임에도 깁스를 한 상태로 절룩거리면서 연수에 빠지지 않고 참여하고 있는 것이 아닌가. 더군다나 중학교 학생들을 대상으로 본인이 지닌 다양한 독서에 대한 가치관과 인생관을 전달하려고 무던히 애쓰는 열정을 갖고 참여한 바 있다.

네 잎 행운 클로버 찾고자
세 잎 행복 클로버 밟고
헤매다

보일 듯 보일 듯한
네 잎 클로버 안 보인다

닭똥 같은 눈물로
빗물 받아 굴린 클로버

눈물이 진주란 걸 알았다
 - 시 「눈물이 진주」 전문

사람은 삶을 살아가다 보면 행운을 만나기도 하고 그로 인해 행복을 맛보는 경우가 종종 있다. 때로는 행운을 찾으려고 노력하다가 아픔을 맛보는 경우도 비일비재하다. 시인은 그 아픔의 눈물이 '진주'라는 사실을 깨닫는다. 이에 대한 삶의 성찰이 눈부시다. 지금의 상황이 행복이란 사실을 모르고 막연하게 무작정 행운만 찾는 사람들에게 던지는 메시지인 시다. 어쩌면 이 모습은 우리들의 부끄러운 모습이다. 행복은 바로 내 옆에 우리 주변에 있음을 다시금 깨닫게 하는 시다.

세상 속에 태어났다고
울부짖으며 달콤한 사랑
그 사랑 지키기 위해
일하며 산다

힘들어도 힘들지 않은
보이지 않는 상처들
늘 행복할 수 있는
살아 있는 나의 사람아

훌훌 날려 보내는 맘을
자연 속에 던지며
어찌 다 극복하며 살 수 있을까

감당할 수 없는 일들
시로도 표현 안 될 때는
아 이것이 인생이구나

오늘도 태양도 뜬다
환희를 느끼며
– 시 「태양이 뜬다」 전문

자신의 삶에 대해 글을 쓴다는 것은 누가 뭐래도 벅찬 일일 수 있다. 당신은 무엇을 얼마나 기억하는가? 글에 써넣어야 할 중요한 이야기는 무엇이 있는가? 진실과 예술성은 어떻게 가를 것인가? 나아가 삶의 가치를 일러줄 글은 어떻게 쓰는 것이 좋은가?

글쓰기에서 제일 큰 적은 글에 대한 지나친 기대를 거는 것이다. 하루아침에 훌륭한 작품을 만들어내겠다는 지나친 욕심은 접어야 한다. 글은 자신만의 진솔한 이야기를 써 내려갈 때 진정 아름다운 글이 탄생하는 것이다. 그런 면에서 황규출 시인의 시는 담백하다. 자연에 순응하듯, 하늘에 가르침에 순종하듯 그는 하루하루의 삶 속에서 행복을 찾고 있는 것이다.

꿈을 꾸면서 살아요
그러나 행동으로 살아요

희로애락은 자유이지만
더불어 살아가야기에 책임을
어떻게 사는 것이 기쁨과 행복인지

사는 것에 순응하다
또 구시렁대다가
다 제풀에 꺾여 살아가는 것을

따져서 뭐하나요
가는 것은 다 하나인 것을
하루 선물 속에 행복이
다 있잖아요
– 시 「따져서 뭐하나요」 전문

웃남 황규출 시인, 삶이 그렇듯이 꿈을 꾸면서 살고, 그 꿈을 실현하기 위해 오늘도 글을 쓰는 행동으로 줄달음친다. 그렇게 바삐 살다 보니 삶의 희로애락을 만나게 된다. 그러면서 시인은 더불어 살아가는 것이 우리의 인생임을 스스로 깨닫는다. 그리고 삶을 달관한 듯한 태도로 초월이란 의식을 지닌다. 눈을 씻고 마음을 씻고 하루의 선물 속에 행복을 찾는다. 하루라는 삶이 시인에게는 행복의 선물인 것이다. 행복은 그곳에 모두 있다고 말한다.

이런 의미에서 황규출 시인은 솔직하다. 진솔한 이야기는 기억에 의존한다. 하지만 사소한 기억까지 모두 글로 남길 수는 없는 법이다.

기차는 쉬고 쉬지 않고 달려간다
차장 밖의 산천도 덩달아 쉬지 않고 달려간다
'평안역'입니다 행복한 하루 되세요
그 소리를 하며 기차는 쉬었다 달려간다
승객들은 아무 말 없이 휴대폰을 보기도 하고
옆 사람과 얘기하며 제각기 갈 곳에 따라 내린다
다음 역은 어느 역이냐고 묻지도 않은 채
말없이 기다리고 있을 뿐이다
기차는 다음 역이 이디냐고 묻지도 않온 채 달려간다
이번 역은 '행복역'입니다 즐거운 하루 되세요
그 소리를 하며 기차는 쉬었다 달려간다
쉬는 역마다 그곳에 가는 승객은 내린다
마지막 종착역은 '천국역'입니다
그곳에 내릴 사람은 종착역인지 거의 없다
– 시 「기차는 달려간다」 전문

시인은 삶의 일생을 평안역, 행복역, 천국역으로 달려가는 인생을 표현했다. 그가 생각하는 가치관은 평안역과 행복역에는 내리는 사람이 있겠지만 천국역에 내리는 사람은 많지 않음을 비판하듯 표현한다.

    잠 깬 시간
    만지작만지작
    이리저리 뒹굴뒹굴
    그 사랑은 늘 떠오른다

    빈둥빈둥한 하루
    별처럼 빛나는
    사랑 사랑아

    달려온 행복
    환한 미소 준 기쁨
    보글 향기 내 사랑아

    찾으러 찾으려
    달려가고픈 사랑은
    현실에 묶여 언제 갔는가
    - 시 「힐링 시간 속에서」 중에서

자신의 기억을 효과적으로 드러내는 방법은 바로 나를 보여주기 방식에서 구현된다. 한 장면을 묘사하듯 자신을 드러내고 보여주는 것을 말한다. 당시 자신의 기분이나 상황을 굳이 설명할 필요는 없다. 독자가 글을 읽으며 상상하고 공감할 수 있게 해야 한다. 그런 의미에서 황규출 시인은 대상을 살

피는 관찰력이 남다르다. 소리를 듣고 냄새를 맡고 감촉을 느끼고 맛을 보며 감각을 여는 글쓰기의 방식이 부럽다. 그의 시 「내 사랑」을 살펴보자.

짧은 시간에
긴 여운을

긴 시간에
짧은 여운을

내 사랑은 늘 행복하다

사랑받지 못한 새는
더 사랑해서 울고

가는 세월
아쉽게 사는 인생을
아쉬워하며

내 사랑은
늘 행복하다
– 시 「내 사랑은」 전문

황규출 시인은 자신에게 긍정적인 자세로 행복을 주문하고 있다. 그것은 바로 사랑이라는 행복이다. 사랑받지 못해서 혹은 짧은 인생길에서 아쉽지는 늘 행복하다고 한다. 황 시인은 '웃남'(웃는 남자)이다. 그는 웃어야 행복해질 수 있다고 말한다. 그렇게 매사에 긍정적인 자세로 웃으려 노력하고 글쓰기에 적극적인 삶을 사는 것이다. 그런 그의 삶 속에서 다양한 끼와 창조적인 능력을 발휘하고 있다. 필자는 이를 사랑과 웃음이 빚은 행복이라고 말하고 싶다.

많은 사람들은 창의성을 기술적 요소 혹은 개인의 능력으로 치환하려고 한다. 창의성은 갑작스러운 훈련으로 이루어지는 것은 아니다. 피카소나 모차르트와 같은 천재적인 사람들만이 가지고 있다고 생각하기 때문이다. 하지만 이것은 오해다. 이미 우리는 창의적인 삶을 살고 있다. 인간이라면 누구나 창조적인 능력을 발휘할 수 있는 것이다. 사실 창의성은 새로운 것을 만들어내는 '참신성과 창조성'에도 있다. 하지만 자기만의 사고라는 '주체성'과도 매우 밀접히 결부되어 있다. 나라는 존재가 스스로 생각하고 표현할 수 있다는 확신이 무엇보다도 중요하다. 그런 면에서 시 낭송은 물론이고 작사, 작곡은 물론 색소폰 연주를 한다. 황 시인의 탁월한 능력은 늘 창조적인 삶을 사는 것이다. 오늘도 시인은 나만의 필체로 글을 쓰고 나만의 방법으로 창조적인 삶을 사는 것이다. 그런 면에서 그의 삶은 바로 사랑과 웃음을 지닌 창조적인 삶이라고 말하고 싶다.

아이디어는 추상적이고 단편적인 생각일 뿐이다. 그러나 이것이 모여서 글의 분위기, 삶의 중요한 콘셉트를 만든다. 아이디어는 어떻게 모으며 어떻게 활용하는가?

우선 되는 대로 글을 무조건 자주 써야 한다. 따로 무언가를 염두에 두지 않은 채 무의식에서 붓 가는 대로 글을 써 내려가면 되는 것이다. 중간에 막히면 아무 이야기라도 쓰면 어떨까? 글을 쓴다는 것은 자신 안에 어떤 이야기가 있는지

다시금 확인해 보는 작업이기도 하다.

삶 속 묻혀 그것이 전부여서
내가 누구인지 모를 때가 있더라구요

삶이 늘 행복이면 얼마나 좋겠습니까
행복은 성취의 기쁨이라면
한 가지를 성취하려면 또 다른 한 가지를
버려야 얻을 수 있잖아요

삶 속은 희로애락의 연속이잖아요
물결처럼 요동치는 맘을 잔잔히
평온을 찾기 원하는 것이
소망인 것 같습니다

기쁨은 순식간에 지나가고
아픔은 콕콕 찌르며 다가옵니다.
약점을 말할 때 상처가 쌓아질 때
아픔이 깊어집니다

(중략)

삶은 / 자연을 보듯이 순응하며
살아가는 것이 인생인 것 같더라고요
- 시 「삶의 소회」 중에서

시인은 삶에 대한 철학적 접근으로 희로애락의 삶은 '자연을 보듯이 순응하면서 살아가는 인생'이라고 말한다. 그런 면에서 황규출 시인의 시는 그의 인생처럼 뜨겁다. 열정적이다. 그의 시마다 마음으로 말하는 이야기가 있다. 다른 누구도 할 수 없는 자신만이 독특한 이야기를 담으려고 노력한다. 어쩌면 그의 노력이 이처럼 좋은 시집이 탄생되고 멋진 시로 탈바꿈하고 있는지도 모른다. 그 때문에 나는 황규출 시인을 존경한다.

아침에 태양이 떠오릅니다
자동차 안에 몸 싣고
일터 가는 길은 늘 침묵의 시간이다

(중략)

빗소리 들으며 떠오르는 모습들
커피를 마시며 그의 향기를 느끼며
옛 추억의 노래 부르며 그냥 쉴 수밖에 없었다

비 그친 후 / 텃밭에 상추. 고추 따다가
삼겹살에 막걸리 마시며 노래를 불렀다
이것이 참 행복이 아닌가 싶다

아침 태양이 노을 되어 / 붉게 물들 때
더욱 뜨겁게 살아야 하는 이유이다
– 시 「뜨겁게 살아가는 이유」 일부

좋은 글을 넘어 훌륭한 글이 되기 위해서는 좋은 글의 기본적인 가치를 찾아서 이를 자신의 삶에 접목해야 한다. 그런 의미에서 글은 움직여야 한다. 이곳에서 저곳으로, 이 생각에서 저 생각으로 움직여야 한다. 말이 동사가 되어 살아 숨 쉴 때 독자 역시 글의 움직임에 빠져들 수밖에 없는 것이다.

> 기쁠 때는 기쁨대로 / 슬플 때는 슬픔대로
> 풀리지 않는 때는 엉킨 대로
> 살 수밖에 없는 인생인 것을
>
> 맘을 달래봐 / 가슴을 열어봐
> 몸을 흔들어봐 / 노래를 불러봐
>
> 그러면 행복 느낄 수 있어
> 조금은 위안이 될 수 있어
> 잊어버릴 수도 있지
>
> 다 그러며 사는 거지 / 다 그러며 사는 거지
> – 시 「다 그러며 사는 거지」 전문

이제 황규출 시인은 글을 쓰지 않으면 안 되는 매우 드문 시인이다. 그는 시를 쓰는 끼로 넘친다. 음악을 만드는 열정이 있다. 그뿐인가? 시 낭송, 악기 연주, 손글씨를 쓰는 멋진 삶을 살고 있다. 한마디로 그의 시와 삶에는 사랑이 넘친다. 시대의 풍류를 읽듯 오늘도 그는 노래한다. 사랑과 웃음을 지닌 웃남 황규출 시인은 우리에게 오늘도 행복을 넌지시 말한다. 사랑과 웃음으로 사는 삶은 행복하다고….

4. 신앙의 길, 시인의 꿈
— 황희종 첫 시집 『저 높은 곳을 향하여』

시란 무엇일까? 교과서적인 이야기지만 대체로 이렇게 정의한다.

"시란 자신의 생각과 감정을 운율을 빌려 함축적인 언어로 표현한 글"

이 정의는 교과서적인 정의이나 맞있다고 할 수도 없고 틀렸다고 할 수가 없다. 뭐 그런 말이 있느냐고 반문하는 이가 있을 것이다. 세상에는 한마디로 딱 잘라서 말하기 어려운 경우가 있다. 시도 마찬가지다. 시는 아름다운 말로 꾸민 것, 산문보다 짧은 글, 운율이 있는 글, 감동을 주는 글, 다 맞는 말이다.

예를 들면 황지우 시인의 한 줄 시 "묵념, 5분 27초"가 그렇다. 황지우 시인의 첫 시집 『새들도 세상을 뜨는구나』에 실려 있는 시다. 다양한 형식과 비유, 암시 등을 사용하고 있다. 묵념을 하되 5월 27일을 생각하면서 5분 27초 동안 하자는 의미다. 분명 앞뒤가 맞지 않는 말이지만 그 안에 어떤 진리가 담겨있다면 바로 시인 것이다.

운율에는 내재율과 외형률이 있고 비유와 상징을 많이 사용한다. 그리고 심상을 활용한다. 다시 말해 어떤 대상을 생각했을 때 마음속에 떠오르는 느낌이나 이미지다. 흔히 시각, 청각, 후각, 미각, 촉각을 활용한다.

따라서 시의 개념은 계속해서 확장되고 있다. 앞으로도 시의 울타리는 더욱 넓어질 것이다. 시 안에 신문 기사나 광고 문구를 끼워 넣는다든지 그림이나 사진을 활용한 디카시도 유행이다. 요약하면 시의 영역과 구성 원리는 무한대라고 할 수 있다.

글벗문학회 회원 중에 매일 신앙 고백하듯이 신앙시를 쓰는 목회자가 있다. 바로 황희종 시인이다. 수필가이자 목회자로 활동하는 시인이다. 그는 파월 국가 유공자이면서 경찰공무원으로 퇴직하여 국가발전 옥조근정훈장을 수상한 것은 물론 제34대 청룡봉사상 신상을 수상하기도 했다. 물론 2005년에 문학세계에서 수필로 등단한 이후 수필집을 출간했다. 서울지방경찰청, 경기북부경찰청 경목실장 등을 역임하면서 지금도 끊임없이 시를 쓰고 공부하고 있다. 한국작가회의 고양지부 이사와 상황문학 문인회 이사 등을 역임했고 한국기독교문인협회 회원으로 성결대학교 신학대학원 졸업한 이후에

미국 킹데이비드 상담학박사 학위를 수여 받았고 틈만 나면 어려운 이웃을 돕는 서예가, 평생교육사, 복지사, 행정사로 활동하고 있다.

그렇다면 금번에 출간하는 황희종 첫 시집 『저 높은 곳을 향하여』는 어떤 시상을 담고 있을까?

나의 한때 푸른 꿈은
삼다(三多)의 한라산에
초가삼간 집을 짓고
사랑하는 우리 임과
산을 호령하며
한 백 년 살고팠다
티 없이 맑고 푸른 초원
티 없이 맑고 푸른 바다에
티 없이 맑은 사람들과
산야를 호령하는
카우보이 목장장이었다

목구멍이 포도청이라 했던가
당장에 먹고살기 힘들다고
어려운 공직의 사명으로
나라의 안녕과 평안을 위해
대정 몽생이가 변하여
사람은 서울을 찾아
보람되게 보냈건만
어찌 난 지금도
저 푸른 꿈을 접지 못하는 것일까
– 시 「접지 못한 푸른 꿈」 전문

세상의 모든 일은 복잡하다. 한 번에 되는 일은 단 한번도 없다. 어떤 일이든 작은 조각들이 전체를 이루며 그 조각들 사이에는 순서와 질서가 있다. 그 순서와 질서를 바로잡기 위해 시인은 저 높은 곳을 향하여 자신의 비전을 피력한다.

그렇다면 황희종 시인의 꿈은 무엇일까? 앞에서 말한 바와 같이 제주도 한라산을 바라보면서 사는 삶이다. 시집 제목에서 의미하는 바와 같이 그의 삶은 배움의 꿈, 경찰관 복무에서 시작했다. 그리고 목회자, 그리고 수필가, 시인의 꿈을 실현해 가고 있다. 마침내 서울경찰청 전담목사로 활동했고, 문학세계 수필로 등단하면서 수필집을 출간하기도 했다. 지금은 시 공부를 열심히 하면서 시인의 길을 걷다가 이렇게 시집을 출간하기에 이르렀다.

나는 한 때
즐겁게 학문을 넓힌다고
한 푼 두 푼 모아질 때마다
책을 사고 모았다

(중략)

어렵디 어렵던 그 시절
용돈이 모자라
월급 때마다 떼고 또 떼어
어렵게 산 한 두 권의 책이
이제는 수백 권
나이가 들다 보니
잘 보이지도 않는다
보기도 힘들어진다

이 귀한 책이
쓰레기로 가기 전
가장 중요한 책부터
하나둘 짐을 싼다
어찌 이렇게도 싸기 힘들까

귀한 딸 시집보내는 건
일도 아니다
좋은 사위 만나 잘 살면
오죽이나 좋으련만
그렇지 못할까 봐
하나둘 만지고 다시 세어본다

(중략)

나는 나의 사랑하는 책을
더 늦기 전에
귀한 이에게 전수하련다

한 알의 밀알이 썩어져
열매를 맺듯
백배의 결실을 맺고 싶다
- 시 「쓰레기는 따로 있지」 전문

책은 이미 세상을 살았던 사람들의 소중한 지식과 경험, 정
신과 사랑을 담은 소중한 자료다. 그런 의미에서 책은 새로운
세계를 향한 탐험이다. 책은 희망의 도구다. 그래서일까? 시
인이 생각하는 가치 있는 힘은 독서의 힘, 밀알의 힘이다. 이
모든 일은 사랑이 있어야 가능하다. 삶에 대한 사랑, 나에 대

한 사랑, 그리고 이웃에 대한 사랑이 세상의 모든 싹을 틔우는 힘이다. 책을 펴면 희망도 펼쳐지고 사랑을 만날 수 있다. 아울러 책을 펴면 사랑도 하게 된다.

무엇보다도 시인이 신앙의 길을 걸으면서 시인의 꿈을 실현하는 것은 마음에 하나의 샘을 갖는 것이다. 그 샘에서 사랑과 기쁨의 샘물이 없으면 불가능하다. 그 사랑가 기쁨의 샘물이 바로 책이었고 이제는 시(詩)가 아닐까 한다.

　　찬양과 노래는
　　건강에 좋다고 하지만
　　찬양은
　　하나님께 영광 돌리는 동시에
　　사람의 영과 육을 튼튼하게 만든다

　　노래는 사람에게
　　즐거움과 기쁨을 주지만
　　순간적이라는 한계가 있다

　　찬양과 노래는
　　동물도 춤을 추고
　　식물도 춤을 추며
　　만물에게 유익하다

　　찬양은
　　존귀하신 하나님께 영광을 돌리고
　　사람들에게 무한 축복을 내린다
　　- 시 「찬양과 노래」 전문

우리 한 사람 한 사람이 고귀한 것은 그를 통해서 세상이 더 나아지기 때문이다. 그 한 사람의 노력으로 자연이든 사람이든 물질이든 그만큼 아름답고 풍요로워진다. 그래서 시인은 시로 하나님을 찬양하고 노래한다. 어쩌면 그가 지닌 푸른 꿈의 하나다.

나도 한때
당신들과 같이
높고 푸른 꿈이 있었네

굽이굽이 마다
험난한 세월을
열심히 살다 보니
이제 노인이 되고 말았군요

노인이라 무시하지 말게
나에게도
자존심이 남아있다네
– 시 「존재」 전문

그리고 그에게는 존재의 꿈이 있다. 그 존재의 꿈을 시를 통한 찬양으로, 감사의 마음으로 다른 이를 축복한다. 이는 섬김의 마음이다. 작은 섬김의 마음이 씨앗이 되어 싹이 트고 열매를 맺는다.

앞에서 언급했듯이 시인은 행정가요 복지전문가다. 그의 관심은 그의 사명을 다하는 일이다. 사명이란 만들어내는 것이 아니라 찾는 것이다. 시인은 인생을 살아가면서 자신의 존재를 무던히 찾고 있다. 내가 좋아하고 내가 잘할 수 있고 사람들에게 도움이 되는 일이라면 그것이 바로 자신의 사명으로 생각한다.

　　푸른 꿈
　　어린이 보호를 위한
　　보호구역을 정하여
　　보호하고 관리한다

　　오직
　　자식 하나 잘되라고
　　이름도 빛도 없이
　　살아온 그대

　　이름 없는
　　노치원엔
　　이곳저곳 빈틈을 찾아
　　하나둘 모여든다

　　노인이 늘어나고
　　노파가 많아지는 세상에
　　이곳저곳에 방황하는 어르신

　　노치원을 확장하고
　　보호하고 보살피는
　　구역이 확대 발전되어

　　따뜻한
　　노후의 보금자리가
　　요망되는 세상
　　 - 시 「노치원」 전문

유치원이 아닌 노치원에서 시인은 말한다. 자신의 생각을 시로써 전하면서 세상의 변화를 꿈꾸는 것이다.

그의 시집의 서문에서 시인은 이렇게 말한다.

"그동안에 쌓은 보석과도 같은 일기와 시를 갈고 다듬어서 어두운 세상에 빛과 소금의 사명으로 불우한 이웃에게 참 희망과 용기의 삶을 꼭 전해주고 싶다"고.

한 번밖에 없는 인생
피땀 흘려 벌어서
먹을 거 다 먹고
배울 거 다 배우고
구경할 거 다하다
떠나가면 좋으련만

아직도
연어같이 황소같이
일만 하다 가면
너무 허무한 게 아니던가
– 시 「연어의 일생」 일부

인간은 연어같이 황소처럼 일만 하는 것이 아닌 먹는 즐거움과 여행의 삶도 누려야 한다. 그러기 위해서는 우리는 사랑을 배워야 한다. 끊임없는 배움으로 새로워져야 한다. 자신이 그 무엇을 사랑하고 있는지 없는지 알 수 있는 가장 좋은 방법은 '그를 위해 나는 노력하고 있느냐는 것'이다. 신앙인이 "하나님을 사랑합니다."라고 말할 때는 "나는 당신을 위해 이렇게 변하고 있습니다."라고 고백이 포함되어 있어야 한다.

평소엔 그저
추울 때나
감기 걸렸을 때
검, 백색으로 가렸던
그 옛날을 보내고

코로나란 세풍에
일곱 색깔을 넘어
모양도 패션시대로 변했다
따뜻한 봄과 함께
실외는 해제기 되어도
아직도 이곳저곳엔
습관이 되어버린 마스크 차림은
너나 할 것 없이
질서가 정연하다

어서어서
우리의 삶에도
꽈악 닫혀진 입가의 대문이
따뜻한 봄과 함께 활짝 열어다오
- 시 「마스크 반란」 전문

  선택의 여지가 없을 때는 정면으로 부딪치는 것이 가장 좋은 방법이다. 임시방편이나 핑계는 문제를 복잡하게 할 뿐, 근본적으로 해결해 주지 않는다. 다만 질서 속에서 마음의 명령을 따르는 것이다. 어려움을 피해가는 것이 아니다. 본질의 문제에 부딪히면서 문제를 해결하는 것이다. 시인은 소망한다. 코로나로 인한 팬데믹 상황에서 질서 있는 삶을 추구하다가 자유롭고 여유로운 삶을 꿈꾸는 것이다.

태양은 만물에게
없어선 안 될 생명이다

남향집은 / 여름엔 해를 가리니 시원하고
겨울엔 해가 들어 따뜻함을 준다
산에 들에 꽃나무들도
해가 비치는 곳에는
춤을 추며 무럭무럭 잘 자라
좋을 열매를 맺으나
해가 없는 곳에는 생명력이 없다

인간과 동물에게도
해를 안고 사는 사람들은
해같이 빛나고 / 생기 있게 잘 살아간다

인간이 로켓을 쏘아 / 달나라를 간다고 한들
온 지구를 만든 / 전능하신 하나님과
어찌 비교할 수 있을까
— 시 「해님」 전문

시인은 목회자이며 상담가이고 신앙인이다. 그는 복의 통로
로 전능하신 하나님을 신뢰한다. 우리에게는 고귀한 소망이
있다. 나와 함께 하는 사람들, 함께 공부했던 친구들, 모두가
행복한 삶을 꿈꾸면서 나를 만나서 함께 한 사람들이 잘되길
소망한다. 내가 그들의 삶에 좋은 통로가 되고자 하는 것이
다. 그 밑바탕에는 바로 해님(하나님)이 있다는 사실을 깨달

는다.

　　그 옛날 / 시골에서 만나 봤던 초승달은
　　오늘도 일산 위에도 떴네

　　그 옛날 / 새벽 별의 닭 울음소리를 듣고
　　논과 밭을 갈고
　　산 중턱에서 소먹이를 배웠지요

　　오늘따라 / 티 없이 밝은 초승달은
　　나에게 이름을 밝혀준다

　　기도하고 성경 보고 / 찬양하며 복음 전하며
　　하루의 삶을 영글게 한다
　　– 시 「초승달」 전문

　　사랑하고 있는 사람은 언제나 민감하고 예민하다. 나뭇잎 하나도 새벽에 뜬 초승달도 구름 한 점 떠가는 것도 작은 새가 우는 소리 하나도 그냥 지나치지 않는다. 그래서 시인은 자연을 사랑하고 이웃을 사랑하는 존재다. 모두가 사랑의 시이고 몸짓이며 노래이며 천리안을 가진 존재가 된다. 연인을 사랑할 때처럼 삶을 사랑하면서 하루하루를 기쁘게 사는 것이다. 사람들의 작은 목소리도 들리고 꽃 한 송이의 몸짓에서 행복을 느끼는 것이다.

　　그 먼 옛날 / 젊은 나이에
　　자유의 십자군으로 파병
　　주야 가림이 없는 전투에도

살아남은 걸 생각할 때마다
감사가 떠오른다

미지의 나라 / 정글의 나라
타잔의 나라 / 낮엔 낮대로
밤엔 밤대로 / 전선이 없는 정글 속에서도
때론 쉬는 날도 있었다

내일을 알 수 없는 전우들은
부모 형제와 애인들에게
편지를 쓰며 위로받지만
이것도 저것도 없이 / 나라를 원망하거나
향수를 못 이긴 전우들은
전투에 앞서 / 아쉽게도 먼저 죽어갔다

코로나로 3년째 / 나름대로 고난을 헤치고
열심히 사는 사람들은 / 더 건강하게 사는데
모든 걸 포기하고 / 방콕이나 하면서 좌절한 사람들은
코로나라는 전투에 앞서 / 이름 모를 질병으로
때 이른 나라로 달려간다

칼뱅의 말이 아니더라도
감옥에서도 / 주어진 환경을 잘 개척하며
열심히 살면 / 우리에겐 결코
어려운 것만은 아닐 것이다
– 시 「자유의 십자군」 전문

  희망이 있는 사람은 기다릴 줄 안다. 언젠가 그날을 만나고
즐거워할 것이기 때문이다. 오랜 기다림도 지루하지 않다. 그

래서 기다림은 참으로 아름다운 일이다. 누군가를, 무엇인가를 만날 희망을 품고 노력하는 삶, 그 삶은 지혜로운 삶이다. 코로나로 인한 팬데믹 시대, 혹은 인공지능에 의존하는 세상의 모든 기다림은 사랑이 담겨 있다. 모든 일은 한순간이 결코 아니다. 날마다 조금씩 구체적으로 완성되는 것이다.

세상을 오래 살수록
많은 지혜와 총명이 밝아진다
그래서 예부터 / 어른의 말은 지혜의 근본이라 했다

아무리 과학이 시대라 하지만
어른의 말은 무시할 수가 없다

그런데 최근 / 코로나로 팬데믹으로
많은 사람들이 / 용기를 잃고
비틀거리고 있다

거리마다 / 사람마다
걷는 모습을 보면 / 힘과 용기를 잃고 있다

아무리 세상이 변해도 / 내 의지와 용기를 잃지 않으면
머시않은 날 반드시 / 해가 나고 빛이 나고
봄꽃 향기 속에 / 좋은 열매를 거둘 것이다
최후의 승리자는 / 끝까지 용기를 잃지 않은 자의 것이다
– 시 「맥이 없다」 전문

가다가 힘들고 지칠 때가 있다. 그러나 사랑과 지혜와 용기로 꾸준히 힘써 나아가야 한다. 그 꾸준한 걸음 끝에 내가 바

라는 세상이 펼쳐지기 때문이다. 이제 좋은 날을 기대해 보자. 이제부터 그동안 쌓은 경험과 지혜들이 좋은 날을 만들 것이다. 그동안의 아픔의 눈물은 내일의 좋은 일을 맞이하기 위한 준비가 아니겠는가. 아침은 날마다 새롭게 찾아온다. 봄도 다시 올 것이다. 물론 내일도 아프고 쓰린 일이 다가온다. 하지만 지혜와 사랑으로 그리고 용기로 극복할 수 있다.

넓고 깊은 산골마다 / 수만 년의 세월에
비바람과 태풍을 이겨낸 / 흔적이 고스란히 남아있다.

패이고 찢기는 고통 속에도
한마디 말도 못 하며 / 참아온 노인의 자국처럼 말해준다

젊을 때는 아픈 곳도 모르고 / 앞만 보고 달려온 그들은
오십 대는 오십견으로 / 육십 대는 허리 다리 통증으로
칠십 대가 되면 모두가 / 셀 수 없는 약봉지로
하루 이틀 연명하며 산다

산과 절벽 같으면 / 아름답게도 보이련만
사람은 사람이라 / 돌아올 수 없는
계곡의 주름살만 늘어나니
나의 이 몰골은 / 무엇에 쓰일까
– 시 「골짜기마다」 전문

누구에게나 자기 분량의 고통이 있다. 고통을 이해하고 그것을 넘어서면 드디어 기쁨과 평안이 다가온다. 고통 속에서도 새로운 삶의 의미와 기쁨을 찾아내는 것이 시인의 역할이 아니겠는가. 세상이 비록 고통으로 가득해도 그것을 극복하는

힘과 방법은 다양하다.

시인 한 사람의 글 쓰는 일은 작은 일일 수도 있다. 하지만 그 일은 누군가에게 어떻게든 영향을 준다. 나를 통해서 누군가가 힘을 얻고 기뻐한다면 그것은 삶의 세계를 깊이 누리는 것이다. 동시에 세상을 변화시키는 일이다. 그렇게 시인의 사명은 막중하다.

내가 사는 가정에서 행복을 나누면 지구 한 모퉁이가 깨끗해지듯이 그렇게 '주는 마음'을 넓혀가면 모든 사람이 즐거울 수 있다. 좋은 것을 많이 나눠서 망한 회사도 없고, 실패한 인생도 없다. 나의 노력으로 세상이 변하는 흥분과 설렘을 꼭 경험할 수 있다면 얼마나 멋진 일인가.

지금껏 황희종 시인의 신앙의 길, 시인의 꿈을 살펴보았다. 그의 신앙의 길은 행복을 추구하는 성찰하는 삶을 살면서 코로나 팬데믹에 빠져 비틀거리는 세상에 용기를 주면서 세상을 변화시키는 시인의 꿈을 갖고 있다.

시인은 목회자이며 복지가요, 상담가다. 그는 복의 통로로 전능하신 하나님을 신뢰하면서 자신도 다른 이에게 복의 통로가 되고자 하는 소망이 있다.

시인은 다시금 말한다. 그동안에 써왔던 일기와 시를 갈고 다듬어서 어두운 세상에 빛과 소금의 역할을 다하는 사시인, 불우한 이웃에게 참 희망과 용기의 삶을 꼭 전해주는 신앙인이 되고 싶다고 고백한다.

코로나로
사방이 봉쇄라
어쩔 수 없어

방콕에서 보낸다

세월과 함께
조금씩 문이 열리자
복지관이나
유명 교수님을 찾아
반드시 시인이 되고 싶어
많은 강의를 듣고 듣는다
- 시 「대기만성」 중에서

　그가 꿈꾸는 신앙인의 길, 그리고 배움으로 정진하는 시인의 꿈은 분명하다. 세상의 빛과 소금의 역할을 담당하는 신앙인, 시인이 되고 싶은 것이다.
　아무쪼록 첫 시집 『저 높은 곳을 향하여』를 통해서 그의 꿈을 향한 첫 출발이기에 적극적으로 응원하고 작은 힘을 보태고 싶은 마음이다. 시인의 꿈이 아름답게 실현되길 소망한다. 그가 꿈꾸는 신앙의 길, 시인의 꿈이 곧 행복이 되길 소망한다.

제4부

글빛이 빚은
아름다움

1. 다양한 상상력을 통한 참신한 시적 발견

 – 이남섭 시집 『빨간 뱀』을 읽고

　시에서 다양한 상상력은 최상의 가치이자 불가침의 영역이라고 말할 수 있다. 시는 창의력의 산실이기 때문이다.

　상상력에 의한 의미의 확장조차도 그 기반이 사실적 관찰에서 출발한다. 그 때문에 시의 이미지 표현은 어떤 방법이든 구체적이어야 한다. 시에서 상상에 의한 의미 확장은 구체적으로 가능한 길이 열려 있음을 의미한다. 다시 말해 이는 살아있는 시를 써야 한다는 의미다.

　시어는 추상적인 언어보다는 구체적인 언어를 써야 한다. 보편적인 언어보다는 특수한 언어를 찾아서 쓸 때 바로 살아있는 시가 될 수 있는 것이다.

역사적으로도 살아있는 글을 쓰는 시인들이 제법 많다. 대표적인 분은 조선 시대 연암 박지원 선생을 꼽을 수 있다, 그는 세상을 바라보는 시선부터 남들과 달랐다. 사람들이 까마귀를 보고 검다고 규정해 놓지만 연암 박지원 선생은 까마귀가 검지 않다고 주장한다. 까마귀가 햇볕 아래에 있을 땐 까마귀로부터 검은색이 아닌 다른 빛을 발견할 수 있다는 것이다. 그런 의미에서 시에 쓰이는 기법인 '낯설게 보기'는 그런 큰 의미를 지닌다.

20여 년 동안 필자와 함께 꾸준하게 창작활동 하는 오롯한 시인이 한 분 있다. 밝은 곳보다는 어두운 곳에서 삶에 대한 구체적이고 다양한 상황을 진솔하게 글을 쓰는 시인이다. 그의 시에는 그의 삶이 담겨있고 마치 일기를 쓰듯이 그의 삶의 철학과 성찰이 잔잔하게 녹아있다. 한 마디로 다양한 상상력으로 살아있는 시를 쓰는 시인이라고 감히 말하고 싶다. 그는 바로 꼬모 이남섭 시인이다.

이번에 첫 시집 『빨간 뱀』을 상재한다. 서문에서 이남섭 시인은 이렇게 말한다.

나의 시 전체는 밝지 않다. 그도 그럴 것이 나는 어둡고 습한 곳들만 들여다봤다. 남들의 눈길이 닿지 않는 외지고 먼 변두리들만 돌아다녔다. 구석에서 자기 혼자 사위어 가는 것들을 어루만졌다. 가령 버려진 폐 염전터, 우음도 왕따나무, 날개를 다친 비둘기, 아프기만 했던 오래전의 기억……. 뭐 이런 것들이다. 그러나 그것들은 결코 절망이 아니었다. 외롭고 어둡고 눅눅한 것들끼리 서로 보듬고 쓰다듬으며 함께 하고 있었다. 나는 그것들을 환한 밖으로 데리고 나오려고도 했으나, 그것들은 그것들대로 음지가 더 포근하다며 한사코 손사

래를 쳤다. 그래서 나도 함께 그곳에서 함께 외로워지기로
한 것이다. 외롭고 쓸쓸한 것들끼리 함께하니 외롭지도, 쓸쓸
하지도 않았다.

좋은 시인은 그의 내면적 상처를 관찰하고 반성, 분석하여
그것에 보편적 이미지를 부여하여 감싸 안을 줄 아는 사람이
어야 한다. 이남섭 시인이 그렇다.
먼저 이남섭의 표제시 「빨간 뱀」을 살펴보자.

뱀이 뒤란에서 울었다
개복쌍나무를 휘감고 밤새 울었다
그 소리는 마치 백 년이 지난 묵화처럼 흐릿하여
엄마는 듣지 못했다
엄마, 뱀이 울어
나는 울먹였다
엄마는 내 머리를 가만히 품었다
빨간 뱀의 울음이 밤새 축축하게 뒤란에 내렸으나
늦잠에서 깨어 몰래 내다본 뒤란은 청명했다
햇살에 개복쌍이 빨간 속살을 보이며 쩌억 갈라졌다

이제 더 덥지 않았고
푸른 하늘은 하루가 다르게 높이 올랐다
이제 뱀도 울음을 그치고
가끔 개복쌍나무 가지를 휘감고 누워 노래를 불렀다
- 시 「빨간 뱀」의 일부

뱀을 죽이면 꼬리가 살아 돌아와 원수를 갚는다는 전설을
통해서 형들의 뱀에 대한 폭력을 목격하고 그 울음소리 듣는

다. 어쩌면 빗소리가 뱀의 울음으로 그렇게 들렸으리라. 기억의 어두운 시대를 돌파해 나가는 무기 중에 최고봉은, 아무래도 상징이라고 할 수 있다. 시인의 독점물일지라도 일정한 긴장과 자기 통제 아래 이루어지는 상상력의 문학은, 암울한 상황과 싸우는 최선의 부드러움이기 때문이다.

예로부터 사람들은 뱀이 성장하면서 허물을 벗는 것을 죽음으로부터 다시 태어나는 것으로 인식했다. 이에 따라 뱀의 신성(神性)은 불사(不死)의 존재라는 인식과 깊은 관련을 맺는다. 또 뱀은 다양한 함축을 담고 있는 이미지를 표상하고 있다. 신석기인들에게 뱀의 이미지는 매우 빠르고 유연한 모습이었고, 땅 위와 아래, 그리고 주변에 있는 물의 역동적인 힘을 상징하는 것으로 나타난다. 많은 문화에서 뱀은 땅을 둘러싸고 있는 원초적인 물의 이미지를 그리고 있다. 마치 달이 주기적으로 어둠으로부터 태어나고, 자궁이 주기적으로 출혈하는 것과 마찬가지다. 뱀은 달과 같이 영원한 생명을 상징한다.(장영란, '원시 신화에 나타난 여성의 상징 미학과 자연관' 참고)

그러면 시「빨간 뱀」과 「11월」에 등장하는 붉은 노을과 붉은 산, 붉은 강은 무엇을 상징하는 것일까?

대교大橋 난간의 까치 떼가 사선으로 날아올랐다
저무는 강이 붉은 노을을 담았다
붉은 강을 서성거리는 바람이 시리다
은행나무는 마저 남아 있던 미련을 털어낸다

상처가 깊은 사람을 염려했다

지금이 가장 힘겨운 계절이다

이른 저녁인데 어둠이 일찍 내려앉는다
붉은 산 붉은 강이 우주 끝에 검게 고인다
육중한 어둠에 짓눌려 움직이지 않는다
가을 깊이 들어와 있다
 - 시 「11월」 전문

'붉은색'은 빨간 뱀에서 나타나는 것처럼 자신의 허물을 벗을 때마다 '다시 태어나는 것'을 상징하는 것은 아닐까. 필자는 자연의 변화에서 우주적 연속성을 상징하는 것으로 분석하고자 한다.

시의 언어는 생리적으로 체험이나 사물의 구체적인 삶을 겨냥한다. 그러므로 시인이 그것의 획득을 위하여 자신의 육체와 정신을 어떠한 시간과 공간에 담보 잡히는 일은 당연한 것이다. 시 「11월」에 등장하는 빨간색은 상처와 죽음, 그리고 부활을 상징하는 것이 아닐까? 그의 시에는 삶의 현장에서 깨닫는 다양한 철학이 그대로 녹아 있다.

다음의 시에서 보는 것처럼 그는 삶과 죽음을 다음과 같이 성찰한다.

사십 대 후반
혹은 오십 대 초반
낯빛 검은 여자

종일 봉제공장 작업대 앞에 앉아
고개 묻고 실밥만 땄다

원체 말수가 없어 그런지 주위는 싸늘했다
그러니 아무도 말 건네지 않았다
침묵의 하루, 하루가 쌓이고
드리운 어둠은 더 깊이 가라앉았을 것이다
어디쯤 사는지는 대충 알고들 있었으나
꼭 집어 정확히 아는 사람은 없었다
아침이면 어김없이 출근하여
있는 듯 없는 듯 앉아 실밥만 따다가
점심이면 어김없이 도시락을 먹고
있는 듯 없는 듯 앉아 실밥만 따다가
저녁이면 어김없이 퇴근하는 여자
혼자 산다고 대충 알고들 있었으나
세세하게 내막을 아는 사람은 없었다
원체 웃음이 없었지만
간혹 미소는 짓는다고 했으나
괸 돌처럼 과묵했다
그러던 여자가 보이지 않았다
그러나
원체 있어도 없는 듯했었기에……

(중략)
시간이 늦어 잔을 털고 일어섰다
계단을 오르는데
장롱 속에 갇혀 있던 그녀의 웃음이
흙빛 얼굴에 갇혀 있던 그녀의 웃음이
국화 송이 속에서 발목을 잡았다
뒤돌아보자 고개를 주억거렸다
나도 고개를 끄덕였다
  - 시 「안영희 씨 안녕」 중에서
봉제공장 직원의 슬픈 죽음을 담은 시다. 고독과 외로움,

왕따와 무관심, 시는 담고자 하는 내용에 압도되어 언어의 힘이 과소평가하다 보면, 일종의 '스토리텔러'가 되기 쉽다. 하지만 이 시에는 짜임새도 있고 건강한 주제 의식이 살아있다. 아울러 문장이 정감이 있다. 부드러우면서 말과 말 사이에 탄력이 붙는다. 분명 그의 따뜻한 시선과 감성을 담고 있기 때문이리라.

모름지기 시의 힘이란, 그 핵심은 '묘사'에도 있겠지만 더 큰 힘은 '느낌'에서 발휘되어 나오는 법이다. 시가 장중하면 맑기 어렵다. 또 시가 맑으면 장중하기 힘든 법이다. 시는 내면적으로는 큰 울림이라고 할지라도 외면적으로는 맑고 영롱한 울림이 있어야 한다. 참된 시는 그 누구도 거부할 수 없는 길고 긴 공명의 여운을 지닌 '둥근 소리'가 되어야 한다.

그런 점에서 나는 이남섭의 시를 무척 좋아한다. 광팬은 아닐지라도 은근히 그의 작품이 SNS로 만날 수 있기를 오매불망 고대할 때가 많다.

일주일째 장맛비에 축축한 아름드리
그리도 긴 세월을 건너오는 동안
가슴팍에 한 자 깊이 옹이를 파내고
상처 난 기억들을 층층이 쌓아 두었다

옹이의 상처가 깊어
쉬 마르지 않아 그랬나
묻어둔 기억들도 늘 젖어 있었다

계속된 장맛비는
죽는 날까지 안고 가야 할 고목의 상처를

더욱 아리게 했다
상처는 바짝 말라야 낫는 법
비가 오면 상처는 덧나 언제나 아프다

며칠째 밀고 당기던 실랑이 끝
서편의 겹겹 구름을 기어이 뚫고
붉은 해 저녁 하늘 물들이자
햇살 맞고선 늙은 밤나무는
반짝반짝 진록 이파리 찰랑거리며
굳어지는 관절을 흔들어 댄다
 - 시 「늙은 밤나무」 전문

늙은 밤나무의 옹이와 장맛비, 상처와 아픔, 문학은 그 상처를 적나라하게 드러낸다. 그럼으로써 그 상처와 관련된 여러 가지 상황을 치유한다. 이것이 어려운 것은 사적 차원이 아니라 공적인 진술로 해야 하기 때문이다. 하지만, 이것의 극복 없이는 그 상처에 대한 접근조차도 어렵다. 그래서 시에는 어둠이 밝음을 가져오고 밝음이 어둠을 가져올 수도 있는 것이다. 이는 시인이 갖는 무한하고 끊임없는 역량이기도 하다.

돌부리에 걸려 넘어져 무릎이 패인 적이 있었다
처음에는 속살이 열리고 하얀 뼈만 눈부시게 드러났다
꽤 오랫동안 뼈에서 광채가 쏟아졌다
그러더니 뼈 사이에서 빨간 피가 동그랗게 열렸다
좁쌀 같은 핏방울이 조금씩 부풀더니 곧 터져
종아리를 타고 흘렀다
열린 길을 따라 차갑게 흐르는 붉은 강을 보며 울먹였다

상처는 불치병과 달라 시간이 흐르며 치유되었다
오랜 시간이 필요했다
생채기가 아물며
거북이 등처럼 딱딱해지는 까만 딱지가
2억 년 전의 다이노사우르스 화석처럼 묻혔다

(중략)
이제 상처도 아물어 그리 아프지는 않지만
나는 짐짓 다리를 절며 걸어본다
쩔뚝거리며 힘겹게 걸었던 길을 생각한다
그 길에는 언제나 고운 낙엽이 하나씩 떨어진다
- 시 「첫사랑(3)」 중에서

우리가 시 작품을 읽으면서 질문해야 하는 것이 있다. 그것은 다름 아닌 얼마만큼 시인의 진정성을 담보하고 있는가다. 그리고 그 작품이 우리에게 보여주고 있는 삶은 우리의 현실 속의 삶과 어떠한 관계를 맺고 있는가를 물어야 한다.

시인이 치러내야 할 작업 내용은 막연하게 안개처럼 피어오르는 어떤 생각 속에 존재하지 않는다. 그것은 시 이전의 어떤 일반적인 감정일 뿐이다. 다시금 자신의 구체적인 삶의 지형 속에서 이쪽저쪽으로 뻗어나가는 긴 이야기는 잔가지를 쳐야 한다. 그것을 한 단편으로 정확하게 자리 잡을 수 있게 해주는 작업은 시인이 해야 할 작업이다. 그런 점에 있어서 이남섭 시인의 시는 이야기와 상황이 전개되면서 남다른 창의성을 발휘한다.

칼날이 훑고 지나간 언덕

칼 맞은 들풀들이 누워있다
내려오는 바람 속에
쓰러진 들풀 상처의 향기가 그득하다
우리도 그랬던가
간혹 생각나
우리 앉았던 자리에 들러
아물지 않은 상처를 들추면
그날의 향기가 그윽이 일어선다
    - 시 「상처난 자리에는 향기가 있다」 전문

칼을 맞은 들풀들은 바람 속에서 쓰러져 상처로 인해서 아
프다. 하지만 아픔 속에 그윽한 향기를 내뿜는다.
 사실 '낯설게 하기'라는 문학적 기법은 인간으로 하여금 세
계를 새롭게 조명하도록 이끈다. 그렇게 함으로써 인간과 다
른 세계와의 발전적 상호소통을 가능하게 하는 방법을 말한다.

뒤꿈치의 아문 상처는 구두의 기억을 잊었다
너무 올곧아 기어이 피를 내줘야 마음을 열었던
이제는 허물어진 검정 분신
가쁜 숨 몰아쉬며 걷던 흙탕길
때론 대못에 가슴 찔리기도 했지만
지난 가을 깊은 골짜기에서
바스락거리며 밟았던 낙엽의 감촉은
내내 가슴에 남아 있었고……
유리처럼 빛났던 순간의 화려한 기억도
한낮 쓰러진 추억
눈, 비 내리는 두 해 길 걸으며
허물어져 갔다

그 가을 이후 어두운 신발장에 숨어
포근한 먼지를 덮고 고단한 잠을 자며
이제 떠나야 할 때가 다가옴에 숨죽여 울었다
봄따사로운 햇볕
부신 날
언덕배기 전봇대 옆에 나란히 놓여
그와 헤어졌다
바람은 내 귓불을 만지며 지나갔다
– 시 「구두를 버리며」 전문

이남섭 시의 특징은 매일의 경험을 일기를 쓰듯이 삶의 현장의 글을 생생하게 묘사한다는 것이다. 다시 말해 시를 쓰는 일이 '일상에 대한 탐구'라고 할 수 있다. 그의 시는 일상의 표피적 묘사와 도식적인 소품들의 나열에 그치는 것이 아니다. 그것에는 삶의 본질에 대한 다양한 물음이 언제나 동반한다. 때로는 일상에서 우리가 미처 감지하지 못한 성찰과 깨달음이 시인에 의해 발견되고 새롭게 시로 탄생하는 것이다.

나는 연보라를 아파했다
때로는 라일락 아래 서서 비를 맞았다
'시간이 흐르면 나아질 거야'
봄비는 내 어깨를 토닥였다

멀리 걸었다

라일락 아래 서서 비를 맞는다
아픔을 기억한다
기억은 아련하고 감미로웠다

그래서 나는 이제 아픔을 기억하며
기억을 추억이라고 말한다
라일락이 하늘로 뻗어 연보라를 흩뿌리는
사월이다
- 시 「라일락-아픔에서 추억까지」 중에서

시의 성패는 흩어진 경험의 조각 가운데 선택적으로, 어떤 독특하고 중요함으로 부각하느냐에 달려있다. 라일락이 피고 지는 것을 인생에 유추한다. 시간이 흐르면 나아질 것이라는 깨달음과 아픔을 기억한다. 그 아픔의 기억은 곧 추억이 될 것이라고 깨닫는다. 그리고 그 경험은 정밀하게 관찰되어 현재화한다.

시는 일상적인 경험의 번역이 결코 아니다. 경험의 결과가 주는 의미를 새롭게 깨닫고 실현하는 것이 시다. 다시 말해 시는 움직이는 생명력이다.

이남섭 경험의 결과를 시로 제대로 구현하는 시인은 탁월한 시인이다. 그의 다른 시 「죽음의 사유」를 살펴보자.

싸리눈이 볼을 에이던 겨울
사람들이 두꺼운 외투 속에 자라처럼 머리를 넣고
종종 걸어서 집으로 돌아가던 날
가난한 여자 시인이 굶어 죽었다
그 여자는 죽은 뒤 며칠 후 발견되었는데
반지하 빌라 방은 시신 보관 냉동고처럼 추웠고
식탁 위에는 도와달라는 쪽지가 있었다고 했다
그러나 여자는 그 쪽지를 전할 사람이 없었고
아무도 그 여자의 추운 겨울을 들여다보지 않았다

그래서 여자는 굶어, 그리고 얼어 죽었다
아니
굶어 죽었다기보다 얼어 죽었다기보다
외로워서 죽었다는 것이 더 합당하다

비둘기는 날개가 부러지면 죽는다
사자는 늑골이 부러지면 죽는다
사람은 외로우면 죽는다
　　- 시 「죽음의 사유」 중에서

　비둘기와 사자, 그리고 사람의 죽음을 바라보는 시각적 측면은 문학적 소양과도 매우 긴밀하다. 그것을 마치 공기와도 같이 흡입한 후에라야 시는 알게 모르게 자신의 에너지를 발휘하는 힘을 갖춘다.
　진정한 의미에 있어서 좋은 시란 '새로운 세계의 발견'과 '표현의 묘미'가 있어야 한다. 물론 그 내용은 '감동'을 지녀야 함은 당연하다.

협궤열차가 서고 소래역에 내리자
내 손을 이끌고 이 염전으로 들어온 여자
끝없이 너른 염전의 끝에는 바다가 있었고
출렁대는 들판 끝까지 열린 타일판 위에는
하얀 소금꽃 눈부셔라
사랑도 소금에 절이면 변하지 않을까
너는 그렇게 생각했었겠지
하나 소금은 조그만 상처에도 쓰리지
울지 마
아파도 눈물 떨구지 마

너는 소금 같아서
뺨에 눈물 한 방울 닿아도 무너지잖아
- 시 「염전이 있던 자리」 일부

    시인은 대상을 옳게 표현하기 위해서는 무엇보다도 먼저 상투적인 선입관을 버려야 한다. 날카롭고 창조적인 눈을 열어야 한다. 사물을 고정되고 획일화된 무덤 속에 가두면 안 되기 때문이다. 그런 면에서 이남섭 시인은 특별하다.

한때는
내 혈관을 타고 소용돌이치던
뜨거운 열정도 있었다
한 몸뚱이 속에 혼재되어
분리될 수 없이 휘몰아치던 열병
한때는
내 관절 깊은 곳을 후벼대던
깨어나지 못할 절망도 있었다
내 몸 어디까지의 깊이가
나와 나 아닌 것의 경계인지……

세월은 참 허망하다
아니 한편으로 참 아름답다
그 버거웠던 뜨거움과
혼절했던 절망을 잘 배합하여
이렇게 무심히 앉아
굳은살을 떼어내게 한다

나는 지금 마흔셋이다
그리고 지금 문지방에 앉아

떼어낸 굳은살과 상처 난 뒤꿈치를 바라본다
- 시 「굳은 살」 중에서

굳은살은 뜨거운 열정 속에 살다가 깨어나지 못하는 절망 속에서 있었다. 젊음을 잃은 마흔셋의 나이에 굳은살과 상처 난 뒤꿈치를 바라보게 된다. 어쩌면 굳은살을 떼어내느라 빨간 피를 보는 아픔도 있으리라. 그것은 색채 이미지로 구현되는 새로운 삶의 순환을 의미한다.

진다는 것은 모두 쓸쓸하다
지는 것은 모두 / 한때 찬란했었다
찬란했던 것들이 쓸쓸히 지는 것은
참으로 자연스러운 일이다
- 시 「진다는 것」 중에서

노을이 지고 달이 진다. 꽃이 지고 계절도 진다. 청춘이 진다. 그것들은 결코 절망이 아니다. 외롭고 어둡고 눅눅한 것들끼리 서로 보듬고 쓰다듬으며 함께 하고 있었기 때문이다. 시인은 슬픔과 아픔, 그리고 이별, 죽음 같은 그것들을 환한 밖으로 데리고 나오려고도 했다. 하지만 그것들은 밝고 화려한 날들이 있었기에 음지가 있고 때론 더 포근하고 편안하고 자연스러운 것이다. 그래서 시인은 그곳에서 함께 외로워하고 쓸쓸하게 지낸 것이다. 외롭고 쓸쓸한 것들끼리 함께 하니 외롭지도, 쓸쓸하지도 않았기 때문이다.

칵테일이 무엇인가? / 섞어서 하나가 되는 것
그러나 / 언제나 나는 마티니였고 너는 핑크레이디였다

각자의 술잔 / 그리고 너와 나
3년 동안 섞은 것은 하나도 없었다
섞지 않는 것이 서로에 대한 예의라고 생각했다

(중략)
어느 가을밤
예와 같이 고장 난 시계 안에서 우리는 술을 마셨다
나는 여전히 마티니를 마셨고 / 너는 핑크레이디를 마셨다
그리고 고장 난 시계를 부수고 정상의 시간으로 나왔다
가을바람을 지상에 두고 지하 전철역으로 함께 들어가서
너는 건니편 상행선 승강장으로 갔고
나는 너의 건너편 하행선 승강장으로 갔다
하행선 전철이 먼저 왔으나 타지 않았다
하행선 열차가 떠나자 건너편의 네가 보였다
곧이어 상행선 열차가 들어왔고 곧 상행선 열차가 떠났다
네가 서 있던 자리는 너의 잔영만 남아 있었다
그것으로 모든 것이 끝났다

지상의 시간은 나를 기다리고 있었지만
내가 정상으로 돌아오는 데는 많은 시간이 필요했다
- 시 「너무 이성적인 사랑」 중에서

이상에서 살펴본 것처럼 이남섭 시인은 다양한 상상력으로 참신한 시적 능력을 갖추고 있다. 곧 만남과 이별, 사랑과 죽음, 그리고 밝음과 어둠, 기쁨과 슬픔에서 자신만의 독특한 삶의 철학을 구현한다. 곧 밝은 곳에는 어둠이 있기 마련이다. 어두운 곳에는 또한 밝음이 있으리라는 다양한 상상력과 인식으로 시를 구현하고 있다.

끝으로 시인이 서문에 남긴 한 구의 시를 다시금 음미한다. 그가 살아온 삶의 구석구석을 드러내면서 삶의 깨달음과 성찰, 그리고 시인의 사명을 다시금 반추해 본다. 그는 분명 다양한 상상력을 통한 참신한 시적 발견을 이룬 작가라고 말하고 싶다. 다시금 시인의 열정적인 창작활동을 통해 문운이 창대하기를 기원한다.

내가 잃어버렸던 것들
찾다가 포기한 것들은
늘 구석에 있었다
우연히 들어간 구석에서
그것을 발견할 때
어둡던 구석이 환해지곤 하였다
음침하고도 환한 구석
그 구석에 있던 이야기들을 내어놓는다.

2. 글빛으로 따뜻함을 빚은 글꽃

– 이명주 시집 『커피 한잔 할까요』를 읽고

　시조는 우리 민족의 유일한 정형시다. 오랜 세월 국민적 지지와 사랑을 받으면서 겨레의 마음을 담아왔다.

　시조는 단시조와 연시조로 분류된다. 연시조는 두 수 이상의 단시조가 모여서 이루어진 형태다. 이는 2016년 12월 15일에 사단법인 한국시조협회 이사장 이석규를 비롯한 관련 5개 단체에서 시조 명칭과 형식 통일안을 마련한 바에 그 근거를 둔다.

　시조는 첫째 정해진 율격 안에서 내용은 자유로워야 한다. 그 때문에 시조를 쓰면 쓸수록 시조의 정체성과 형식미를 깨닫게 된다. 그 열쇠는 바로 시조의 기본 율격을 지키는 데 있다. 시조의 가장 아름다운 구조는 초장 3 / 4 / 3 / 4 중장 3 / 4 / 3 / 4 종장 3 / 5 / 4 / 3의 기본 율격이다. 3장 6구 43자로 이루어져 있다. 이는 간결미, 절제미, 압축미, 형식미를 갖춘 아름다운 단시조의 품격이라고 할 수 있다.

시조는 기(起), 승(承). 전(轉), 결(結)의 순으로 전개되며 삼장육구(三章六訶)의 구성을 이룬다.

● 起(기) : 初章(초장) 一句(일구)와 二句(이구)
그대 향기 그윽한 곳 알콩달콩 이야기꽃
● 承(승) : 中章(중장) 一句(일구)와 二句(이구)
상기된 붉은 얼굴 오롯이 당신 생각
● 轉(전) : 終章(종장) 一句(일구)
그대여 그리움 담아
● 結(결) : 終章(종장) 二句(이구)
커피 한잔 할까요
- 시조 「커피 한잔 할까요」 첫수

시조는 기계론적 형식과 형이상학적 미학이란 두 가지 중심축이 존재한다. 전자에 충실하면 정형적인 시조가 탄생하는 아름다운 운문 구조라 할 수 있다. 후자에 충실하면 철학적 사유가 담긴 창조적인 시조가 탄생한다. 둘 다 충실하면 가장 이상적인 우리 고유의 시조가 빚어지는 것이다. 그 때문에 시조는 전통의 기본 율격을 지키면서 우리 민족의 정한과 시대정신을 담아내야 한다.

둘째로 시조는 경험과 감성을 담은 쉽게 쓰는 글이어야 한다. 머리로 쓰는 시조는 좋은 글이 아니다. 이는 의도적으로 독자들에게 작가의 현학적 식견을 자랑할 의도로 글을 쓰면 결코 안 된다는 의미다. 물론 쉽게 글을 쓰면서 비슷한 내용을 반복한다면 그것은 올바른 창작 태도가 아니다. 이는 시조를 독자들에게 멀어지게 하는 일이다. 다시 말해 시조의 품격을 떨어뜨리는 일인 것이다.

셋째로 시조의 제목과 주제는 좋은 시조를 결정하는 중요한 단서다. 아픈 조개가 진주를 품는다고 했다. 자유시가 넘나들 수 없는 압축미와 형식미로 빚어낸 진흙 속의 진주가 바로 시조다.

그런 면에서 이명주 시인이 빚어낸 시조집은 남다른 그 의미와 가치가 담겨 있다.

이명주 시인은 2021년에 『계간 글벗』에서 등단하여 첫 시집 『내 가슴에 핀 꽃』을 출간한 바 있다. 이번에 출간한 작품집이 바로 시조집 『커피 한잔 할까요』다. 어느덧 2년 사이에 600편을 넘는 시조 작품을 썼다. 놀랄만한 창작 태도다. 매일 하루에 한 편 정도의 시조 작품을 창작한 셈이다.

그렇다면 이명주 시조의 특징은 무엇일까? 필자가 분석한 몇 가지 특징을 말하고자 한다.

첫째 시조의 정형성을 제대로 지키면서 형식미를 갖춘 진정한 시조를 썼다는 점이다. 필자의 경험에 의하면, 시인은 시조의 틀 안에서 잘 움직였을 때 진정한 희열을 느낀다. 2년 전, 처음으로 이명주 시인이 시조를 접했을 때 시조의 형식에 대해 많은 부담과 힘겨움을 토로했다. 한마디로 시조 쓰기가 참 힘들었다고 말한 바 있다. 그러나 시인은 얼마 가지 않아서 그 부담감에서 벗어난 듯하다. 이는 그 안에서 활달하

게 새로운 시어를 만나고 다양한 독서를 통해서 시어를 갈고
닦기를 반복한다. 바로 우리말에 대한 탐구와 언어의 의미를
찾아서 천착(穿鑿)하기 시작했기 때문이다. 그리고 자연스러
우면서 고급스럽게 시조 정형을 다져 넣는 것이 시인의 역할
이라는 것을 점차 깨닫기 시작한 것이다. 한마디로 자신만의
시조 찾기에 열심히 노력한 결과다.

  하루도 쉬지 않고
  글 사랑 품으시고
  언제나 같은 시간
  그대를 만난다오
  붓끝에 큰마음 담아
  하늘 위로 날지요

  글 마음 나래 펼쳐
  글꽃이 피어나면
  환하게 고운 미소
  감사히 바라보네
  정성껏 가꾸어 핀 꽃
  눈부시게 빛나요

  하찮은 나의 글말
  그대의 사랑으로
  희망을 감싸 안고
  힘있게 날아보네
  훨훨훨 꿈의 날갯짓
  글빛으로 피었네
  – 시조 「글빛으로(1)」 전문

시인은 일정한 시간을 정해 놓고 시조를 쓰는 듯하다. 그리고 자신의 시조 작품이 완성되었을 때의 그 성취의 보람을 '글빛이 피었다'고 말한다.

시조는 반드시 율격에 기대어 창작하여 율격의 정형성을 구현하여야 한다. 왜냐하면 시조가 낭독의 자료이며 운율감을 형성하는 미적 장르이기 때문이다. 그래서 시인은 시조를 창작한 후에 반드시 시조를 낭독하는 자세를 가져야 한다. 시조의 운율을 몸으로 느껴야 한다. 시인은 나름대로 부드럽게 읽어가는 자연스러운 언어의 흐름을 깨달을 수 있기 때문이다. 그래서 시인은 시조의 형식을 어떻게 살려 나갈 것인가가 고민하고 탐구하면서 설계도를 그려야 한다. 그 때문에 율격의 언어를 끊임없이 탐구해야만 한다.

글 쓰는 재미 찾아
그대를 따라가요
사랑의 글말 풀어
희망을 채웁니다
글 나눔 우리의 행복
아름답게 벙글다

생각을 바로 모아
글말에 담고 보니
글 속에 행복 있고
지혜도 배웁니다
나는요 날개를 펴고
꿈을 찾아 날아요
— 시조 「글빛으로(2)」 전문

이명주 시인의 아호(雅號)는 '글빛'이다. 아름다운 우리 말글을 살려 빛을 내라는 의미이리라. 시인은 어느덧 600여 편의 시조 작품을 쓰면서 글 쓰는 재미를 느낀 듯하다. 아름다운 우리 말글을 찾아서 희망을 채우고 행복을 만난다고 했다. 무엇보다도 생각을 바로 모아서 글말을 담으려는 노력이 돋보인다. 그는 시조를 쓰면서 행복도 느끼고 지혜도 배운다고 했다. 그리하여 시인이라는 행복한 꿈을 찾아서 비상하는 것이리라. 이 얼마나 아름다운 일인가?

이명주 시인이 시인으로서 가장 큰 영향을 받은 것은 아마도 연천에 있는 '종자와 시인 박물관'을 방문하면서 일인 것 같다. 그가 쓴 시조 중에 '종자와 시인 박물관'과 관련된 시조가 제법 많다.

발걸음 사뿐사뿐
꽃길만 걸어가요
다정한 웃음 속에
사방을 둘러보면
곳곳에 사랑의 손길
그대 마음 느껴요

사랑을 가득 담고
글 동산 만들어서
글말의 꿈을 싣고
글 나눔 동행하니
고마운 그대의 맘에
씨앗 한 알 심는다

정성껏 가꾼 꽃잎
찻잔에 고이 담아
노오란 메리골드
향기에 취해본다
그윽한 그대의 사랑
마주 보며 마신다
– 시조 「그곳에 가면」 전문

시조는 경험과 감성을 살린 글이다. 연천에 있는 종자와 시인 박물관을 여러 번 찾으면서 시인의 감성과 철학을 깨닫고 영향을 받은 듯하다. 시조 작품의 대부분이 아마도 종자와 시인 박물관 관장이신 신광순 관장님을 작품으로 그려낸 듯하다. 어쩌면 그의 씨앗(종자)이 품고 있는 나눔과 창조적인 정신이 시인을 감싸 안은 듯하다.

연천의 산기슭에 흙 내음 품은 씨앗
황금빛 꽃물 따라 사뿐히 찾아들면
황홀한 메리골드향 감사함에 젖는다

시인의 마음 쉼터 글 나눔 희망 담고
씨앗에 쏟은 정성 미래의 꽃이 피다
박물관 종자와 시인 꿈을 실어 나른다

어여쁜 꽃잎 따서 꽃차로 나눔하고
다정한 격려 속에 동행의 길을 걷다
감사한 당신의 배려 나의 꿈도 커간다
– 시조 「종자와 시인 박물관에서」 전문

시인은 종자와 시인 박물관에서 열린 글벗시화전에 여러 번 참석하면서 그 경험과 인상을 시조로 표현했다. 그는 그곳을 '시인들의 마음의 쉼터'라고 말한다. 부산에서 연천까지 수백 리 길을 여러 번 오고 가면서 글 나눔의 희망을 담았다고 말한다. 더불어 글 씨앗은 언젠가 미래의 꽃을 피울 것이라고 말한다. 그의 감성과 철학을 심은 시조다.

둘째, 이명주 시인의 시조에는 따뜻함이 담겨 있다. 그의 따뜻함이 결국 시조의 유능한 글쓰기로 성장한다. 이 역시 글벗과의 글 나눔에서 비롯되었다.

하버드 경영대학원의 에이미 커디(Amy Cuddy) 교수에 따르면 첫인상을 좌우하는 두 가지 요소가 있는데 사람들은 첫 만남에서 따뜻함과 유능함으로 상대방을 판단한다는 것이다. 이 가운데 더 중요하고 우선하는 것은 따뜻함으로 먼저 신뢰를 얻어야 비로소 유능함에 대한 평가가 이뤄진다고 했다. 그런 면에서 이명주 시인은 따뜻한 시를 쓰는 시조 시인이다.

파아란 하늘 보며
하하하 웃고파요
당신도 나를 보며
허허허 웃어줘요
따뜻이 바라본 눈빛
태양처럼 빛나요

당신은 매일 나를
지켜봐 주실 거죠
어떻게 살고 있나
걱정은 하지 마요

파아란 희망을 찾아
꿈을 꾸며 살아요
자상한 당신 모습
언제나 내 편이죠
조용히 바라보며
하이얀 미소 지어요
오늘도 보고 싶어요
사랑하는 아버지
- 시조 「당신이 그리울 때」 전문

이 시조는 돌아가신 아버지를 그리워하는 마음을 담았다.
늘 따뜻하게 자신을 바라보았던 아버지에 대한 그리움 속에
서 그 따뜻함을 배웠고 글로 표현했다. 그의 시에 등장하는
시어 중에 '따뜻함'을 담은 시어가 13회 등장한다. 어쩌면 시
인은 아버지의 따뜻함이 그리웠는지도 모른다. 차를 마시면서
도 꽃을 보면서도 시인은 늘 따뜻함을 말한다.

따뜻한 그대 체온
마음에 전해 오면
설렌 맘 올랑올랑
임 향기 피어나고
마주한 그리움 하나
내 마음을 열지요

향기를 모아모아
그리움 불러오고
찻잔에 비친 얼굴
발그레 피어나면

달콤한 임의 향기에
스르르르 잠들죠
- 시조 「차를 마시며」 전문

　시인은 시를 쓸 때마다 따뜻한 차를 마시는 듯하다. 늘 가
까이 차를 통해 자신의 감성을 담금질하고 가다듬는 듯하다.
차를 마시면서 글 쓰는 습관이 있는 듯하다. 그래서 그의 시
조에는 커피와 차, 그리고 꽃이 자주 등장한다.

하늘빛 넓은 사랑
꽃처럼 예쁜 마음
오색빛 지혜 담아
따뜻이 보듬으니
봉오리 활짝 꽃피워
알찬 열매 맺었네

그리움 품은 가슴
글로써 풀어내고
당신의 힘찬 응원
마음에 빛이 되어
감사의 카네이션꽃
마음 담아 드려요
- 시조 「카네이션」 전문

　시인은 감사의 마음을 시와 꽃으로 따뜻하게 표현한다. 얼
마나 멋진 표현인가. 이전에는 꽃으로만 감사의 마음을 표현
했다면 지금은 글로써 감사와 사랑을 표현한다. 그 감사가 카
네이션으로 승화되어 글로 표현되고 빛을 발하는 것이다.

사람을 만나도 따뜻함을 드러낸다. 글을 써도 시인은 따뜻한 감성을 표현한다. 그래서 그의 시에는 감동이 있고 깨달음이 있다.

> 햇살이 눈부신 날
> 설레는 봄의 향기
> 그리운 임을 찾아
> 먼 길을 달려왔네
> 그대의 웃는 모습에
> 봄꽃으로 물드네
>
> 그대가 반겨주니
> 설렌 맘 두근두근
> 서로가 나눈 약속
> 달콤한 눈빛으로
> 따뜻한 우리의 사랑
> 마음으로 꽃 피네
> - 시조 「그대에게 가는 길」

필자는 기회가 있을 때마다 솔직한 글을 쓰라고 말하곤 한다. 글은 투명해야 한다. 가식과 꾸밈이 없어야 한다. 아는 '체'를 하거나 아는 '척'을 하지 말아야 한다. 글이 곧 그 사람이기 때문이다.

무엇보다도 글 속에는 읽는 사람을 위하는 작가의 마음이 있어야 한다. 글을 쓰기 위해서 얼마나 공을 들이고 정성을 기울이느냐가 관건이다. 그래서 시 쓰기가 그리 쉽지 않다. 아무나 할 수 없는 일이다. 사실 정성껏 글을 썼다고 하더라도 읽는 이가 아무것도 얻지 못했다면 그 시는 좋은 글이 아니다. 그래서 시에서 용기를 얻거나 새로운 지식이나 정보를 얻을 수 있어야 한다. 또한 새로운 관점이나 통찰을 떠올리든가 아니면 재미라도 있어야 한다.

이명주 시인은 그런 면에서 솔직한 글을 쓰기에 그의 시에는 따뜻함이 담겨 있는 것이다.

셋째, 이명주 시인의 시조에는 그리움이 자주 등장한다. 총 35회다. 친구와 부모에 관한 이야기도 있고, 추억이 담긴 그리움도 있다. 늘 그리움을 고향의 모습으로 그려내고 있다. 어쩌면 나이가 들면서 추구하는 외로움을 그리움으로 승화시키는 것은 아닌가 싶다.

    들판에 꽃이 피고
    시냇가 맑은 물빛
    그늘진 나무 밑에
    돗자리 펼쳐 놓고
    친구와 추억 이야기
    하루해가 저무네

    졸졸졸 물소리에
    새들의 노랫소리
    시원한 바람결에
    춤추는 나뭇잎들
    어릴 적 소풍 가던 길
    그리워라 내 고향
    - 시조 「친구」 전문

시인은 어릴 적 고향 친구들을 정기적으로 만나는 듯하다. 그곳도 오래전 추억이 담긴 고향 마을을 찾는 듯하다. 친구들

과 함께 뛰놀던 그 공간을 찾아서 함께 추억을 나누고 그리
움을 나누는 듯하다.

산 위에 올라서서
사방을 둘러보니
초록빛 사이사이
찔레꽃 하얀 물결
고향길 산모롱이에
그리웁게 피었네

봄에는 산에 들에
친구들 손을 잡고
논두렁 밭두렁에
냉이랑 달래 캐면
엄마 손 된장국 끓여
행복 밥상 받지요

꽃 피는 5월에는
울 엄마 그리워라
오일장 나가셔서
스타킹 주름치마
고운 옷 입혀 주시던
사랑 노래 그리워
- 시조 「5월의 추억」 전문

그리고 그의 시에는 돌아가신 부모님이 자주 등장한다. 그
만큼 그의 시에는 그리움이 가득 담겨있다. 어느덧 시인은 육
순을 지나는 나이가 되었다. 아마도 그럴 것이 삶에 지쳐서

본향을 찾는 듯하다. 시조 작품에 외로움의 본질을 그대로 담아 그리움으로 표현하고 있는 것이 아닌가 싶다.

>   추억의 기찻길을
>   떨리는 가슴 안고
>   봄맞이 떠나는 별
>   낙동강 줄기 따라
>   겨우내 품은 그리움
>   임 소식에 벙근다
>
>   따뜻한 햇살 아래
>   단아한 연분홍빛
>   꼭 다문 입술 열어
>   봄바람 입 맞출 때
>   떨어진 눈물도 예쁜
>   봄의 여인 매화여
>   – 시조 「고향길 순매원」 전문

따뜻한 고향의 품이 그리웠던 것일까? 시인은 봄을 찾아서 고향길 순매원을 걷는다. 그곳에서 추억도 만나고 그리움도 만난다. 마침내 매화 같은 봄의 여인이 되는 것이다. 그 때문일까? 시인은 독자들에게 오늘도 그리움을 묻는다. 그 그리움으로 우리에게 권한다. 우리에게 흘러간 추억 아스라이 펼치는 시간, '커피 한잔 할까요?'라고.

>   그대 향기 그윽한 곳
>   알콩달콩 이야기꽃
>   상기된 붉은 얼굴

오롯이 당신 생각
그대여 그리움 담아
커피 한잔 할까요

달콤한 너의 입술
내 입술 닿을 때면
그대는 내 마음을
더욱더 그립게 해
우리의 흘러간 추억
아스라이 펼친다
— 시조 「커피 한잔 할까요」 전문

  이상에서 이명주 시인의 시조 세계를 살펴보았다. 다시 요약하면 첫째, 그의 시조는 정격시조의 운율을 추구하면서 시적 상상력의 자유로움을 추구하는 시조라고 할 수 있다. 둘째로는 그의 시조의 따뜻함이 유능한 글, 좋은 글로 표출되고 있다는 점이다. 셋째는 시에 담긴 그리움이 독자의 공감을 일으킨다. 돌아가신 부모와 멀리 떨어져 만나지 못하는 친구, 그리고 고향과 이웃이 그리운 것이다. 어쩌면 이명주 시인이 시를 쓰는 원동력이 아닌가 싶다.
  끝으로 그의 세 번째, 네 번째 그리고 열 번째 시조집이 계속해서 탄생하지 않을까 한다. 그의 열정을 응원한다.

3. 효심(孝心)이 빚은 형이상학적인 인식
- 이연홍 시집 『달빛 속에 비친 당신』 읽고

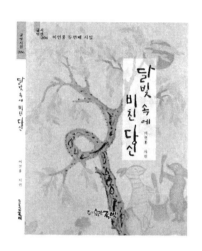

  20세기 문학의 중요한 개척자 중의 한 사람인 카프카가 "존재를 심미적으로 향유하느냐 아니면 윤리적으로 체험하느냐? 하지만 나는 이 설문에 반대한다. 이것이냐 저것이냐 하는 것은 그의 머릿속에 있을 뿐이요, 실상은 존재의 미적 향유는 겸허한 윤리적 체험을 통해서만 다다를 수 있기 때문이다."라고 말한 바가 있다.

  실제로 존재의 미적 향유는 겸허한 윤리적 체험을 통하지 않고서는 헛것이라는 말이다. 카프카의 말에 나 역시도 우리 시의 형이상학적 인식의 문제의식을 정리해 주고 경고해 주는 명언이라고 생각한다.

  새벽을 가로지르는 골목

이른 아침부터 붉은 비명 소리
가득 채우며 불을 밝힌다

약함과 강함이 서로 하나 되고
모진 매질과 담금질을 견뎌내야만
온전한 사랑의 꽃 피울 수 있으니

오늘도 시뻘건 불구덩이를
마다하지 않고 익숙한 몸짓으로
시뻘건 품속으로 들어간다
– 시 「대장간」 전문

시인은 인생은 대장간의 삶이라고 인식하고 있다. 시뻘건
품속으로 들어간다고 말한다. 모진 매질과 담금질을 견뎌내야
만 온전한 사랑의 꽃을 피울 수 있기 때문이다. 인생을 대장
간이라는 인식은 역사의 영원성을 부여한다.

실재에 대한 물음과 형이상학적인 인식이 없는 감각적인
세계 속에서 일상적인 경험만을 말하는 시는 죽은 시가 아닌
가 싶다. 형이상학적인 인식 속에서 시를 쓰는 것은 영원한
감동이기 때문이다. 물론 나는 여기서 그 제제 자체가 꼭 신
이라든가 우주라든가 영원이라는 것을 따지려는 것은 아니다.
형이상학적인 인식 속에서 어떤 소재가 다루어졌는가 아닌가
에서 시의 감동의 차원을 결정한다는 것을 말하려는 것이다.

생텍쥐페리(Antoine de Saint-Exupery)의 『어린 왕자』에
서 여우가 어린 왕자와 헤어질 때 "내가 비밀 하나 가르쳐
줄게"하며 이렇게 말한다.

"사물의 본질이란 것은 우리의 육안으로는 보이지 않아, 마

음의 눈으로 보아야지"

인간의 삶은 눈에 보이는 것이 있는가 하면 믿음, 사랑, 정의와 같은 눈에 보이지 않는 것이 있다. 그러나 우리는 형이하학적인 필수품만 가지고 우리의 삶을 영위하고 지탱한다고 착각하기 쉽다. 그러나 형이상학적인 가치가 우리의 삶을 더 많이 지탱하고 있음을 우리는 명확히 인식해야 하는 것이다.

시는 어떤 삶의 실존적인 고투(苦鬪)에서 성취된 시야말로 진정한 시가 아닌가 한다.

내가 아는 시인 중에 형이상학적인 인식의 문제를 삶에서 '효심'으로 깨닫고 시를 쓰는 시인이 한 분 있다. 바로 강원도 양구에 사는 이연홍 시인이다. 그의 형이상학적인 효심이 담긴 시작품을 감상해 보자.

몇 번을 죽고 묻어두었던
이 세상 아버지의 삶의 여정
때론 아들로 때론 남편과 아버지란 무게로
당신을 죽일 수밖에 없었을 세월 앞에

간간이 불어주는 바람결에 고단함을 맡기며
꽃잎처럼 많은 날이 세상을 떠다니다가
투박한 손길로 그의 상흔을 그려본다

무겁고 고단했을 거룩한 길
삶의 고비를 넘기셔야 했던
당신의 흔적을 따라 나도 걷는다

유난히도 밝은 달이 나를 덮는다

달빛 속에 아버지 얼굴
아버지의 그림자가 나를 덮는다
- 시 「달빛 속에 비친 당신」 전문

나의 아버지를 '달빛 속에 아버지 얼굴 / 아버지의 그림자가 나를 덮는다.'는 표현이 눈길을 끈다. 아버지의 삶을 '유난히도 밝은 달'로 표현한 것도 매우 인상적이다. 그의 삶은 효심에서 시작됨을 쉽게 알 수 있다.
일반적이고 통상적인 염원을 넘어서 거기에는 독창적이고 실존적인 삶을 통한 어떠한 삶의 고투를 만날 수 있다.

보이지 않아도 만질 수 없어도
아침 햇살을 머금은 향기로
그분은 나를 숨 쉬게 한다

삶이 무섭도록 치닫고 힘들 때
추락하지 않도록 잡아주는 이가 있어
오늘도 난 숨을 쉬고 있다

깊은 밤 그분께 무릎을 드리고
하늘에서 내려주는 이슬 같은 은혜로
나를 감싸 안는다
- 시 「은혜」 전문

이러한 작품들은 마치 현대의 우리 사회에서의 기독교 찬송가에 비유될 수 있는 것들이다. 비록 교회당에서의 의식은 없었으나 찬송가를 통해서 하느님의 은총을 생각하고 그리스도의 복음을 생각한다.

이연홍 시인은 기독교인이다. 신앙을 갖고 살아가는 시인이
다. 사실 부모님과 소통하는 일은 쉽지 않은 일이다. 그가 어
머님의 모습을 그린 시 작품에 그 사랑이 고스란히 녹아있다.

밤을 밀어내고
붉은 태양이 떠오른 새날
오늘도 변함없이 당신이 찾아오시네요

이 땅에서의 고된 삶
왜 그리도 힘겨운 삶을
사셔야 했던지요
어머니,
이제는 보이지 않던 눈도
훤히 잘 보이시고
아픈 곳도 없으시겠죠?

유난히도 좋아하시던 꽃,
이것밖에는 해드릴 게 없다는 게
이렇게 쓸쓸할 줄은 정말 몰랐습니다

영전에 올려드린 꽃 한 송이 뒤로하고
저희 부부 이렇게 또 그리움 한 움큼
끌어안고 천천히 걸어가겠습니다

병원 다녀오던 날
식사하시다 말고 싱거운 웃음으로
고마움과 미안함을 쏟아내시던 당신이
유난히도 그리운 날입니다
 - 시 「어머니 만나는 길」
그의 시에는 어머니는 물론, 아버지, 남편, 가족이 자주 등

장한다. 물론 어떤 시의 표상 속에서 우리가 주목해야 할 것
은 그 추상적이고 초현실적인 표상 속에서 그 실재하는 바는
무엇이냐? 그의 시심(詩心) 속에 깃든 표상의 실재가 무엇인
가를 생각할 필요가 있다.

　　겨울보다 길어졌다 하지만
　　서산으로 넘어가는 노을은
　　뭐가 그리 바쁜지 한순간에
　　재를 넘어가고 있습니다

　　달이 기울 때가 되어서야 꿈속에서
　　당신을 다시 떠올리게 됩니다
　　오 남매 자식들 다 파 먹이시고
　　관절염 앓으시는 뼈와 주름진 얼굴에서
　　삶의 무게와 흔적을 볼 수 있었습니다

　　이제 우수까지 지나고 나니
　　경로당이 아닌 텃밭이
　　아버지의 놀이터가 되었습니다
　　그만하시라 아무리 애원을 해봐도
　　메아리 되어 돌아오는 건
　　거친 숨소리와 헛웃음뿐

　　아버지의 살아오신 한 많은 인생에
　　잔소리조차도 덧없음을 알고 있기에
　　그냥 발자국을 떼어봅니다

　　아버지,
　　아버지의 빛바랜 작업복엔
　　젊은 날의 설움이 묻어

눈앞에서 흘러내립니다
세월 한 모퉁이를 돌고 돌아
예까지 오셨으니

가난은 당신의 뼈마디를 시린 통증으로
채우고 살 속 깊이 파고드는 설움으로
강을 이루셨음에도 남은 살 다 퍼 주시려
하시는 아버지의 사랑
이제야 아버지의 자리었던
이 자리를 앉아 아버지의 세월을
바라봅니다
- 시 「아버지의 봄」 전문

　당연히 그의 시심 속에 담긴 표상의 실재는 '자신의 삶에 대한 성찰'이다.
　아버지의 세월을 바라보는 자식의 마음이 담긴 시심이 우리의 마음을 시큼하게 울린다. 자신의 모든 것을 자녀들에게 나누는 사랑을 '다 파 먹이는 사랑', '다 퍼 주는 사랑'으로 형상화하고 있다. 어머니가 되어서 부모님의 사랑을 알게 된 것이다.
　우리가 문학의 여러 장르에 나타난 전통적인 효의 관념은 여러 시대를 거쳐 오늘에 이르러 왔음을 볼 수 있다. 효는 천성(天性)이라는 기본 태도가 우리의 문학 작품들에 짙게 깔려 있다. 이 사실은 우리에게 시사적인 암시를 던져주고 있다. 무엇보다도 이연홍 시인의 첫 번째 시집 『모정(母情)』이었다면 두 번째 시집 『달빛 속에 비친 당신』에서 그려진 시의 중심은 '아버지'임이 틀림없다.

이곳의 평화가 보인다
하우스 안 고추밭 고랑에서
두런두런 들려오는 이야기 소리

툇마루에 앉아 빗소리를 들으며
일도 많고 사연도 많았던
여름과 늦은 작별을 고 하고 있다

어머니는 해마다 목화를
몇 그루 심어놓으신다
기침을 하면 들기름에 계란 하나
툭 깨고 목화 꽃잎 몇 장 올려서
지져주시곤 했던 어머니

마당 한 귀퉁이를 차지하고 있는
목화 몇 그루와 사과나무는
우리 오 남매를 지켜주는 어머니를 닮았다

거리 두기로 오 남매 따로따로 찾아뵈니
아버지 생신은 2주째 이어간다
따도 따도 끝이 없는 고추밭으로
너 나 할 것 없이 달려오니
아버지 얼굴이 환해지신다
따도 따도 끝이 없는 아버지의 환한 미소 속
고추밭에 평화가 찾아온다
– 시 「평화」 전문

　　다시 말해 효는 평화다. 자녀와 부모의 공감, 그리고 따뜻
한 소통에서 비롯되는 것은 아닐까? 고추밭에서 자녀들을 챙
기기 위해서 열심히 고추를 따는 아버지의 모습이 평화롭기

만 하다. 목화와 사과나무를 바라보면서 어머니를 떠올린다. 어머니와 아버지의 환한 모습에서 가정의 평화를 경험한다.

효도는 누구나 옳다고 말한다. 많은 사람들이 그렇게 말하고 이야기한다. 그러나 정작 끊임없이 지속적으로 효를 말하는 이는 드물다.

참된 인간으로서의 본분이 효도라고 한다면 오늘날과 같은 혼미한 사회 풍조 속에서 이연홍 시인의 시집 『달빛 속에 비친 당신』은 첫 번째 시집 『모정』에 이은 매우 맑고도 깨달음이 있는 청량제가 될 수 있으리라. 그런 의미에서 이연홍 시인의 두 번째 시집이 시사하는 바가 크다.

설 명절 지나고 나니
근심이 한 짐이다
평생을 농부로 살아오신 부모님
거름 피고 밭 만드시는 아버지의
거친 숨소리가 시작된다

아직은 빈 나뭇가지 사이로 바람
일으켜 세우고 있는데
들녘에는 걸음 내음 짙게 깔리고
논과 밭이 새롭게 옷을 갈아입히고
계신 아버지의 발걸음은 바쁘시다

근심한다고 가벼워지는 것도 아닌데
바라보고만 있는 이내 맘은 바윗돌을
이고 있는 것처럼 무겁다

언제나 오 남매 바람대로 농사일

손 놓으시고 맛있는 것 드셔 가며
풍류를 즐기시려는지
협박도 엄포도 통하질 않으니
오늘도 난 근심이 한 짐이다
- 시 「또다시 찾아온 걱정」 전문

시인은 '아버지의 거친 숨소리'가 마음에 걸린다. 나는 이 대목에서 진지하게 다시 묻게 된다. 왜 글을 쓰는가? 자신이 하고 싶은 일, 좋아하는 일을 할 수도 있는데 왜 굳이 글 쓰는 고생(?)을 하는 것일까?

이는 어쩌면 효의 목소리를 낼 수 있도록, 혹은 이를 통해 감사와 행복의 목소리를 부여하도록 시인으로 운명 지어진 사람이 아닐까? 그런 생각을 가끔 해 본다.

가방 하나 챙겨 들고
홀로 떠나와
이곳 바닷가에 정착하고
등 붙이고 누워버렸다

그토록 꿈꿔왔던 버킷리스트
혼자만의 여행인데 무슨 이유에선가
갑자기 그리움이 밀려온다
이유를 알지 못하는 그리움이다

모래밭 구석진 자리에 자리 잡은 해당화
꽃잎 속에 담긴 너의 그리움도 나와 같을까
그 많던 세월의 꽃잎이 떨어지는 모습은
나에게 많은 것들을 묻고 또 묻는다

소리소문없이 피었다 지는 꽃을 만났다
그의 이름이 들꽃이라 한다
너를 보고 있노라니 아버지를 참 많이 닮았다
누가 뭐라고 하든 그저 꿋꿋하게
피고 지는 들꽃처럼
아버지도 그렇게 한 평생을 사셨다

나는 왜 그렇게 꿈꿔오던 혼자만의 여행에
아버지를 부르는 걸까
결국 나의 여행에 아버지가 동행하신다
― 시 「동행」 전문

　그 이름 '아버지'. 어쩌면 시인이 글을 쓰는 이유일 것이다. 그것이 하나뿐인 삶 속에서 험난하고 힘겨운 삶 속에서 보고 싶고 늘 그리운 이름, 보고 있어도 보고 싶은 이름, 그래서 시인은 놀라운 목소리를 낼 수 있도록 부여된 사람이 아닐까 한다. 결국, 내 가족, 나의 부모, 나의 삶의 이야기를 들려주는 일이 어떤 의미인지 말할 수 있는 사람은 오로지 글을 쓰는 시인의 몫이 아닐까 한다.

　시는 시적 기교도 좋고 묘사도 좋아야 한다. 그러나 표상의 실재인 시심 자체는 타인과의 상호 관련성을 지녀야 한다. 그것이 오로지 개인적인 것에 머물러 오직 관념의 유희에 머문다면 그것은 독자에게 공감과 감동을 불러일으킬 수가 없다. 윤리적인 고통이 없이 윤리적인 체험이 없이 감성적인 차원에서 젖어드는 시인이 문제인 것이다.

　결론적으로 말하자면, 윤리적 고통의 바탕이 없는 존재의 미적 향유는 관념적인 유희화할 우려가 있다. 시는 타성적이요 감성적 차원의 인식은 지양되어야 한다.

　　잘 지나가는가 했는데
　　변덕을 부려 칼바람이 불어온다

　　맞서지 않으면 순풍이 될까 하고
　　비켜 가기를 간절히 빌고 빌었지만
　　풍전등화와 같은 시간 앞에
　　어쩔 수 없이 포로가 되어버렸다

　　가파른 비탈
　　주어진 현실 앞에 차라리 후련하다
　　긴가민가 맘을 조리며 허공 속에
　　맴돌던 어제의 오늘보다
　　확진이라는 선고에 한 대 맞은 듯
　　시리고 아프지만
　　이제는 바람과 맞서 마주 섰다

　　꿈속에서도 아버지의
　　거친 기침 소리가 들린다
　　- 시 「바람 앞에 선 하루」 전문

　이연홍의 시를 정의한다면, '효심(孝心)이 시심(詩心)'이라고 말할 수 있겠다. 그의 시는 상상도 아니요, 상징도 아닌 효라는 실상(實相)으로 깨닫게 하기 때문이다.
　결론적으로 말하자면 이연홍 시인의 시는 '효심이 빚은 형이상학적인 순정사상'이 돋보인다. 공자의 말처럼 '모든 시는 내용이 순선(純善)해야 한다.
　이연홍 시의 내용은 순수하고 착하다. 그래서 읽는 사람으로 하여금 순수하고 착한 마음을 불러일으킨다. 그래서 나는 감히 말하건대 이연홍 시인의 순정사상(醇正思想)이라고 말하고 싶다. 읽는 사람이 순수한 마음으로 그것을 거울로 삼아 사악한 생각을 일으키지 않도록 바로 잡는 일이기 때문이다.

이연홍 시인의 아름다운 시에 찬사를 보낸다. 그가 아버지와 어머니의 모습을 묘사하지 않았다면, 그리고 자신의 삶과 감동을 글로 쓰지 않았다면, 그 아름다운 마음은 전해지지 않았으리.

아버지 나이만큼이나
긴 세월을 휘감고 올라온 능소화가
붉은 불을 밝히고 있다
젊은 날 어머니처럼 곱다

어느새 유모차를 지팡이 삼아 끌며
사시는 어머니의 모습이
능소화 얼굴에서 보인다

벼랑 같은 위기에 홀로 올라앉아
사셔야 했던 굴곡 많았던 청춘도
멀리 가버린 지 오래전이다

가슴 한편에 생채기가 쓰리고 아파온다
반쯤 굽은 허리로도 새끼들 입에 넣어줄
거룩한 욕심으로 가득하셨던 세월

환하게 웃어주시는 당신의 얼굴
붉은 연정을 바라보며
오늘도 주홍빛 능소화에 기대어

어머니 당신을 향한 그 그리움은
다 채워지지 않습니다
- 시 「능소화 연정」 전문

  나는 시를 쓰는 글쓰기의 충동은 거의 본능적이라 생각한다. 사람의 마음은 본능적으로 감각한다. 느끼고 알게 되는 것이다. 말은 지각하고 인식한 것을 그대로 표현한다. 말이 리듬을 타는 것이 시가라면 문자로 정착한 것이 시다. 따라서 시에도 사정(邪正) 시비가 있게 마련이다.
  문학은 마음의 표현이다. 그래서 "문학은 그 사람이다"라는 말이 가능하다. "문학은 그 시대의 표현이다."라는 말도 성립된다. 이연홍 시인의 시는 순정사상(醇正思想)이 가득하다. 문학이 순수하고 올바른 생각의 표현이기를 바란다. 시의 내용은 순수하고 착해야 한다. 그래서 읽는 사람으로 하여금 순수하고 착한 마음을 불러일으킬 수 있어야 한다.
  그런 의미에서 이연홍 시인의 시집 『달빛 속에 비친 당신』은 아름다운 효심과 시심으로 가득한 시집이다. 어머니의 사랑, 그리고 아버지의 사랑을 경험하고 쓴 아름다운 시집이다. 시를 배워서 깨달음을 얻었다면 그것을 실생활에 활용할 수 있어야 한다.
  끝으로 당나라의 문장가 이한(李漢)의 말을 인용해본다.
  "문장이라는 것은 도(謏)를 밝히는 그릇이다. 도에 깊은 조예가 없이 문장에 능한 자는 없다."(文者 貫道之器也 不深於斯道 有至焉者不也 『韓昌黎集』「序」)
  이연홍 시인의 효심(孝心), 효도(孝道)가 우리의 가슴에 환한 등불로 자리매김하길 바란다. 아울러 그의 문운도 더욱 활짝 열리길 응원한다.

　이제 작은 서평을 정리하면서 이연홍 시인의 시 작품 「희망의 불꽃」으로 글을 마무리하고자 한다.

　흐르는 물에 얼룩진 사연들을 헹구고
　오늘 하루 사랑의 무게를
　저울 위에 올려본다

　입버릇처럼 읊어대던 소리 아니었던가
　내가 사는 이 땅
　최고라고 뿌듯했었던 어제와 달리
　흘린 땀방울만큼이나 쏩쓸한 이 맛은
　무얼 의미하는 걸까
　부족함이 한눈에 들어온다

　알지 못했던 불편함이 보인다

　아주 작은 목소리 일지라도
　모두의 소리가 모이면
　분명 또 다른 세상에서
　사랑하는 사람과 함께
　웃음의 꽃을 활짝 피울 수 있으리라
　- 시 「희망의 불꽃」 전문

4. 열정과 헌신이 빚은 아름다운 시심

– 성의순 시집 『열두 띠 동물 이야기』를 읽고

성의순 선생님은 1938년 경기도 양주 출생으로 숙명여자대학교 정경대학 상학과를 졸업하고 동대학원 경제학과 진학 후 1965년 졸업했다. 그 후 경제기획원 공무원으로 활동하고 정년퇴직한 분이다. 이후에 (사)한국전례원 예절교수, 국가공인실천예절지도사, 한국효충예절문화 연구원, 무계원 서당 훈장, 성균관 석전교육원 교육부장, 성균관 문묘 해설사 강사, 성균관 전학, 전례사, 전수생, 우계문화재단 교육 이사로 활동하고 있다. 이와 관련한 공로로 2019년 02월에는 국무총리 행정안전부장관상을 수상했다. 더불어 북촌예절문화원 원장으로 활동하시면서 2012년 서울문학 가을호에 수필 부문 신인상 수상으로 등단했다. 현재는 글벗문학회 정회원으로 활동하시면서 2020년부터 올해 공모연수 책만세에 열정적으로 참여하고 있다.

혜록 성의순 선생님과 만남은 2019년 7월로 기억한다. 파주지역의 모든 학교에 다니시면서 우계 성혼 선생과 예절, 인성교육에 관심을 갖고 다양한 활동을 전개하고 계셨다. 어느덧 팔순을 넘어선 연륜에도 쉬지 않으시고 각 학교를 찾아서 자원봉사하는 그 열정이 존경스럽다. 현재도 우계문화재단 교육이사로 활동하면서 전국의 초중고에 우계 성혼 선생의 업적과 전통문화를 알리는 데 열정적으로 참여하시는 것은 물론 교육자원 봉사 1만 시간 이상을 돌파하는 놀라운 활동을 하고 계신다. 어느덧 구순이 가까움에도 열정적으로 교육활동에 참여하고 있다.

그뿐인가. 글벗문학회에서도 2020년 글벗백일장에 우수상과 아차상을 수상하는 등 그의 열정과 헌신적인 활동을 잊을 수가 없다. 특별히 글벗문학회 시화전 전시활동에 있을 때 자원해서 시화전 관리에 참여하시는 것은 물론 경기도교육연수원 공모연수 책만세 활동에 열정적으로 참여하여 우수 연수생으로 선정될 만큼 그의 열정은 헌신적이다. 그리고 글벗문학회를 위해 응원의 노래로 '글벗 인사'와 '책만세' 노랫말을 창작하여 발표하는 것은 물론, 지속적인 글 나눔과 배움의 활동에 열성을 다하고 있다.

새로운 한 해가 시작되면
책을 만나 세상과 소통하는 책 만세
벗님들은 꽃처럼 피어난다.
꽃처럼 피어나는 얼굴마다 해맑은

웃음 사랑의 배달부가 손을 흔들고
추억을 줍는 발길이 바쁘다.
바쁜 발길은 회전목마가 되어
꿈을 싣고 돌아간다.
가슴에 담아온 이야기를 쏟아내면서
빙그르 손에 손을 잡고 돌아간다.
새로운 한 해가 시작되면 만나는 모든
이들 책 만세 회원님들의 기쁨과 즐거움
서로 나누고 사랑의 눈길 마주 보며
하하 호호 하하 호호 웃음 짓게 하소서.
만세, 만세 책 만세!!!
다 함께 만세, 만세 책 만세!!!
- 시 「책만세」 전문

성의순 시인은 2020년부터 파주지역의 39개 학교에 각종 전통문화 예절교육 등의 자원봉사 프로그램에 적극 참여하고 있다. 이를 위해 사전에 교육을 받게 된다. 그 연수 이름이 '책만세' 프로그램이다. 독서토론, 사람책 등 다양한 프로그램이 진행된다. 그때마다 한 번도 늦지 않았고 결석한 적이 없는 모범 수강생이다. 그의 성품과 교육자원봉사 활동은 모든 젊은이는 물론 교육자들에게 귀감이 되는 아름다운 일이다. 이에 존경하지 않을 수 없다.

특히 연수가 진행되는 동안에 성의순 시인은 열정적으로 구호를 외치고 노래하고 시를 낭송해 주신다. 그의 열정은 바로 글벗백일장에서 많은 젊은 사람들을 제치고 제8회 글벗백일장에서 시 「글벗 사랑」으로 우수상을 받게 된다.

새해가 시작되면

글벗문학회 꽃처럼 피어난다
얼굴마다 해맑은 웃음
사랑의 배달부가 손 흔들고
추억 줍는 발길 바쁘다
바쁜 발길 회전목마 되어
꿈을 싣고 돌아간다
가슴에 담아온 이야기 쏟아내며
빙그르르 손에 손을 잡고 돌아간다
새해가 시작되면 글벗 회원님들
기쁨과 즐거움 서로 나누고
사랑의 눈길 마주 보며
하하 호호 하하 호호
웃음 짓게 하소서.
-시 「글벗 사랑」 전문

　그의 글벗 사랑은 특별하다. 시인은 글벗문학회 회원 중에
서 가장 어르신이시다. 각종 행사에도 절대 빠지지 않는다.
연수 중에 그의 좌석은 항상 맨 앞자리다. 항상 웃음으로 질
문하시고 적극적으로 배움에 임하신다. 그래서 나온 노래가
「글벗 사랑」과 「글벗 인사」다.

　안녕하세요. 글벗 홀라홀라 홀랄라
　반갑습니다. 글벗 홀라홀라 홀랄라
　오늘도 즐거운 글벗 친구
　오늘도 신나는 글벗으로 만나요.
　글벗 친구 안녕하세요.
　글벗 친구 꿈을 가져요.
　글벗, 글벗, 글벗
　글벗, 글벗, 사랑해요

- 시 「글벗 인사」 전문

이 노래는 글벗문학회의 행사 때마다 공식 노래가 되었다. 그의 열정과 헌신이 빚은 아름다운 글말이다. 글벗 인사를 하면서 글벗 친구로서 함께 꿈을 갖자고 말하고, 사랑한다고 고백한다.

오늘도 성의순 시인은 우계문화재단에서 발간한 책 『우계 성혼』을 각 학교에 직접 발로 뛰어 각 학교를 홍보 순회하면서 방문하고 있다. 아울러 경기도교육청에서 주관하는 사람책 프로그램을 운영하고 경기도 꿈의학교에서 학생들의 독서 토론을 지도하면서 후세를 위한 그분의 열성과 헌신을 만날 수 있었다. 그분의 교육철학과 열정적인 프로그램의 참여와 강의는 모든 사람들의 탄복을 불러일으키기에 충분했다. 작은 키에서 나오는 낭랑한 목소리는 물론이고 학생들 앞에서 신나게 춤을 추면서 노래를 부르는 모습은 참으로 감동적이었다. 더욱이 율동하면서 학생들에게 긍정적인 에너지를 주고 있었다. 이에 존경의 마음을 품지 않을 수 없었다. 아니 그분의 품성과 열성에 반했다고 해야 옳은 말일 게다.

성의순 작가를 만나면서 떠오른 행복의 언어가 있다. 프랑스 작가 조르주 상드(George Sand, 1804~1876)의 말이다.

"우리 인생엔 단 하나의 행복만 있다. 그것은 사랑하고 사랑받는 것이다(There is only one happiness in life, to love and be loved)."

긍정적인 사람의 가장 큰 특징은 하루하루를 소중하게 여기며 산다는 것이다. 어쩌면 성의순 작가는 '하루'라는 시간이 주어졌다는 사실 앞에서 기뻐한다. 오늘도 "어떻게 유익하게 사용할까? 어떻게 아름답게 사용할까? 어떻게 즐겁게 나눌까?"를 생각하며 최선을 다하는 삶을 사는 것이다.

하루라는 개념 속에서 1년이라는 개념보다 365배 값지게 살아가는 삶이라고 말해야 하지 않을까? 건강도 하루의 소중함을 아는 사람에게 주어지는 법이다. 행복도 세월이 아니라 지금 여기에 있는 오늘, 하루하루 안에 있기에 열정을 다하는 삶을 사는 것이다.

나는 감히 성의순 작가를 나눔과 배움의 여장부이자 우리 시대의 작은 영웅이라고 말하고 싶다. 왜냐하면 배움과 나눔의 열정이 한결같은 분이기 때문이다.

마음은 감정을 따라 움직인다. 또 흔들리기 쉽다. 그 때문에 마음을 한결같이 건강하고 아름답게 유지하는 것은 결코 쉬운 일이 아니다.

시인은 시집 『열두 띠 동물 이야기』를 통해서 다양한 삶을 살아가는 우리에게 효 실천 5대 덕목을 제시한다. 바로 자기 수양, 부모공경, 가정 화목, 이웃사랑, 나라 충성이다.

우리는 이기심과 보호본능 때문에 근본적으로 자기중심적이다. 그럼에도 타인을 향해 마음을 열어놓고 오롯이 나눔을 실천하고 있다. 글벗문학회 회원으로 그리고 예절과 인성을 지도하는 강사로, 그리고 글을 쓰는 시인으로서 그의 글벗 사랑은 애틋하다.

글벗님
어서 오세요.
커피, 커피
좋아요, 좋아요

어느덧 13년을
한결같이
아름다운 글로
행복한 세상을
함께 한 글벗님들
사랑해요
우정역 카페에서
글벗님 꿈이 활짝
향긋한 커피 향기
가득한 세상
함께 만들어 가요
– 시 「우정역 카페에서」 전문

뜨거운 무더위 속에서도, 코로나19로 어려운 상황에서도, 춥고 힘겨운 겨울날에도 성의순 선생은 열정의 삶을 살고 있다. 서울 장승백이에서 파주 지역까지 어린 학생들을 위해서 왕복 4시간을 걸려 전철과 버스를 타고 오가면서 그들과 나눌 소중한 이야기보따리를 들고 행복의 발걸음을 계속하는 것이다. 그래서 성의순 선생은 어느샌가 시인이 되고 영웅이 되어 있는 것이다.

힘이나 사상은 일시적이다. 그 영향력은 한계가 있을 수 있다. 그러나 마음은 모든 사람에게 한결같이 나타나기 때문에 그의 삶은 위대한 것이다.

다시금 우리 시대의 영웅으로 성의순 작가를 존경한다. 그와 함께하는 아름다운 나눔과 배움의 시간들이 참으로 소중하고 행복하다. 그래서 나는 성의순 작가를, 아니 성의순 선생을 존경하지 않을 수 없다.

사랑은 시간을 거스르는 힘이 분명 있다. 사랑은 때마다 기적을 일으키고 날마다 새로운 날을 맞이하게 한다. 그렇기 때문에 사랑하면 나이와 세월을 잊어버린다고 하지 않던가. 구순을 맞이하는 나이에 계속해서 배움의 기쁨과 나눔의 기쁨, 사랑의 기쁨을 만끽하길 소망한다.

끝으로 그의 시 「모란」과 「주목」을 감상하면서 그가 살아온 삶과 그가 추구하는 삶의 모습을 다시금 확인하면서 글을 마무리할까 한다. 이 두 시에서 그의 삶의 가치가 분명하게 드러나기 때문이다.

해마다 5월이면
우리 집 앞마당은
모란꽃 대궐
어느덧
백 오십 년 동안
모란꽃 만발했지
꽃 중의 꽃
별을 품은 열매
부귀영화 누리네
– 시 「모란」 전문

이 시는 성의순 시인이 팔순의 넘긴 고령에도 이팔청춘의 젊음을 간직하고 살아가시는 분이다. 여러 가지 재능을 겸비한 데다가 부지런하여 쉴 틈 없이 어린이와 중고등학교 학생들의 한자(漢字)와 인성(人性)교육에 동분서주(東奔西走)하시니 늙을 틈이 없는 것 같다. 댁(宅)의 정원(庭園)에 150년이 된 모란(牡丹)이 자라고 있다. 이를 보고 지은 시(詩)다.

성장(成長)이 몹시 느려
대기만성(大器晚成)을 꿈꾸는 나무
살아서 천년(千年) 죽어서 천년(千年)
삭아서도 천년(千年)
삼천년(三千年)을 사는 나무
그 자태(姿態) 고고(孤高)하여
사람 손길이 닿기 어려운
산꼭대기에 산다.
줄기가 옆으로 뻗어
정원수(庭園樹)로 인기가 있는
눈 주목(朱木)이 자란다
- 시 「주목」 전문

이 시에 나타난 것처럼 대기만성을 꿈꾸는, 살아서 천년, 죽어서도 천년 삭아서도 천년 모두 삼천 년을 사는 나무, 이 모습이 어쩌면 성의순 시인의 모습이 아닐까? 고고하게 사는 삶, 모든 학생과 이웃에게 배움을 나누면서 그들과 소통하는 시인의 정원수와 같은 존재로 세상과 소통하고자 하는 것이다.로

오늘도 시인은 소망한다. 언제나 건강하고 행복한 발걸음으로 늘 글벗과 그리고 어린 학생들과 배움을 니누면서 세상을 함께하길 소망한다.

다시금 성의순 시인이 100세 인생을 사시는 만큼 자신의 꿈을 실현하는 멋진 삶이 되길 소망한다. 더불어 시인은 교양서 "고결한 선비 우계 성혼을 만나다."를 준비하고 있다. 그의 문운이 창대함은 물론 아울러 항상 건강과 행복을 기원한다.

제5부
줄탁동시의 시학

1. 제주 사랑을 거니는 시적 상상력

- 윤소영 두 번째 시집 『곶자왈 숲길』을 읽고

시는 왜 쓸까? 독자에게 내 생각과 마음을 아름답게 표현하기 위함이 아닐까? 그런데 남들과 똑같은 상투적인 표현이 아닌 나만의 기발한 생각을 담은 글, 읽은 이에게 깊은 인상을 남길 수 있다면 얼마나 좋을까?

그래서 시를 쓴다는 것은 상상력과 창의성이 필요하다. 좋은 시는 사람들의 정서나 상상력, 감성을 건드리는 시가 좋은 시가 아닐까? 이를 통해 사람들의 마음을 움직이게 하는 것이 중요하다. 독자는 시속에 숨겨진 그 무엇, 모호한 무언가를 통해 마음이 움직인다. 설명문이나 논설문에서 답을 찾으려 하지 않는다. 독자가 시를 읽으면서 수수께끼를 풀어나가는 즐거움이 아닐까? 그래서 소소한 경험을 특별한 시로 바꾸는 작업이 필요하다.

시에서 가장 많이 쓰이는 표현 방법은 비유와 상징이다. 그렇다고 남들과 똑같은 생각은 독자를 움직이지 못한다. 대상에 대한 나만의 상상 목록이 필요하다. 그 목록을 대상으로 단어를 바꿔보고 엉뚱한 단어로 바꿔보는 것은 물론 기존의 것을 살짝 비틀어보고 뒤집어 보는 것이다. 그리고 그 단어들로 이야기를 만들어 가는 것이다.

우리는 글감을 찾고 시에 감정을 담는다. 그런데 그 감정을 직설적으로 드러내서는 안 된다. 예를 들면 누군가에게 그리움을 이야기할 때 직설적으로 '그립다'는 감정을 밝히지 않아도 화자의 상황과 생각을 제시하면 느낄 수 있는 글이어야 한다.

마지막으로 아름다운 시가 되려면 시의 리듬을 살려야 한다. 시를 다 쓰고 나면 시를 소리 내어 읽어보도록 해야 한다. 자연스럽지 못하고 막히는 부분이 있다면 리듬에 문제가 있는 것이다. 더불어 마음의 뜻을 전달하기 위해서는 간략하고 쉽게 글을 써야 한다. 시나 문장을 지을 때 반드시 많은 분량을 써야 좋은 글이 되는 것은 아니다. 자신 생각을 이루었으면 마치는 것이 옳다.

그렇다면 시의 아름다움은 어디에 있을까? 글 쓰는 기쁨은 언제 우리에게 올까? 그렇다. 시를 쓰고 읽는 바로 지금, 이 순간이 아닐까?

지금 여기에 이 순간에 있는 삶의 기쁨을 찾지 못하면 언제나 힘들고 외롭다. 글쓰기는 기쁨의 과정이다. 다시 말해 현재의 행복을 누리는 즐거움이다.

입에서 나온 말은 단지 귀를 즐겁게 하지만, 가슴에서 나온

글은 사람들의 가슴을 울리며, 생활에서 나온 진실한 글은 손발을 움직이게 한다.

아울러 시는 읽고 또 읽어보고, 쓰고 또 쓰면서 고치고 다듬어야 한다. 아울러 시어를 바꾸고 또 바꾸면서 적절한 시어를 찾아 글 쓰는 것은 지나치지 않다. 시 쓰기는 머릿속을 뒤지고 마음을 휘저어 찾아낸 것이어야 한다. 그래서 시 쓰기는 창의적이고 참신해야 한다.

글을 쓸 때 유의해야 할 점은 흔히 볼 수 있는 소재, 알기 쉬운 단어, 그리고 읽고 외우기 쉬운 문장이어야 한다.

그렇게 시에 대한 열정으로 배움을 통해 다양한 경험을 살려서 기쁨과 행복으로 글을 쓰는 시인이 있다. 바로 제주도에서 활동하는 윤소영 시인이다.

우리는 평범한 말속에 우리는 힘을 얻고 용기를 얻는다. 시인은 자신이 사는 제주도의 다양한 대상을 시적 상상으로 옮겨서 자신만의 표현을 구사하고 있다. 예를 들면, '돌하르방, 곶자왈, 오름, 제주 갈옷, 블랙스톤, 곶자왈 숲길' 등이 그것이다. 시조 작품 「곶자왈을 걸으며」을 감상해 보자.

아름다운 오름 숲길
알록달록 고운 단풍
두 손 안 가득 담아
마음에 간직하고
곶자왈 환상의 숲속
그 추억 그려본다
화산으로 만든 숲
생태계 유지하며
새들의 지상낙원

울퉁불퉁 오솔길
원시림 제주의 천연
사랑하고 싶어라
- 시 「곶자왈을 걸으며」 전문

　　제주도의 곶자왈을 걸으면서 느낀 자연 사랑의 마음을 적은 시조 작품이다. 시인에게는 자신의 경험을 담지 않고는 좋은 시와 시조가 탄생할 수가 없다. 마치 시를 창작하는 것은 나무에 꽃이 피는 것과 같다. 나무를 애써 가꾸지 않고서 갑작스레 꽃을 얻은 일은 절대 일어날 수가 없다. 그래서 시인에게는 다양한 경험과 독서가 필수적이다.

천혜의 자연 속에 곶자왈 우거진 길
돌나무 어울림 속 환상의 신비로움
우거진 대자연 숲속 정원수를 심는다

새들의 합창 소리 자연의 맑은 웃음
수채화 그리는 듯 나그네 여유로움
너와 나 은은한 향기 행복한 꿈 꾼다네
- 시조 「블랙스톤」 전문

　　글을 지을 때 펜을 잡으면 그 즉시 문장을 쓸 수 있다. 그 후에 문장을 다듬고 아름답게 꾸미곤 한다. 하지만 중요한 것은 '시는 마음으로 쓰는 것'이란 사실이다.
　　시인의 일터는 제주도 '블랙스톤'이라는 골프장이다. 그 일터에서 자연과 함께 하는 삶 속에서 행복을 찾는다. 자신 일을 사랑하는 것이다.

사랑은 마음에서 싹튼 것이고 마음으로 사는 것이다. 그래야만 행복할 수 있다. 물론 미움도 마음으로 키운 것이다. 문장은 곧 조화로운 것이다. 마음으로 시를 쓰는 사람은 독자에게 감동을 주지만 손으로 쓰는 시는 절대로 공감을 주지 못한다.

아름다운 윤슬 위에
갈매기 끼룩끼룩
우람하고 듬직한 모습
미소를 자아내고
언제나 너털웃음
나의 키다리 아저씨

한라산의 푸른 정기
부리부리한 눈망울
벙거지를 눌러쓴
할망을 감싸 안고
내 사랑 돌하르방은
우리들의 수호천사
– 시 「돌하르방」 전문

시를 어떻게 쓸 것인가? 시인마다 많은 고뇌와 성찰을 통해서 자신의 시심을 닦고 있다. 글을 쓰지 않으면 못 견디는 일종에 강박관념도 따른다. 흔히들 '바람직하고 건설적인 병'이라고 말을 한다. 나는 이를 긍정적으로 바라본다.

시의 소재, 즉 쓸거리를 얻기 위해서는 앞에서 말한 것처럼 여행이라는 체험과 독서라는 경험이 필요하다.

아름다운 여인을
품은 오름이여

황금빛 억새꽃들이
제주를 품은 듯

구름 사이로 주황빛들이
해님을 안아주네

억새꽃의 장관에
나그네 발길을 묶어두네

와, 예쁘다
와, 멋지다

걸음걸음 수놓았네
힘들고 숨찬 아름다움
– 시 「오름」 전문

시는 어떻게 써야 할까? 주제가 명확해야 한다. 윤소영의
시 「오름」은 편안하면서 공감할 수가 있다. 제주도 오름의
아름다움을 '아름다운 여인'으로 '해님'을 안아주고 나그네의
발길을 붙잡는 존재로 표현힌다. 그래서 오름을 오르는 것이
힘들다. 그래서 숨찬 아름다움으로 표현했다. 시의 주제가 명
확하다. 할 말이 명확하지 않으면 횡설수설하게 마련이다. 시
의 도입부도 흥미롭고 주제와 직결된다. 아울러 시는 중요한
대목을 두루 짚어야 한다. 이는 시의 완결성과 직결된다. 논
리의 흐름도 순조로워야 한다. 시에서 그만큼 구성이 중요하

다. 그리고 이해하기 쉬운 시가 되어야 한다. 독자의 공감이 없는 시는 죽은 시다. 그래서 마지막 문장에 울림이 있어야 한다. 윤소영 시인의 또 다른 작품을 살펴보자.

뙤약볕 익은 감물
타래마다 물들이고
한 땀 한 땀 기워내어
붉은 끝동 받쳐 입고
은은히 스미는 감빛
갈옷은 날개이어라

하늘하늘 날갯짓에
감겨온 옷섶 맵시
자연 향 빚은 감색
옷깃마다 운치 담아
하늘빛 제주 바다에
비춰 보는 그 자태
   – 시조 「제주 갈옷」 전문

제주 갈옷은 감으로 물들인 제주 특산품 옷이다. 나의 일상적인 날을 앞세워 삶과 연결한 시 작품이다. 코로나 팬데믹으로 글 소재가 사회라는 영역으로 확대되고 있다. 하지만 시인의 쓴 제주의 문화, 갈옷의 삶이 오늘 세상에서 상처받는 우리에겐 힘이 되고 희망이 된다. 나의 방식을 갈옷의 삶에서 찾은 가치로 넓힌 '제주도에서 사는 법'을 말하고 있다.

숲 향기 풍겨오면 흥겨운 산새 소리
덩굴 숲 아름답다 자연의 숨소리에

외로운 연자방아는 호올로 눈물짓네
용암에 허파 주인 크고 작은 암괴 표층
자연 숲과 가시덩굴 신비로운 자연 숲지
다람쥐 임 마중 나와 건강한 숲 지키네
- 시조 「곶자왈 숲길에서」 전문

글쓰기는 일상의 발견을 새롭게 하고자 하는 글쓰기 방법
이다. 하지만 글쓰기는 '힘든 여정'이다. 일상의 삶을 대상으
로 소재를 찾고 다루다 보니 소재의 가벼움을 재는 일부터
만만치 않다. 소재가 한정되어 있다 보니 이미 발표된 다른
시인의 글 내용이 궁금하다. 이미 쓴 글과 중복되는지 확인한
다. 새로운 소재로 글을 쓰고 싶은 욕심이 큰 법이다. 그래서
나는 제일 먼저 남이 다루지 않는 소재를 중심으로 시를 쓰
라고 강변하곤 한다.
다음 시조 작품 「저지 오름」을 만나보자.

저지 오름 탐방로 아름다운 둘레길
푸른 솔 숲길 따라 힘찬 걸음 오르면
하늘 끝 한눈에 담고 건강 웃음 반기네

오솔길 낙엽 소리 건강을 담는 소리
한가로이 소풍 나온 고라니 가족 모습
나그네 멈춰 선 발길 행복 웃음 꽃 피네
- 시조 「저지 오름」 전문

저지 오름은 제주 서부에 위치한다. 제주시 한경면 저지리
에 위치하여 저지 오름이다. 분화구로 내려가 보는 계단이 있
는 오름으로 급경사를 올라가는 힘겨운 오름이다. 시인은 이

시조 작품에서 건강 웃음, 행복 웃음을 찾는다.

눈을 감아도
방긋 웃는 너의 모습

살짝 미소 짓는 얼굴에
방긋방긋 웃음꽃 피네
애간장 녹아내리듯
보고 싶고 그리워라

가까이하면
너무나 멀어질까 봐

작은 가슴으로
그리움 토해낸다

지금도 모닥불처럼
활활 타올라서
가슴엔 숯검댕이로 남는다
– 시 「보고 싶은 사람아」 전문

시는 '쉽게' 써야 한다. 이에 시인들의 노력이 필요하다. 시를 쉽게 쓰기가 어려운 것은 간결과 압축, 과장과 생략이 필수적이기 때문이다. 많은 것을 담고자 하는 욕심으로 시 쓰기가 어려워질 때가 있다. 시에 체계적이고 구체적인 내용이 없으면 알맹이 없는 시가 되기가 쉽다. 이 부분을 특히 고심하게 된다.

은빛 물결 초록 바다

연등 할망 품속으로
오름엔 여행가의 꿈
한라산 고라니의 사랑

푸른 초원 희망 행복
형형색색 고운 자태
빛깔에 넋을 잃은
수줍은 수국이여

파릇파릇 올레길
방긋 웃는 금계국
엄마 품속 편백나무
단꿈 꾸는 나그네
- 시 「환상의 섬이여」 전문

여행이나 산책하지 않으면 그리고 독서를 하거나 누군가를
만나지 않으면 우리의 하루는 특별한 날이 없다. 쳇바퀴 돌
듯이 그냥 반복의 일상일 뿐이다. 그러니 글쓰기 소재는 거의
같지 않겠는가. 직장에서 겪는 일, 가족과 함께 보내는 일,
틈틈이 산책하는 일, 그리고 친구와 지인들과의 만남 등이 소
재가 된다. 아주 단순한 일상에서 삶의 의미를 찾는 일은 참
으로 힘들다. 그래서 여행도 필요하고 독서도 필요한 법이다.

산책길을 걷노라면
콧노래 흥얼흥얼

해안가 풀섶에
들꽃 향기 흩날리는

가슴 가득 풍겨오는
바다향 추억 더듬고

오름 너머 임 계신 곳
발길만 머뭇머뭇

넘어서지 못한 길
길섶에 앉았네
− 시 「사랑을 거닐며」 전문

오늘도 윤소영 시인은 제주도의 바닷가 산책길을 거닌다. 콧노래를 부르면서 흥얼거리듯 시를 읊고 해안가 풀섶에서 들꽃 향기도 만난다. 가슴 가득히 바다향 추억을 더듬는다. 그리고 뭍에는 자신이 그리는 고향이 있고 추억이 있으며 사랑하는 임도 있다. 그러나 넘어서지 못하는 길이다. 시인은 길섶에 앉아서 시를 쓰고 있다.

한마디로 윤소영 시인의 두 번째 시집 『곶자왈 숲길』은 자신이 사랑하는 제주와 그의 삶을 노래하고 있다. 그래서 필자는 윤소영의 시와 시조의 특징을 '제주의 사랑을 거니는 아름다운 시적 상상'이라고 규정하고 싶다.

지금껏 시를 어떻게 쓸 것인가에 대한 다양한 고찰과 함께 윤소영 시인의 시와 시조 작품을 통해 다시 조명해 보았다. 다시금 말하지만, 윤소영 시와 시조 작품처럼 주제가 명확하고 쉬우면서 마음으로 쓰는 시를 만나고 싶다.

시인의 건강과 건승을 기원한다.

2. 줄탁동시啐啄同時가 빚은 청출어람靑出於藍의 시
– 혜화포엠 시 정원 작품집 『청출어람의 길목』을 읽고

　필자의 주변에는 참사람이 참 많다. 올해 자신의 재능을 나누거나 나눔을 실천하는 많은 두 분을 만날 수 있었다. 시인이자 종자 사업가인 신광순 회장(주식회사 신농)이 대표적인 분이시다. 종자와 시인 박물관 건립과 기부에 관한 이야기다. 1984년부터 자신의 고향(경기도 연천군 현문로 433-27)에서 3만 평의 땅에 2만 그루의 나무를 심었고, 42억의 비용을 들여 '종자와 시인 박물관'을 건립했다. 하나하나 직접 돌을 고르고, 쌓아서 터를 가꾸고 마침내 2017년 종자와 시인 박물관을 개관했다. 대리석 하나까지 직접 골라서 지은 건물이다. 그리고 오랜 시간 동안 수집한 다양한 씨앗, 종자 표본과 다양한 고서, 사전, 교과서, 문인들의 저서를 빼곡히 전시하고 있다. 그런데 놀라운 것은 이 모두를 사회에 기부했다는 사실이다. 그뿐인가 현재 50여 명의 시비가 세워져 있다. 앞으로도 우리나라의 100여 명의 문인 시비를 조성할 예정이다. 이전에는 신광순 시인은 북한의 식량난을 구제하기 위해 생명의 위협을 느끼면서도 북한에 간 적이 있다. 직접 가서 감자 등의 씨앗을 무료로 공급하는 것은 물론, 농사짓는 최신 방법을 직접 알려주기 위해서였다. 지금도 가정 형편이 어려운 학생들을 위해 장학회를 설립하고 조용히 돕고 있는 분이기도 하다. 종자와 시인의 박물관 내부에 걸려 있는 신광순 시인의 명언이 가슴을 울린다.

"농부는 흙에 씨앗을 뿌리고 시인은 사람의 가슴에 씨를 뿌리는 사람이다"

신광순 시인의 철학이 오롯이 담긴 말이다. 한 민족의 흥망성쇠는 식물 종자와 사람의 가슴 속에 심은 문화의 씨앗이 좌우함을 깨닫고 후세에 교육의 지표가 되길 바라는 마음에서 시작했다고 했다. 그곳에는 항상 씨앗과 글을 통한 사랑의 마음과 나눔의 마음이 존재한다.

두 번째 분은 '혜화포엠 시 정원' 회원을 글쓰기를 지도하시는 김은자 시인이다. 이번에 동인지 『청출어람의 길목』을 일독하는 기회를 가졌다. 그곳에서 또 다른 참사람 한 분을 만났다. 팔순(八旬)에 이르러 70여 권의 책을 출간한 시인으로 글 쓰는 제자 양성에 오롯이 열정을 쏟으시는 분이다. 한마디로 따뜻한 헌신과 열정을 담은 제자 사랑이 넘친다.

사람이 훌륭하게 성장하려면 두 가지 방법이 있다. 그 하나는 책을 읽거나 남의 행동을 보고 자기가 갖지 못했던 새롭고 훌륭한 것을 발견하는 것이다. 물론 그것을 본받고 따르는 것이 핵심이긴 하다.

시 쓰기는 영혼의 우물에서 언어를 건져내어 사유의 진액으로 글을 빚어내는 일이다. 삶의 갈피의 굽이에서 응축되는 살아 움직이다가 오랜 수행을 한 이가 세상을 떠난 후 아름다운 보석을 남기듯이 시가 곧 그 사람의 사리인 셈이다. 그 사리의 색은 무척 다양하다. 흰색, 검은색, 붉은색, 푸른색, 노란색, 초록색 등 각양각색이다. 그런데 김은자 시인이 지도하는 '혜화포엠 시 정원'의 회원들의 시의 빛깔은 쪽빛을 넘어서 더 짙은 빛깔을 지닌다. 그렇다면 참사람 김은자 시인이 지도하는 시인 열 분을 만나보자.

첫 번째로 만난 김석심 시인의 시를 만나보자.

그리움이 사무치는 자리에
찬란한 사랑이 멈추었다

구름처럼 바람처럼
떠도는 이
항하사의 모래알 같은
수많은 자

훨훨 날아서
찬란한 빛이 되어라

온 세상의 등불이 되어라
숲속의 진주가 되어라
– 김석심의 시 「사랑」 전문

항하사(恒河沙)는 항하의 모래라는 뜻으로, 셀 수 없이 많음을 의미하는 불교 용어다. 자기 속의 깨끗하고 바른 것, 자칫하면 남들에게 업신여김을 당하여 짓밟히기 쉬운 모래를 아끼고 소중하게 여기면서 그것을 끝까지 지켜나가는 태도인 셈이다. 모래알이 훨훨 날아서 찬란한 빛이 되고 온 세상을 밝히는 등불이 되거나 숲속의 아름다운 진주가 되는 것이다.

분주했던 오늘을 내려놓고
해 지는 서쪽 하늘 바라본다

우주로 퍼지는 붉은빛
아름다운 낙조에 황홀한 마음
추억의 시간으로 보관해 본다

바쁘게 살아온 날들
노을을 보면서
남은 생애를
아름다운 행복의 주머니로
하루하루 채워지질
기도해 본다
— 김석심의 시 「노을」 전문

글은 단순히 글자라는 부호를 집합시켜 놓은 것이 아니다. 글은 곧 사람의 생각, 곧 정신을 담은 것이다. 그래서 글은 곧 진리다.

그렇다면 김은자 시인이 제자들에게 시를 가르치는 목적이 무엇일까? 글을 가르치는 것은 길을 가르치는 것이다. 가르친다고 하지 않고 보여준다고 해야 옳은 말일 것이다. 길을 가도록 도와준다고 해도 좋겠다. 어쨌든 글을 가르치고 시를 가르치고 사람은 진리를 가르치는 사람이다. 한마디로 삶을 참되게 가꾸어 영혼이 아름다운 사람으로 성장하게 하는 것에 있지 않을까?

글쓰기는 삶을 가꾸는 수단이다. 삶을 떠난 시 쓰기, 글을 위한 글쓰기 지도는 결코 살아있는 글이 될 수 없다. 거짓 글, 병든 글, 죽은 글이 아닌 삶이 담긴 참글 쓰기가 더욱 빛나는 법이다.

이제 두 번째 김은자 시인을 만나보자. 김은자 시인은 열정으로 글쓰기 활동을 통해 제자들과 줄탁동시(啐啄同時)의 삶을 나누고 있다. 말 그대로, 글쓰기 활동은 글쓰기의 병아리(제자)가 알에서 깨어나기 위해서는 어미 닭(스승)이 밖에서 쪼고 병아리가 안에서 쪼며 서로 도와야 글쓰기가 순조롭게 완성됨을 의미하는 말이다. 즉, 생명이라는 가치는 내부적 역량과 외부적 환경이 적절히 조화되어야만 창조되고 발전하는 것이다.

> 뿌리 엉겨 어깨동무하고
> 기둥 우뚝하고 가지 흐드리지던 목청에
> 후학들 가슴에 진리의 등불 밝히던 빛
>
> 이제 저승에 주소 옮기고 흔적에서 만나는데
> 이승에서 투병하다 걷지 못하기 시작한 날
> 목 놓아 울던 눈물 속에 눈물 용광로 같은 슬픔
> 빗길에 미끄러진 뼈 상처 회복하고
> 집으로 향하는 천근 같은 발걸음마다

울었던 석학의 눈물을 섞어가며 걷는다

떠나가는 이웃들 생의 기울기 재며
산수의 언덕에서 감사의 손수건이
눈물 속에 눈물 찍어내며 말린다.
- 김은자 시 「눈물 속에 눈물」 전문

　앞에서 언급했듯이 시인은 오랜 세월 글쓰기 지도를 통해
후학과 글 나눔의 삶을 살고 있다. 매주 만나고 함께 식사하
면서 삶의 과정에서 다양한 행복과 슬픔, 그리고 아픔의 경험
을 살아가고 있다. 그리고 성장의 삶을 통해 행복의 눈물을
만나곤 한다. 이에 성장의 눈물, 그리고 감사의 눈물로 다가
오는 것이다.

　우리가 사는 사회는 거짓이 가득하다. 이 거짓을 모른 척하
고 거짓이 없는 것처럼 엉뚱한 것을 가르칠 수가 없다. 그것
은 스승이 아니오. 시인도 아니다. 더욱이 거짓을 곱게 겉모
양만 꾸며서 보여줄 수 없다. 가르침은 진실을 찾게 하는 일
이다. 진실을 찾는다는 것은 거짓을 꿰뚫어 볼 수 있다는 것
이다. 그래서 시인의 덕망 중에 하나는 거짓을 꿰뚫어 보는
지혜와 능력을 기르는 것이다. 그런 의미에서 시 쓰기는 어쩌
면 진실을 찾아가게 하는 가르침인 셈이다.

종자 박물관 진열장에서 기어 나와
달빛 산밭치 아래 밤이 이슥토록 놀다가
동틀 무렵 새벽닭 울음 듣고
다시 몸을 눕히러 제자리 돌아간 씨 톨

시인 기척 알아채면 시심의 가슴 모판에
인연 심으러 줄줄이 걸어 나와
한해살이 화초 늘 푸른 사철나무 무게만큼 심고
빛만 보이는 숨바꼭질로 거드름도 피우더라

등 굽은 산을 기대 시간을 매달고
낙엽 우는 소리 창문마다 가리면
현무암 뒷덜미 성근 갈대 휘청이며
어깨 들썩이는 모천 한탄강 몸짓 따라

그리워 울다가 쉬어버린 목소리
안타까운 분단의 모진 소식 건너오면
주상절리 절경 서러운 모서리에 베어
씨 톨의 시심도 모로 누워 강물에 젖는다
- 김은자 시 「씨앗의 마실」 전문

시인이 경기도 연천의 '종자와시인박물관'을 방문하고 느낀
감회를 적은 글이다. 시인은 씨 톨이 되어서 인연을 심고 한
탄강을 탐방하면서 분단의 아픔을 지닌 역사의 현장에서 안
타까운 시심을 담은 것이다.
글은 삶의 기록이다. 글은 제각기 이 세상을 살아가면서 보
고 듣고 느끼고 생각하고 행동한 것을 자기의 시어로 정직하
게 쓴 것이다. 그러니 글이 있기 전에 말이 있었고, 말이 있
기 전에 삶이 있었다. 삶이 없이 시를 쓸 수 없다. 삶이 담긴
시가 진실한 글이요. 생명이 있는 시가 되는 것이다. 그래서
시는 영혼의 아름다움에 물들게 한다.
세 번째로 만난 방서남 시인의 작품을 살펴보자.

북한산 기슭 가슴 활짝 열고
마당바위에 걸터앉은 내 모습 새롭다
봄비에 안겨 휴식을 취하는 순간
귓전에 울려 퍼지는 사랑 노래 감미롭다

금쪽같은 시어 만나보려고
터질듯한 생각에 휩싸이는데
귓전에서 속삭이는 욕망의 불꽃
한 편의 시 되고파 내게 매달린다
  - 방서남의 시 「비와 동행」 전문

  글쓰기 장벽을 없애는 첫 단계는 글쓰기가 어렵다는 생각을 없애주어야 한다. 시 쓰기는 쉬운 것, 재미있는 것이어야 하기 때문이다. 시인의 진솔한 마음이 빛난다. 시인이 시를 쓰는 가장 큰 역량이다. 진실한 마음을 가지고 있으면 누구든지 좋은 글을 쓸 수 있는 법이다. 때로는 서툴지만 솔직하게 쓴 작품이 독자들의 좋은 공감을 일으키고 좋은 시가 되기도 하기 한다.
  글쓰기의 목적은 시인이나 수필가를 양성하는 것에만 있지 않다. 삶을 북돋우어주고 행복을 키워나갈 수 있도록 안내하는 데 있다. 자유로운 생활 표현을 수련하는 길에서 지나간 삶을 성찰하고 비판하게 되고 정리 통제하게 된다. 그리고 글나눔을 통해서 더 나은 글쓰기의 내용, 곧 삶을 더욱 북돋우게 되는 것이다.

  장맛비 맞으며
  선생님 손 마주 잡고
  도착한 이포숲 시 낭송장

"시의 입술에 소리로 색을 입히다"

난생처음 서보는 무대 플래카드에 압도되고
마치 소낙비 맞고 있는
봉선화인 양 온몸이 후들거린다

차례가 되어 담대함은
내게 용기를 내어주고
벌써 무대에 발길 옮겨 놓았다

준비한 시 한 수 읊고
박수 소리 뒤로한 채
아쉬움에 범벅이 된다

한 계단 두 계단 정성 다해
또 하나의 약속 내 안에 새기며
하얀 미소로 속마음 다독거린다.
– 방서남의 시 「시의 소리」 전문

시인이 시 낭송 모임에 참여한 후에 소회를 적은 시 작품
이다. 시 낭송과 시 쓰기 역시 용기가 필요하다. 시인은 그
심정을 간파한 듯하다. 늘 행사가 끝나면 아쉬움이 남기 마련
이다. 그러나 정성과 열정을 다해 노력하는 삶, 삶에 대한 솔
직하고 장중한 긍정을 통해 스스로 약속한다. 하얀 미소로 나
만의 '시의 소리'를 내는 것이다. 한마디로 시인의 성숙이다.
어쩌면 공감이 되는 반가운 몸짓이다. 그의 시의 소리를 응원
한다.
  이제 네 번째 시인 서금아 시인이다. 그의 시적 경향을 살

퍼보자.

더딘 손을 재촉해도 반나절
뚝딱뚝딱 이제는 익숙도 하련마는
여전히 서툴다

살짝 절인 배추 조물조물
무 생채도 맛나게
건 멸치 건 가지 호박도 달달달

설렘 듬뿍 담아
한 짐의 배낭 꾸리어
떠나는 밤 열차

차창으로 보이라는 세상 대신에
똘망똘망한 듯 멍한 듯
생각만 무성하고

옆 좌석 젊은이의 떨군 고개
닿을까 봐
깨울까 말까 망설인다

달리는 누리로의 힘찬 울림 따라
몸은 청량리에
마음은 제천이다
– 서금아의 시 「누리로 열차」 전문

　제천을 향하는 누리로 열차 여행에서 느끼는 삶의 정감을
표현한 시 작품이다. 이 작품은 독자의 마음을 은근히 이끈
다. 경험에서 우러난 진솔한 글이 그냥 편안하게 읽혔다. 시

와 독자의 거리를 좁히는 시 작품이다. 무엇보다도 편안하게 공감할 수 있는 시가 필요하다. 시가 편안하다는 것은 곧 시인이 시를 쉽게 썼다거나 시가 즉흥적이라는 말이 아니다. 더욱이 감각적이란 뜻도 아니다. 쉽게 이해되면서도 동시에 읽는 사람의 마음을 편안하게 움직이는 것으로 시적 가치와 품위를 지닌 시라고 말할 수 있겠다.

비바람이 짓궂은 이 밤
별도 달도 쫓겨 가고
임의 부재에
홀로 외로이
반복되는 텔레비전 소리에
중독되어
시간을 흘린다

세차게 두드리다
살살 타이르는 빗줄기에
동화되어
홀로 오롯이 춤을 추며
애꿎은
냉장고 문에 기대어
생각에 잠긴다

맥주와 호두를
꺼내어 드니
너울대던 마음이
잔잔히 흐르고
텅 빈 자리 귀 기울이니
빗소리 바람 소리

노래가 된다
- 서금아의 시 「마음속 빈자리」 전문

사람의 길은 사람이 만물의 영장이라고 착각하지 않는 것이다. 사람이 자연의 일부임을 깨닫고 그 자연의 하나로 자연스럽게 녹아 가는 삶이 아름답다. 자연은 우리에게 모든 것이다. 자연은 우리에게 언제나 포근하게 안아주는 어머니가 되는 것이다. 자연은 절대로 속일 줄 모른다. 그래서 우리와 친구가 된다. 때로는 한없는 것을 깨닫게 하는 스승이 되기도 한다.
다섯 번째 만남의 주인공은 이경민 시인이다.

저 구름 속엔 태양만 있는 줄 알았어요

추억을 남길 수 없는 삭막함에
돌이킬 수 없는 아쉬움
이 가슴을 쓸어보는 아픔이었네요

미련 없이 가자 하는 인연
세월에 맡기고 천년 고지
부석사에 남겨두라 하네요
- 이경민의 시 「부석사」 전문

이경민 시인은 시 「부석사」를 통해서 무(無)를 이야기 하면서 유(有)를 창조한다. 시 쓰기에서 자기표현은 생명을 꽃피우는 행위다. 어떻게 하면 자기표현이 가능할까? 자기 삶을 직면하면서 그 삶의 문제를 자연스럽게 이야기할 수 있어야 한다. 사람마다 그 삶이 다르다. 생각과 성격이 각기 다르다. 그 다름을 인정해야 한다. 그래서 쓰는 글도 개성이 달리 나타날 수밖에 없다. 그 때문에 글쓰기는 어디까지나 직접적인 경험을 바탕으로 이루어져야만 올바른 글쓰기가 된다. 현실 생활을 체험한 그대로 사실과 생각이 담겨야 한다. 그래야만 사물을 올바르게 붙잡을 수 있고 생활을 바라보는 눈과 마음이 깊어지고 넓어지는 것이다.

헝클어진 마음 풀지 못한 채
서산에 걸터앉아 변해가는
사물 놓치지 않으려
나만의 세계로 색칠을 해 봅니다

행복에는 형체가 없네요
사랑은 각자의 몫이란 걸

그 어느 것도 소홀히 할 수 없는 것을
모두가 내 안에서 만들어지는 것을 알았기에
한올 한올 풀어 보렵니다.
- 이경민의 시 「모두 내 몫인 것을」 전문

세월은 무작정 변화무쌍하게 흘러간다. 나만의 색깔로 삶을 색칠하지만 사랑은 각자의 몫이다. 그래서 행복은 형체가 없다. 그 모든 것은 자신의 내면에 달려있다. 그래서 스스로 각자의 삶에 대한 성찰로 그 문제를 해결하고 풀어내어야 한다. 삶에서 그때그때 부딪히는 온갖 일들에 대해 느끼고 생각한 것을 비교적 간결한 문체로 토해내듯이 시를 쓰는 것이다. 마음속에 우러나는 감동을 이것저것 가공을 하고 기교를 부려서 표현한 것이 아니다. 솔직하고 소박한 말을 그대로 부르짖듯이 쓴다는 의미다.

여섯 번째로 이광옥 시인의 시 작품을 살펴보자.

스치기만 해도 추억이라 했던가
바람과 스치면 기억으로 남는 것이 아닐까
추억이란 오감 녹아드는 사색의 끄나풀

커피 한 잔에서
아버지 영정에서
방송 음악프로에서
그리고 가족 밥상머리로 과거는 차근차근 느리게 온다

돈으로 살 수 없는 추억은 내 가슴속에 숨어
수많은 흔적을 조금씩 보여주는 조커일까
좋은 것만 보고 싶어 해도 암흑의 잡념들이 거머리처럼
나를 빨아들인다

버리고 버려도 신기루처럼 나를 에워싸고
내가 죽어도 지워지지 않을 영원한 동반자
– 이광옥의 시 「추억은 어디에 있는가」 전문

이광옥 시인은 추억을 시로 쓴 역작이다. 다양한 과거의 체험이나 경험이 추억으로 시에 녹아 있다. 수많은 흔적이나 암

흑의 잡념들을 말글로 빚어내는 문학이라는 예술로 창조한 것이다. 내가 죽어도 지워지지 않는 신기루처럼 나의 삶의 동반자로서 문학으로 살아 숨 쉬는 것이다. 따라서 시와 시조나 수필이나 소설이든 어떤 글이든지 잘못된 남의 말을 함부로 섞어서 쓰면 시가 온전하게 생명력을 발휘할 수 없다. 우리가 쓴 시에 거짓의 말글이 어쩌다 들어있어도 그 작품은 문제가 된다. 마치 좋지 않은 흙으로 꽃병과 그릇을 빚어낼 수 없는 것처럼 말이다. 자신의 경험과 추억이 담긴 쉽게 말하고 솔직하게 쓰는 글이 좋은 글이다. 어느 특권층이 쓰는 글말이 아니다. 모든 사람이 쓸 수 있는 말글, 쉬운 진리를 어렵게 말할 필요가 없다. 우리의 얼을 찾아서 말 살리는 일, 그것이 우리 시인이 할 일이다.

> 음봉산 밑자락 이리저리 굽어 앙상한 물길
> 날 가물어 목이 타는 강가 외로운 무인도 하나
> 가끔 바람이 찾아와 비린내를 먹고 간다
> 물도 돌도 모래도 속살을 드러내고 눕는다
> 허기진 가마우지 먹이 찾아 물 갈퀴질하면
> 내린천은 영혼 없는 민물고기 수족관 된다
> – 이광옥의 시 「외로움이 흐르는 내린천」 전문

이광옥의 시 「외로움이 흐르는 내린천」에서 제시한 사람이 행복하고 사람답게 살아가는 방법은 모든 사람이 함께 손잡고 함께 살아가는 길이 되어야 한다. 나만 편하게 사는 세상은 불행하게도 망하는 사회가 되는 것이다. 사회가 망하는데 개인은 행복할 수 없다. 물이 없으면 하천이나 강이 될 수 없다.

외로움은 극히 피해야 할 아픔이다. 장년이 지나서 노년이 되면 외롭기 마련이다. 그래서 글 쓰는 동인 모임이 활발하게 운영되어야 한다. 동인지는 어느 한 사람을 위해서 만드는 것이 아니다. 시인이나 독자가 그들의 솔직한 생활을 그린 글을 모아줌으로써 글을 쓰는 즐거움을 느끼게 하고 마음과 성장의 자취를 살피어 다음의 발전 터전을 삼는 것이다. 그런 의미에서 '혜화포엠 시 정원'은 바람직한 창작 모임이다.

일곱 번째로 이상근 시인의 시작품을 살펴보자. 그의 시는 수미쌍관(首尾雙關)의 반복법과 의태어를 살려 쓴 탓인지 시작품이 역동적으로 마음을 흔든다.

돌아온 황새가 다리 흔들어서
앞에서 흔들흔들 뒤에서 흔들흔들
마음도 출렁이고 가슴도 출렁대고
다리가 흔들흔들 하늘도 흔들흔들
나도 기우뚱 너도 기우뚱 하늘도 기우뚱

물결도 덩달아 출렁이고 감돌아
무거운 일 어려운 일 흘러내려서
흔들어 다리 줄만 남아, 물은 감돌고
내 마음도 네 마음도 울렁울렁
돌아온 황새가 다리 흔들어서
- 이상근의 시 「예당호 출렁다리」 전문

문학은 사랑에서 비롯되어야 한다. 나를 사랑하고 이웃을 사랑하기에 흔들리는 삶이 불안하다. 내가 힘들면 이웃도 힘

든 법이다. 내가 흔들리면 이웃도 함께 흔들리는 법이다. 이
상근 시인이 시 '예당호 출렁다리'가 사람들의 마음을 흔든다.
우리가 살아가는 현실을 깊이 이해하여 그들이 안고 있는 삶
의 문제를 풀어주고 사람답게 살아가도록 길을 안내하는 것
이 시인의 사명이다.

세상이 진흙탕 싸움으로 오염되어 있다. 예쁜 국화꽃도 싸
울 지경이니 얼마나 힘든 세상인가.

　　가을바람 고자질에 화가 난 국화꽃들
　　노랑꽃 빨간 꽃이 뒤엉켜 싸운다
　　바람은 편을 갈랐다 붙였다 엉키게 한다
　　바람의 방향에 따라 엎치락뒤치락

　　큰소리치다 손가락질하고 멱살 잡는 꽃들
　　노랑꽃 칼춤에 코피 터진 붉은 꽃
　　자빠져서 푸른 제복이 찢어졌다
　　겨울이 오면 모두가 자멸해야 할 꽃들
　　내일을 모르고 색깔이 다르다고

　　이리저리 붙어 줄 섰다가 흩어진다
　　바람의 방향이 낮과 밤이 들리니
　　국화꽃 싸움에 칼날은 코미디 마임이다
　　북 치고 장구 치고 구경꾼들 늘었다
　　내일을 모르는 청맹과니 내 모습
　　- 이상근의 「국화꽃 싸움」 전문

세상은 불안하다. 그러다 보니 문학도 불안하다. 평생을 글
쓰기 교육에 헌신해 오신 고 이오덕 선생은 시가 병든 까닭

은 두 가지라고 말한다. 그 하나는 시가 삶에서 떠나있기 때문이고 다른 또 하나는 죽은 말로 시를 쓰기 때문이다. 시가 삶을 떠나있다는 것은 사람을 사랑할 줄 모르고 자연을 내팽개치는 경우가 그렇다. 삶을 잃으니 그 말이 죽을 수밖에 없다.

시가 된다는 것은 세 가지로 나눠서 말할 수 있다. 첫째는 무엇을 썼는가다. 바로 살아가는 삶을 그려야 한다. 둘째는 시의 알맹이가 무엇인가. 무엇이 감동을 주었는가. 시는 마음 속에 감동이 있는 싱싱한 글이다. 셋째는 시의 형식, 또는 시가 담겨있는 그릇, 시가 입고 있는 옷이 싱싱하고 깨끗해야 한다.

여덟 번째 시인은 조미남 시인이다. 그의 시에는 그리움과 기다림이 존재한다. 교육이나 종교도 그렇지만 문학에서 제일 높은 정신적인 가치는 '사랑'이다. 인간의 정신적 가치가 사랑으로 드러내는 것이다. 이별의 아쉬움이나 그리움, 외로움이나 고독은 언제나 이러한 사랑이 자리하고 있다. 문학의 주된 테마가 사랑이라고 감히 말하는 이유가 바로 이것이다.

다음의 시에서도 그리움과 기다림이 존재한다.

내가 가는 길모퉁이
쏘옥 내민 그리움이여
나는 무엇이 그리운 걸까

나는 무엇을 바라는 걸까
나의 외로움까지 먼저 알아채는
고독한 한 사람이 그리운 거지

그의 심장은 한없이 따뜻해서

안겨도 춥지 않으리라
그리움으로 시작해서
기다림으로 문 닫는다
- 조미남의 시 「그리움」 전문

　문학은 앞에서 언급한 것과 같이 근본적으로 언어를 통한
인생의 표현이다. 사람들은 여러 형태의 사랑의 경험을 문학
적 감동을 향유하고 있다. 사랑을 통하여 자신이 걸어가야 할
새로운 길을 찾을 수 있는 참다운 인생을 발견하는 것이다.
조미남 시인의 시에서도 언어를 통한 인간의 의식과 생활 감
정의 미적 표현을 쉽게 찾을 수 있다.

일찍 일을 마치고
돌아가는 빈손이 서글퍼
과일 봉지 사서 들고 돌아가면

가끔 생각나네
아버지가 퇴근길에 사 오시던
뜨거운 붕어빵 한 봉지

그날도 고된 일을 마치고
아이들이 행복해하는
모습을 보고 나서
이제야 아버지를 이해하네
- 조미남의 시 「나의 아버지」 전문

　명백하게 이 시는 깨달음을 담고 있다. 어느 날 직장의 고
된 일을 마치고 나서 집으로 갈 때 과일 봉지를 사서 가면서
어린 시절의 아버지가 퇴근길에 사 오시던 붕어빵이 생각난

것이다. 어른이 되어서야 뜨거운 아버지의 사랑을 이해하는 것이다. 여기서 우리는 아버지의 내림은 끊임없이 숨을 쉬고 움직이는 생명 같은 것이다. 그러니 아버지의 사랑을 이어받는다는 것은 내림을 창조한다는 말이다. 위의 시에서 알 수 있듯이 서정적 자아는 과일 봉지를 보는 순간, 아버지의 붕어빵이 떠올랐다. 그리고 가슴에 울려오는 느낌을 받은 것이다. 솔직하고 성실한 깨달음의 순간을 보여주는 이 시에서 시인이 말하는 '이해하다.'는 무엇보다도 정신과 마음으로 세상을 살아갈 뿐만 아니라 몸으로 세상을 살아가는 시인이다.

　아홉 번째 시인은 조인형 시인이다. 조인형의 시의 특징은 간결한 동시적인 요소가 다분하다.

　　삶이란
　　모진 고통과
　　풍파 속에
　　뜨거운 태양처럼

　　이글거리는
　　불길 같은 삶

　　잘 참고 견뎌온
　　삶의 열정이 있어야
　　곶감처럼
　　달고 은은한 향이 풍긴다
　　- 조인형의 시 「곶감처럼」 전문

　가까이서 세상을 보거나 멀리서 세상을 보는 일은 누구에게나 가능한 일이다. 모진 고통과 풍파 속에서 곶감에 깃든 뜨거운 태양과 불길 같은 삶에서 잘 견뎌온 삶의 열정이 있어야 인생의 은은한 향기를 풍긴다는 사실을 깨달은 것이다.
시인의 표현을 빌리자면 불길 같은 삶, 즉 아픔을 잘 견뎌온
열정이 있어야만 고진감래의 삶을 얻을 수 있다는 깨달음의
경지로 나아가지 않을 수 없다.

먼동이 찾아오는
공원의 오솔길

비틀비틀
어기적어기적

곱게 곱게 어울린
하얀 머리 노부부

너는 나의 지팡이
나는 너의 지팡이

손잡고 ㅎㅎ 모습
천사처럼 보이네
– 조인형 시 「지팡이」 전문

조인형의 시는 글이 쉽고 편하다. 거듭 말하지만 글은 자꾸
쓰다 보면 몸이 좋은 문장을 알게 된다. 알아서 좋은 문장을
쓰게 되는 것이다. 조인형 시인은 매일 매일 1편 이상의 글
을 무작정 쓰려고 노력한다. 시 「지팡이」에서 보는 것처럼
두 노부부의 모습을 행복하게 표현했다. 흔히 글을 잘 쓰려고
노력하는 데서 사단이 일어난다. 그 어떤 것도 구애받지 않고
쓰고 싶은 대로 생각나는 대로 글을 쓰면 어떨까? 그런 면에

서 조인형의 시는 쉽고 맛있다.

마지막으로 만난 열 번째 시인은 한경희 시인이다. 그의 시는 아름다운 우리 글말을 살려 쓰는 노력에 찬사를 보내고 싶다. 우리 말글, 우리 겨레의 글이 살아야 우리의 시도 사는 법이다. 아름다운 우리 말글을 찾아서 쓰는 열정과 노력에 존경의 마음을 보낸다.

> 디딤돌은 병졸처럼 반주그레 늘어서 있다
> 디딤돌은 고향을 말하지 않는다
> 나이도 말하지 않는다
> 작은 지느러미는 물속으로 빠르게 지나가고
> 담상담상 성근 이끼는 초록색 마고자를 지어 입힌다
> 서너 송이 목이 긴 양귀비는
> 건너편 길목에서 흰색 붉은색으로 그림자를 내어주고
> 햇살은 자근자근 디딤질거리며
> 하얀 물살을 희롱한다
> 늘어지듯 붉은 오후
> 구름은 노을을 마중 나가고
> 바람은 물결의 긴 허리를 부여잡고
> 홀쩍 디딤돌 위로 다기(多氣)지게 무등을 탄다
> – 한경희의 시 「디딤돌의 노래」 전문

그의 시의 소재도 디딤돌, 마고자, 시어 '반주그레'와 '담상담상' 그리고 '자근자근', '다기지게' 등의 어휘에서 보듯이 우리 말글을 살려 쓰고 우리의 정서를 담은 시인의 마음이 고스란히 돋보인다. 우리 글말은 겨레의 말일 때 힘이 있다.

백모란이 소리 없이 이울고
그 여자의 발자국이
내 심장을 허둥거리게 한다고
모란 그늘에서 무던히도 빛바랜 꽃잎을 아우르던
시인은,
오월의 까치 발자국 따라 떠나고
산새는 허기지게 빈 둥지를 서성인다.

초승달은 멀리서 어스름 졸음에 기대고
시인이 차마 떨구고 간 배꼽 같은 긴 사연을
영혼처럼, 너풀거리는 바람이
조각조각 끌어안고
밤이 이지도록 하얗게 써 내려간다
 - 한경희의 시 「까치 발자국」 전문

　한경희의 시의 특징은 아름다운 우리말을 살려 쓰는 노력
도 아름답지만, 글쓰기를 즐기는 모습이 흥미롭다. 까치 발자
국처럼 밤이 이지도록 새벽에 글을 쓰는가 보다.
　『논어(論語)』의 「옹야편(雍也編)」에 보면 "아는 사람은
좋아하는 사람만 못하고 좋아하는 사람은 즐기는 사람만 못
하다(知之者 不如好之者, 好之者 不如樂之者)"라고 했다. 시
「까치 발자국」은 시인의 글 쓰는 발사국이다. 시를 쓰는 즐
거움은 시에 나타난다. 즐기는 것은 싫증을 느끼지 않는다.
그런 의미에서 필자는 글쓰기를 즐기라고 말하고 싶다.
　이상에서 '혜화포엠 시 정원' 동인 열 분의 작품을 정독했
다. 음식처럼 씹을수록 제맛 나는 시 작품이었다. 맛깔스러운
문장으로 이루어진 좋은 시작품들이 많았다. 그 원천은 모임

을 이끄는 지도자의 힘도 매우 크다. 무엇보다도 자신의 경험을 진술하게 썼다는 점에 주목하고 싶다.

끝으로 글을 쓰는 동지로서 함께 나누고자 하는 마음은 바로 "글쓰기는 읽기다"라는 사실을 함께 공감하고 싶다.

우리는 일상 속에서 카톡이나 문자를 비롯하여 글을 써야 하는 경우가 많다. 글쓰기는 아는 바와 같이 다양한 지식과 경험을 동원해야 한다. 글쓰기에 필요한 지식이나 경험은 그냥 생기지 않는다. 가능하면 글쓴이 자신이 직접 얻거나 경험한 것에서 얻는다. 사실적 묘사나 생동감 있는 표현을 위해서는 자신이 직접 간접으로 겪은 것에서 비롯된다. 그래서 책에는 우리가 전혀 모르는 새로운 지식과 기상천외한 경험들이 풍성하게 들어있다. 특별히 글 쓰는 사람에게 독서는 곧 문장 공부인 셈이다. 책을 읽다 보면 깊이 공감이 되는 좋은 문장을 만날 수 있다. 이런 문장을 거듭 읽고 또 되새기면 문장의 이치를 깨닫게 된다.

이런 점에서 '혜화포엠 시 정원'의 회원들은 알고 있으리라. 본 대로 생각하는 대로 문자로 쓰면 이것이 곧 글이다. 내 몸은 이미 시를 경험하고 있다. 그 경험이 모여서 아름다운 시 정원이 가꾸어지길 다시금 소망한다.

3. 새로운 만남을 통한 삶의 성찰과 극복
- 김미자 시집 『자두꽃 필 때』를 읽고

시는 만남이다. 시는 마음을 여는 준비에서 출발한다. 정현종의 시 「방문객」을 살펴보면 그의 대한 해답을 만날 수 있다.

사람이 온다는 건
사실은 어마어마한 일이다
그는
그의 과거와
현재와
그리고
그의 미래와 함께 오기 때문이다

한 사람의 일생이 오기 때문이다
부서지기 쉬운
그래서 부서지기도 했을
마음이 오는 것이다
그 갈피를
아마 바람은 더듬어 볼 수 있을 마음
내 마음이 그런 바람을 흉내낼 수 있다면
필경 환대가 될 것이다.
- 정현종의 시 「방문객」 전문

이 시를 감상하면서 눈에 띄는 단어는, '사람이 온다는 것', '부서지기 쉬운 마음', '바람', '환대' 등이다.

무한 경쟁 사회를 살아가는 현대인에게 다른 사람을 '환대' 하는 마음을 잃어버린 지 오래다. 삭막한 사막과 같은 곳을 이를 악물고 살아가다 보니, 다른 사람을 환대하는 일보다는 경쟁에서 이기기 위한 다양한 방법을 구상하고 준비하는 것이다. 시인은 그런 환대를 잃어버린 마음에 '바람'이라는 시적 은유를 등장시켜 새롭게 길을 내고, 꽉 막힌 마음에 새 바람을 불어 넣길 원한다.

우리 문단에 시라는 작은 바람을 만난 시인이 있다. 마치 막힌 담을 활짝 열듯이 삶의 시대와 역사를 꿰뚫는 바람처럼 나타난 시인이다. 바로 김미자 시인이다.

김미자 시인의 고향은 바닷바람이 일렁이는 강원도 양양이다. 지금은 고양시 가좌마을에 살고 있지만 지금껏 홍천과 전북 익산. 그리고 고양시에서 활발한 문학 활동을 전개하고 있다. 그의 첫 번째 시집은 『내 작은 가슴뼈』(도서출판 흔맘 출간)를 2009년에 출간했다. 2020년인 올해 두 번째 시집

『자두꽃 필 때』을 출간하게 된 것이다.

김미자 시인의 문향은 강원도 홍천이다. 그곳에서 문학 활동을 하다가 고도 익산에 내려가게 된다. 익산의 영등 도서관 문예창작반에서 문학수업을 받으며 정식으로 작품공부를 하게 된다. 더욱이 김 시인의 아들이 원광대학교 한의대에 입학한 후 아들 뒷바라지를 위해 익산에 내려와 정착하게 된 것이 그가 문학이라는 바람을 만나는 계기가 된다.

산책길
바람 속에서 너를 만났지
양지바른 논둑에 업디어 다섯 잎
쬐그만 꽃이 내 눈을 환하게 하였지
고것 참
건사하다, 건사하다
처음 봐도 정감 어리네-
이름이 뭐어야?
그리고
그 후 난,
잊고 살았는데-
낯선 여행지 숙박집 정원에서
오늘 새벽
나를 반길 줄이야
손님보다 야생화에 공들이고 계시는 주인장이
'봄맞이!'를
자랑했다
요건 '애기봄맞이'요!
주인장 큰 손에 가려

잘 뵈질 않네
- 시 「애기봄맞이」 전문

　젊은 시절부터 글을 쓰고 싶었지만, 사정이 여의치 않아
20여 년 전인 2000년부터 글을 쓰기 시작했다. 김 시인은 강
원도 홍천지역에서 마땅히 문학공부를 할 수 있는 곳이 없었
다. 마침내 전북 익산에 내려와서야 원광대학교 명예교수인
채규판 교수를 만나게 된다. 특별히 여러 문우들과 함께 문학
활동에 참여할 수 있었기에 다행이었다. 낮달 동인과 시여울
문학회에서 활동하면서 시집 출판에 도움을 주고 기념회까지
마련해준 동인들이 있었기에 그는 시인이라는 바람을 만나게
된 것이다. 마침내 『문학세계』에서 신인상을 수상하면서 등
단하는가 하면, 분단 60년 공모전에서 장원, 기타 문학 활동
으로 문화관광부 장관상을 수상한 경력이 있다.
　우리들의 삶이 부서지는, 혹은 부서지기도 했을 우리들의
'마음' 속으로 바람이 밀려들어 오기 마련이다. 나갈 길이 없
어 답답한 마음에 바람은 서슴없이 길을 내게 된다. 오는 사
람을 맞이하려면 마음을 활짝 열어야 한다.

　제주에 와서
　반한 건
　구멍 뚱뚱 검은 돌
　바다 속 발밑
　저쪽에도 배경은 돌
　민박집 빼꼼히 빨래 널었네
　글쎄 탈수는 돌이를 해 두 시간에 광쟁이가 되었네
　담장을 흔들어 보았네

돌은 네 손을 착 감아 안았다
수천 개 바람구멍이 수천 개 나사 구멍 되어
어린 척 묵직이
껴안고 있구나
무심으로 쌓아 올린 밭 경계와
태풍아, 흔들어 보아라
억수 구멍으로 억수 비 빠져나가라
가발까지 벗겨 가는 제주 혼백들아
- 시 「제주 돌」 전문

　　수천 개의 나사 구멍이 되어 바람을 껴안는 돌을 상상해보
라. 태풍이 올지라도 돌은 품는 것이다. 얼마나 멋진 삶인가.
얼마나 멋진 환대인가. 우리는 혹시 우리 마음이 부서질까 봐
두려워서, 아예 우리 마음을 닫아걸고 사는 것은 아닌지. 나
를 찾아오는 손님에게, 엄청난 과거와 현재, 그리고 미래와
함께 오는 '그'를 우리는 온 마음으로 환대했는지. 시인은 우
리들에게 마음의 문을 열고 있는지 다시금 묻고 있는 것이다.

　　정상 쪽엔 방공호가 있었다
오를수록 - 키 작고 가지 많은 나무들!
지상에서 가장 정결한 꽃
자직, 박달, 진달래, 전나무과 보득솔 - 이마를 맛대고
바람에 어금니를 갈며 영토를 끌어안고 있었다
산새도 저 품에 잠들고
쇳소리 바람도 바람바람 쉬었다
천불동계곡으로 떨어졌겠지
봉정암에 자고
내일은 또 내려가는 길 헤쳐야 한다
- 시 「대천봉- 오빠가 말했다」 중에서

시인은 설악산 대천봉의 나무가 되고 숲이 되어 바람을 맞이하는 것이다. 쇳소리바람(태풍)도 맞이하고 그 태풍도 그 나무숲에 쉬었다가 천불동계곡, 봉정암, 그리고 새롭게 내려가는 길을 열어가야 하는 것이다.

미풍에 고개를 맞대고
연인들 밀어
익어 익어
사랑은 유월 장미로 타는가
맑은 바람 속에
창공을 이고
마음껏 나래를 펴는 장미 앞에
청춘, 나의 청춘을 뿌리면서
서성거린다
- 시 「장미의 계절」 중에서

시인은 모두가 조용한 아침나절에 글을 쓰고 작품을 다듬는 듯하다. 그는 시는 만남이라고 생각한다. 작품을 억지로 만들고자 작정하면 제대로 된 작품이 나오지 않기 때문이리라. 시인은 나무가 되어서 그루터기처럼 마음의 문을 열어서 바람을 맞이할 준비를 하는 것이다.
그의 시 「그루터기」를 살펴보자.

나무는 물결무늬 따라
산의 역사 써 내려갔겠지
물결무늬 방울방울 떼어다
유네스코에 등재해 볼까
그루터기, 밤 되면

산의 식구 불러 모아
말발굽 쇳소리바람
광릉 숲을 지켰네
– 시 「그루터기」 전문

시인은 '그루터기'가 되고 싶어 한다. 산의 역사를 쓰고 말
밥굽 쇳소리바람을 맞이하면서도 숲을 지키는 역사의 산 증
인이 되고 싶은 것이다.

내가 잃어버린 길 위에는 둥굴레가 고개를 빼 흔들며 길을
가고 있었다
털이 듬성듬성 박혀 있는 남근 같은 둥굴레,
이처럼 소박한 이름은 누가 달아 주었을까
바람이 일렁일 때마다 흰 꽃물 입안 가득하다
산에 취해
얼마를 지냈을까
갑자기 산이
낯선 사내 품 같이 웅숭그려졌다
– 시 「오대산에 들어 길을 잃었다」 중에서

바람이 일렁일 때 둥굴레는 흰 꽃물이 입안 가득하게 퍼진
다. 이에 시인은 산에 취해서 낯선 사내 품처럼 추워서 두려
워서 몸을 웅그리는 모습인 것이다.
김 시인의 첫 번째 시집 「내 작은 가슴뼈」의 작품을 시
평한 장재훈 시인도 김미자 시인을 다음과 같이 평했다.

현대인에게 신선한 서정성으로 가슴을 격동 고무시키고, 삶
의 흐름과 역사적 시간을 투시하는 예리한 시선은 문단에 별

이 될 것이라
- 장재훈의 「삶의 흐름을 투시하는 서정성과 역사성」 중에서

김미자 시인의 고향은 강원도 양양이다. 그는 양양지역의 역사와 문화를 꿰뚫고 역사를 담고 있는 시를 쓰고 있다. 가족의 역사는 물론 삶의 역사, 민족의 역사를 담고 있다. 그의 역사는 바람을 순순히 받아들이는 아픔의 역사라기보다는 '수용의 역사, 나눔의 삶'이라고 말하고 싶다.

그런데 그의 바람에는 함께 하는 바다가 있다.
내 몸에는 구멍이 많아
바람을 잘 탄다
바람이 단추 구멍에 걸려
빠져나가지 않는 날
찾아간 바다
바다는 하얀 숨을 몰고 와
내 가슴에 뱉어 놓고 간다
바닷게들은 펄에 구멍을 내고 어디로 갔나
모래들은 제 가슴에 구멍을 내고 부서지는가
하늘이 지평선 위에 길게 누우면
암초에 잠시
발 담고 앉았다
먼 항해를 떠나는 습새
- 시 「숨」 전문

시인은 구멍이 많아서 바람을 잘 탄다고 한다. 바다는 삶이 힘들고 고통스러울 때 나의 숨을 몰고 와서 내 가슴을 열어주는 것이다. 그렇게 바람을 만나고 바다를 만나는 것이다.

바다는 영원하다. 시인은 바다에서 슴새처럼 그렇게 영원히 살고 싶은 것이다.

강풍주의보 내린 섬길을
가마우지 떨며
내 머리까지 감기고 간
바다가,
암반에 스며든 적막이란 걸
태초부터 수만 년 히말라야에 적도에 백두에 -그림자로,
달까지 닿았을 - 바다
육대주 온갖 빛깔의
강물 받아먹으며 저 달 속에 그림자 드리우고
달은 바다의 품에 제 얼굴을 묻고
캄캄한 밤 파도는 부서져도
바다여!
내 그림자 안고
영원하리니
- 시 「바다」 중에서

그러나 그 바람은 나를 아프게도 하지만 세상을 볼 수 있는 기회가 되고 순간이 되는 것이다. 그가 바라본 세상은 시큰거리고 아픈 세상이다.

오늘 상담하니 X선 촬영부터 해보자는 것이다
나는 잇몸을 드러내며 웃었다
덧니 빠져나가자
모든 바람이 몰려 들어왔다

히죽히죽 말이 새어
구멍으로 조금씩 보이기 시작한 세상이
온통 시큰거린다
　　－ 시 「덧니」 중에서

　자신을 성찰한 삶 속에서 자신의 구멍을 통해 세상을 바라
보는 삶, 시인은 바람을 수용하는 것이고 역사를 바라보는 것
이며 자신의 삶을 바라보는 것이다.

찌르레기
한 마리 날아와 울고 있네
마른 포도나무 숲에 와 울고 있네
가지가 흔들릴 때 부리를 죽지에 묻고
뒹구는 저녁
바람개비 떨고 있는 가슴속에 울음 새어나네
찌르레기 내 손을 물고 와
오른쪽 젖가슴 밑에 잠들어 있네
　　－ 시 「내 작은 가슴뼈」 중에서

　저녁에 찌르레기 한 마리가 마른 포도나무 숲에 와서 울고
있다. 가지가 흔들릴 때마다 부리를 날갯죽지에 묻고 아픔을
삭이는 날, 시인의 가슴 속에 바람개비 떨 듯이 울음을 숨길
수가 없는 것이다. 마침내 찌르레기는 내 손을 물고 와서 잠
들고 있는 것이다.
　또 다른 시 「봉숭아」를 살펴보자. 역시 살점 뚝 떼어 놓
는 아픔이 있지만 역설적으로 빨갛게 춤을 춘다고 말한다.

무섭게 쓸고 간 태풍 윙윙에
북돋아 줄 흙은 없어
자동차들은 너를 위협해도
해 저물어 그림자 지면
연무처럼 가는 비에
살점 뚝 뚝 떼어 놓고
빨갛게 춤추는 봉숭아 꽃
– 시 「봉숭아」 중에서

봉숭아꽃은 태풍이 삶의 고통을 삭히면서 열정적인 춤을 추는 것이다. 이는 시인의 갖고 있는 남다른 기질이 아닐까 한다. 시인이 갖고 있는 기질은 무엇일까?

고향집 곳간 항아리마다 그득한 쌀 생각하면 윗목 쌀 봉지는 애처롭고 측은했다. 갖고 온 된장으로 국 좀 끓여 먹으려면 배추 잎사귀 하나라도 돈 주고 사야 하니 마음이 내키지 않아 고추장만 비벼 먹었다. 시골집 밭에 바람이 불면 지천에 흔들리는 것이 먹을 것임을…
– 수필 「라면 한 상자」 중에서

기질이란 정신적 소질을 특히 감정적인 방면에서 본 개성이나. 보통 다혈질, 담즙질, 우울질, 점액질로 나누곤 한다. 다혈질은 열정적인 정열가이며 끈기 있고 적극적이다. 담즙질은 순응적이며 쾌활하고 명랑하여 마음이 변하기 쉽고 융통성이 있다. 우울질은 조심성 있다. 고집이 세며 분위기가 침울하다. 점액질은 무표정으로 일에만 열정적으로 빠져든다.
어쩌면 김미자 시인은 다혈질의 시인이 아닐까? 그러나 인간에게는 이 기질 이면에 존재하는 그 무엇이 있다. 그것은 의식이라 할 수 있다. 예컨대 역사의식, 민족의식, 공동체 의식, 아니면 범 인류애적인 자유, 평등, 박애, 평화 등이 그것이다.

김미자 시인의 정신세계는 돛단배처럼 외롭지만, 바다에서 바람을 받아들이는 인내와 포용의 삶을 사는 탐구자다. 그래서 '열대풍'이란 아픔을 잠재우듯 바다를 품고 바다를 건너고 아침 해를 맞이하는 것이다. 그래서 지평선에 살고 싶은 것이다.

> 지평선이 보이는, 저기
> 나는 돛단배 되어 바다에 누워보리
> 푸른 초장에 누움 같이 편주로 누워
> 하늘을 힘껏 두 팔로 안으리
> 가끔 불어오는 열대풍을
> 손들어 잠재우고 물고기와 바다를 건너리
> 폭풍이 몰려와 회오리치는 파도
> 스트라빈스키가 치는 북소리 들으며
> 바다를 예찬하리
> 모든 교향곡이 바다 노래였음을!
> 모든 노래가 바다의 교향시였으리
> 동트면 금빛 바다에
> 더 큰 물고기 발밑에 와 노니는
> 아침 해를 맞으리
> – 시 「지평선, 거기」 중에서

또 다른 시 「성산포」를 만나보자. 태양은 바다와 함께 어울려 얼굴을 씻고 바다는 태양을 품기도 한다. 그래서 나와 태양, 그리고 바다가 한 몸이 되는 것이다. 그리고 그 바다와 태양은 나를 일으켜 세우고 나를 깨우치는 존재인 것이다.

> 제주 앞에 솟는 해는
> 성산포 그리워 얼굴을 씻고
> 일출 그리워
> 뇌 끝에 나가 앉아있는
> 성산포,
> 전복 따는 저 해녀
> 전복은 바위굴에 붙여두고
> 숨비소리만 내는가
> 성산포 그리며 자란 몸
> 그 ― 내 한 몸이라네
> 아침에 눈 뜨면 문을 여는 금빛 바다
> 나를 일으켜 세우는가
> – 시 「성산포」 중에서

지금까지 김미자의 시인의 시 세계를 조명해 보았다. 이를 요약하면 시인은 삶의 아픔 속에서도 바람을 만나고 바다를 품었다. 자신의 아픈 삶을 탐구하듯 열정적인 삶을 통해 새로운 만남을 추구했다. 그 고뇌와 아픔을 받아들이고 그것에서 참다운 자신을 만나는 것이다. 절망으로부터 자신을 성찰하면서 자기 극복의 역사를 쓰고 있다. 오랜 세월 동안 참고 살아온 아픔을 극복하는 방법은 현실을 받아들이며 시적 성찰을 통해 참다운 길을 찾아 나선 것이다. 이것이 시인의 참 역할이 아니겠는가?

끝으로 표제 글인 수필 「자두꽃 필 때」를 통해 시인이 추구하는 삶의 자세를 다시금 공감하고자 한다.

도끼를 들고 나간 아버지, 시퍼런 도끼로 배나무를 치다가 정강이를 맞았다. 댓줄기 같은 피가 솟았다. 의사를 불러와 문지방에 다리를 높이 묶인 아버지 눈은 뻘겋게 솟아 있었다. 그리고 심은 나무가 자두나무다. 6.25 전쟁으로 잿더미가 되고 식구가 풍비박산이 될 때에도 마음이 이북 땅이 되어 공산 통치를 받다 수복이 될 때까지(1953.7.27.) 자두나무는 굳건히 우리 집을 지키고 있었다. (중략)

자두꽃 필 때면, 봄의 기운을 모두 따다 호수 위의 물안개 같이 우리 집을 에워싸 주던 나무, 기어이 허리를 잡고 올라가 본다. 하늘이 가까이에 있는 것 같다. 나무에 한참을 기대고 누워 하늘을 본다. 자두꽃 한 가지를 안아 본다. 꽃은 엄마 적삼에 묻은 젖빛으로 반짝이며 내 옷에 부서져 내린다.

　– 수필 「자두꽃 필 때」 중에서

4. 자연에서 배운 깨달음과 그리움의 미학

 - 김옥자 시집 『내 안의 흔적』을 읽고

　좋은 시란 어떤 시일까? 지금처럼 각자 다른 미학을 주장하는 시편들이 다양한 시대에는 좋은 시의 기준을 한 가지로 제시하기가 쉽지 않다.

　서정적 공감(共感)을 우선시하면 낡은 형식(形式)을 지적할 것이고 형식을 중시하다 보면 내용에 대한 흠결을 얘기할 수도 있다. 어떤 방식이든 하나의 특장은 다른 의미의 흠결이 된다. 그렇다면 어떤 방식으로 좋은 시를 알아볼 수 있을까?

　나는 좋은 시, 훌륭한 시란 시적인 영향력이 얼마만 한가? 에 의해 결정된다고 믿는다. 미래의 지평에 열려 있어야 좋은 작품이 되는 것이다. 많은 이들이 공감할 수 있다고 해서 모두 다 좋은 시라 할 수 없다. 다만, 많은 시인들이 따라 하는 시라면 좋은 시가 될 수 있을 것이다. 또한 '배움과 깨달음의 올바른' 전언을 갖고 있다고 해서 좋은 시는 아니다. 다만 미학적으로 올바른 전언을 갖고 있다면 좋은 시가 될 수 있다고 말하고 싶다.

또한 새로운 실험을 시도한 시, 역시 모두가 좋은 시는 아니다. 다만, 실험은 그 의도를 통해서만 성취를 보장받곤 한다. 독자는 왜 이런 실험을 했을까를 궁금하게 여기고, 그 궁금증이 풀리면 실험의 의의를 인정받게 되는 것이다. 물론 그 시적 실험이 새로운 미학으로 인정된다면 그 역시 좋은 시가 될 수 있을 것이다.

좋은 시는 후대의 시편들에 지속적인 영향을 미치게 되고 공감을 얻게 된다. 그것이 바로 문학사의 정통성을 이어가는 일이다. 새로운 글말을 도입하고 새로운 세계를 열어젖힌 시가 정말 좋은 시, 빼어난 시가 되는 것이다.

우리는 지금 인공지능과 빅 데이터로 대변하는 4차 산업혁명 시대에 살고 있다. 우리는 무한 경쟁의 시대, 혹은 물질 위주의 탐욕과 개인주의라는 가치의 혼란의 시대에 직면에 있다.

이제 공감의 마음을 여는 시의 역할이 매우 중요한 시기에 와 있다. 우리가 잃어버렸던 정신적 가치들을 회복할 수 있도록 치유해야 한다.

그 치유는 어느 공간에서 이루어질 수 있을까? 필자는 욕심으로 얼룩지고 소외된 인간인 우리들이 자연과 호흡할 수 있도록 소통의 길, 공감의 길을 찾아나서야 한다고 말하고 싶다. 왜냐하면 자연은 우리가 바라만 봐도 좋은 시를 쓸 수 있는 영감과 재료가 무한히 담겨있기 때문이다. 한마디로 자연이 곧 시가 된다. 거기에 사는 우리는 시인이 될 수 있기 때문이다.

김옥자 시인은 파주의 탄현면 인근의 헤이리 농원을 운영하는 작가다. 자연과의 끊임없는 소통과 이웃과의 공감을 통해 자신의 삶을 성찰하고 깨달음을 빚어내고 있는 시인이자 수필가다.

김옥자 시인과의 만남은 한국문인협회 파주지부 활동을 하면서 알게 되었다. 파주문학회 회원으로 활동하면서 늘 따뜻한 마음으로 수필을 쓰는가 하면 지행일치(知行一致)의 삶을 사는 멋진 분으로 내 마음속에 각인되어 있다. 특별히 자신이 땀 흘려 지은 농산물을 매년 이웃과 그리고 글벗들과 함께 나누는 시인이기도 하다. 과수원에서 수확한 배와 더덕, 밤, 블루베리 등을 늘 지인들과 나눈다. 또한 자신의 삶의 일터를 개방하여 지역 주민과 나들이 가족들에게 체험할 수 있는 교육공간을 제공하기도 한다. 특별히 마을교육공동체를 통해서 학생들이 학교에서 배운 지식을 토대로 마을에서 체험활동을 할 수 있도록 제공하는 삶, 얼마나 아름다운 일인가. 그래서 나는 김옥자 작가를 삶의 일체화를 꿈꾸는 지역운동가로 기억하고 있다.

따라서 필자는 김옥자 시인의 작품세계를 이해하기 위한 지표로서 '자연에서 얻은 삶의 깨달음과 그리움의 미학'이라고 감히 명명하고 싶다.

김옥자 작가의 시와 수필작품에 가장 많이 등장하는 어휘는 자연인 '나무'(51회)다. 그는 배와 밤나무를 기르는 농원을 운영하고 있다. 그의 시와 수필에는 나무가 많이 등장한다. 그 다음이 친구(42회), 어머니(31회), 가을(30회), 사랑(25회), 선물(19회), 여름(18회), 농사(17회), 그리움(13회), 추억(12회), 아버지(8회), 고향(5회)의 순이다.

김옥자 시인의 시 작품 35편과 수필 작품 21편을 탐독했다. 작가의 작품 세계를 분석하면 자신의 삶을 되돌아보고 추억하면서 얻은 깨달음이 있었다. 자신의 삶을 깊은 성찰을 통해 그리움을 엮어서 이를 추억하고 싶은 것이다. 이를 요약하면 세 가지로 정리할 수 있겠다.

첫째는 자연에 대한 그리움이다. 작가는 파주 탄현면에서 배나무와 밤나무를 기르면서 추억의 삶을 살고 있다.

그의 시작품 「대추나무」와 「명봉산의 추억」를 살펴보자. 인고의 세월을 겪은 후에 땀 흘려 참고 견딘 세월은 바로 감사와 그리움의 시간이었고 추억을 회상하는 삶의 공간이었다.

마당 귀퉁이 / 대추나무 서너 그루
올해도 대추알이 주렁주렁 매달린다

햇볕에 / 그을리며, 그을리며 / 선크림도 바르지 않은
갈색 피부의 아가씨들

휘인 가지마다 / 흥건히 흘러내리는 땀방울
참고 견디며 건너온 뜻은

알알이 / 그리움 속에 묻어둘
추억 하나 만들기 위해서다
– 시 「대추나무」 전문

나무는 / 봄을 위하여
꽃을 피우지만
꽃은 아름다움을 위하여
사랑을 피운다

이 가을 / 타는 노을자락을 잡으며
가지가 휘어지도록 매달린 배는
노오란 속살을 드러내며
환상의 나래를 펴는데

빛바랜 종이봉지가
오늘따라 참 고맙다
　– 시「배나무 밭에서」전문

　작가에게는 나무는 계절을 알리는 존재일 뿐만 아니라 과
실을 주는 고마운 존재이다. 그 때문에 시인에게는 추억의 공
간이자 사랑을 교감하는 소중한 존재다. 작가는 "나무는 봄을
위하여 꽃을 피우고 꽃은 아름다움을 위하여 사랑을 피운다."
라고 말한다.

색색으로 수놓은 이불 덮고
능선을 등에 지고 누워 있는
산비탈 넓은 골짜기 아래
유년의 내 추억이 모여 있는 곳
(중략)
그리운 임을 생각게 하는 가을
명봉산 자락에 휩싸여
흐르는 물소리에 안기어

깊은 추억을 엮는다
- 시 「명봉산의 추억」 일부

　요즘 각 학교마다 청소년들이 자연과 쉽게 접할 수 있는 다양한 생태환경 프로그램을 운영하고 있다. 도시의 폐쇄된 공간의 놀이보다는 자연을 가까이해서 얻은 다양한 경험을 통해 인성과 창의성을 길렀으면 하는 취지다. 요즘 젊은이들에게 자연을 통해서 자연을 경험하고 자연을 통해 많은 것을 깨닫는 감성이 필요하다. 자녀의 교육에 관심 있는 많은 부모님들이 경쟁보다는 나눔과 협력이 필요한 자연의 마음을 가르쳐 주고 싶은 것이다. 물론 가족과 함께 하는 자연 체험이라야 진정한 체험의 교육이 실현될 수 있는 것이다. 김옥자 작가는 가족이 함께하는 가운데 자연 속에서 함께 할 때 진정한 행복이 성취됨을 깨닫고 있는 것이다.

　방학을 맞아 아주 작은 것을 실천해 보기로 하였다. 국토순례도 아니고 유적지 답사도 아닌 남편과 내가 어려서 학교에 다녔던 길이었다. 그 길의 추억을 아이들에게 말해 주고 싶었다. 교통수단이 발달한 요즈음은 자가용이나 버스를 이용하면 편리하지만, 그때는 그렇지가 못하였다. 삼삼오오 짝을 지어 아침이슬에 운동화를 적시면서 걷다 보면 솔향기가 코끝을 자극했고, 고개 넘어 신작로엔 어쩌다 차가 지나가고 난 자리엔 뿌우연 흙먼지만 푸석거렸다. 그리고 멀리서 들리는 기차소리에 귀를 기울였던 기억이 새삼스러웠다. 도회지의 아이들처럼 영악하진 못했지만 뒤뜰에 감꽃이 떨어지면 그것을 주워 실에 꿰어서 목걸이를 만들고 사랑받에 가득 핀 토끼풀을 따서 꽃반지를 만들어 손가락에 끼워주던 모습이 추억으로 남는다. 가끔은 비 갠 오후 논두렁 질펀한 들길을 따라서 미꾸라지를 잡던 기억도 빛바랜 모습으로 떠오른다. 방앗간 앞 커다란 논에서 해가 지는 줄도 모르고 얼음을 지쳐서 돌아오면 어머니는 사랑방 아궁이에 군불을 지펴서 젖은 신발을 말려주던 모습도 그립다. (중략)경제적으로 궁핍했어도 소박한 꿈이 있었고 자연에 순응하면서 기다림도 배웠다. 그러나 우리가 만들어 놓은 문명의 이기심 때문에 상처받고 고통스러워하는 것은 우리 자신인 것 같다. 잃어버린 꿈을 찾기 위해서라도 인간의 자연으로 향한 귀소(歸巢) 본능을 권하고 싶다.
– 수필 「잃어버린 동심」 중에서

둘째는 친구에 대한 그리움이다. 삶의 그리움은 자연과의 추억도 있지만, 친구와의 추억에서도 발현된다. 인생의 중반을 살아오면서 힘들고 어려울 때마다 어린 시절의 친구가 그립고 그 시절의 추억들이 새록새록 떠오르는 것이다. 그 이유는 무엇일까? 경쟁의 삶을 사는 이 시대에서 맑고 순수했던 그 어린 시절이 생각난 것이다.

어릴 적 함께 놀던 친구들이여
삼삼히 떠오르는 그리움이여
(중략)
힘들 때마다
흔들리지 말자고 다그치는데
가녀린 추억 되살리면
그곳에 내 소꿉친구들이 환하게 웃고 있다
– 시 「소꿉친구」 일부

아름답던 추억을 하나둘 꺼내 보면
빙긋이 미소가 떠오른다

운동장에서 동물들과
사방치기, 고무줄놀이, 줄넘기할 때면
어느새 달려와 훼방하던 내 친구

어느 달 밝은 밤
친구들과 토마토 서리에 의기투합했다
  - 시 「소꿉친구(2)」 일부

 어두운 밤에 낮에 유심히 보아둔 토마토밭에 가서 살금살
금 들어가 토마토 서리를 할 때의 그 추억을 회상하고 있다.
행여 들킬세라 치마폭 가득 토마토를 따 담는 과정에서 넘어
지고 꼬꾸라지면서 취한 토마토를 호롱불 아래서 즐겁게 먹
던 추억, 익은 것보다 설익은 것이 많은 그 토마토가 그립고
친구의 얼굴이 그리운 것이다.

 셋째는 어머니와 가족에 대한 그리움이다. 명절의 추억, 밤
을 따던 추억 등 어린 시절의 추억을 떠올리면서 어머니를
그리워하는 것이다.

 구정을 며칠 앞둔 내게는 종갓집 맏며느리로서 할 일이 많
다. 하루는 떡을 했다. 다음날은 시장에 나가 강냉이를 튀겨
다 엿강정도 해야 했다. 어머님과 나는 옛날의 명절 쇠던 애
기를 나누며 힘든 줄을 몰랐다. 어렸을 때는 먹을 것이 흔하
지 않고, 저마다 가난하게 살았다. 평소에 새 옷을 입어 보기
란 드물었다. 그래서 그런지 한 달 전부터 명절을 손꼽아 기

다리곤 하였다.

　그때는 세탁기가 없어서 빨래하는 일은 힘이 들었다. 명절
이 다가오면 이불 호청을 잿물에 삶아서 빨래하여 풀을 먹이
고 다듬이질을 하여 씻어 놓는다. 그 이불속에 들어가면 기
분은 상쾌하나 버석거려서 잠이 잘 오지 않았다. 지금도 명
절이 다가오면 어머니의 다듬이질 소리가 귓가에서 사라지질
않는다. 추운 겨울이면 윗목에 앉으셔서 화롯불을 옆에 놓고
인두질하시던 어머니 모습이 고운 새아씨 같았다.
　– 수필 「세월」 중에서

　삭가는 가족이 너무나도 그리워서 디운 여름철에 헌옷을
갈아입으면서까지 가족에 대한 그리움이 가득하다. 그리움이
가득하면 할수록 그 추억을 떠올리기 위해 농사일에 열정을
쏟곤 한다. 그것은 삶에 대한 열정이자 그리움에 대한 추억을
반추하고픈 것이다.

　나무도 풀도 사람도
　몇 십 년만의 폭서에 숨죽이고 있을 때
　나는 헌 옷을 껴입고
　맨발로 땅을 밟는다

　흡사 용광로처럼 펄펄 끓는 햇볕에
　그 흔한 창 모자 하나 없이
　맨발로 땅을 밟으면

　식었던 열정이 내 심장에 타오르고
　까맣게 잊었던 사람이 다시 떠오르고
　사무치는 그리움으로

온몸에 비 오듯 땀이 흐른다
- 시 「내 피서법」 일부

이토록 사무치도록 그리운 것은 무엇 때문일까? 한마디로 모성에 대한 그리움이다. 진정 그는 어머니의 사랑이 그리운 것이다. 맛있는 것을 먹을 때마다 어머니가 생각나고 추억을 더듬는 것이다. 그 때문일까? 가을이 되면 어머니가 생각나서 자신의 땀 흘려 수확한 곡식과 과일, 밤 등을 친척에게는 물론 이웃과도 함께 나누는 것이다. 그토록 작가는 따뜻한 정이 그리워 작품에도 드러나는 것이다.

어머니께서는 내 모습을 보시고 꾸중을 한다. 옷에는 시커먼 밤물을 여기저기 물들여놓고, 팔과 다리엔 상처투성이로 성한 데가 없다며 약을 발라주신다. 친정어머니는 항상 이렇듯 인자하시다. 겉으로는 야단을 치셔도, 마음 한구석에는 늘 자식을 사랑하는 것이다. 지금도 욕심에 그런 사랑을 친정어머니로부터 듬뿍 받고 싶다. 그러나 나는 친정어머니께 받은 만큼 베풀어드리지도 못하며 늘 걱정만 끼쳐 드리는 불효 여식이다. 한 번 가시면 돌아오지 않으실 텐데, 지금부터라도 잘해드려야 한다고 마음을 다잡아 본다.
햇과일과 햇곡식이 나오는 가을이면 친정붙이가 더 간절하다. 그리고 맛있는 음식을 먹을 때에도 친정어머니가 생각난다.
가을이 되면 밤을 따서 평소에 존경했던 분들께 보내드린다. 지금은 저마다 먹을 것이 흔하다 보니 아무리 정성을 다해 한톨 한톨 주워 모았다 해도 그 마음을 알 리가 없을 것이다.
- 수필 「밤 따기」 중에서

하지만 세월이 하도 흘러서 이제 깨닫는 것이다. 자신이 중년이 되어서 자식을 키우면서 부모의 사랑을 더욱 더 절실하게 깨닫게 된 것이다. 하지만 치열한 삶의 현장에 살면서도 효도하고 싶어도 효도를 할 수 없는 상황과 여건에 가슴이 아픈 것이다. 더욱이 어머니는 이미 늙으셔서 점점 왜소해져 가고 약해져 가시기 때문인 것이다.

어머니의 정은 꾸밈이 없다. 그래서인지 더욱 다정다감하게 느껴지는지도 모르겠다. 부모의 눈에는 물가에 내놓은 어린 아이 같던 아들이 어느새 중년이 되어 단란하게 가정을 꾸리고 있다. 어머니는 당신이 고단함을 핑계로 자식에게 기대야 할 연세인데도 그것을 마다한다. 흑백사진에서나 볼 수 있었던 동백기름을 발라 곱게 벗어 넘긴 단아한 어머니의 옛 모습은 볼 수가 없다. 그리고 굵게 팬 주름과 왜소하게만 느껴지는 모습에서 연민의 정이 생긴다. 자식이면서 어머니의 울타리가 되어드리지 못하는 딸이라는 이유 때문에 마음이 편치 않을 때가 많다.
– 수필 「어머니」 중에서

결론적으로 김옥자 시인은 자연에서 얻은 성찰과 친구, 어머니의 그리움을 통해 나눔의 행복으로 승화시킨 작가다. 그것은 체험의 심연이기도 하다. 다양한 자연 세계와 융해되어 사랑과 그리움을 통해 시적 의미를 도출해 내고 있는 것이다. 그것은 곧 그의 자연의 성격인 '나눔과 포용'과 친구와 함께 했던 추억, 그리운 부모님을 통한 그리움으로 표현한다. 이것은 궁극적인 '나눔의 행복'으로 연결되고 있는 것이다.

밤을 줍는다
투두두둑 툭
알밤이 쏟아진다

쿵 쿠웅 쿵
밤 한 톨이 땅을 울린다

지나는 바닥에도 떨어지고
몽땅 떨구고 홀가분히 갈 모양이다

어디서 태어나
어디로 가는지

괜스레 쓸쓸한 오후
다람쥐 잽싸게 밤 한 톨 물고
검불 속에 숨는다
 - 시 「알밤 줍기」 전문

아무쪼록 김옥자 시인의 작품을 통해 자연에서 얻은 성찰과 깨달음을 통한 나눔과 포용의 있는 그리움의 미학을 응원한다. 아름다운 나눔이 있는 행복한 창작을 지속적으로 만날 수 있기를 소망한다.

5. 올곧은 신념과 정직이 만든 행복

- 황인상 수필집 『네가 일한 것만 네 것이다』를 읽고

　가난한 나무꾼의 자식인 치르치르와 미치르는 크리스마스 전날 밤 부잣집을 쳐다보며 부러워한다. 그때 꿈속에 마법사 할머니가 나타나서 몸이 아픈 한 여자아이의 행복을 위해 파랑새를 찾아달라고 부탁을 한다. 오누이는 파랑새를 찾아 멀리 여행을 떠난다. 하지만 그 어디에서도 파랑새를 찾지 못하게 된다. 그런데 놀라운 일이 벌어진다. 자기 집에 돌아와서야 비로소 새장 속에 있는 파랑새를 발견하게 된다. 먼 곳에서 찾아 헤매던 파랑새는 사실 오누이의 가장 가까운 곳에 있었던 것이다.

　우리가 어렸을 때 누구나 한 번씩 읽어 본 벨기에의 시인이자 극작가인 마테를링크(Maeterlinck)의 『파랑새』란 동화의 줄거리다.

행복이 가까운 곳에 있음에도 사람들은 그것을 아주 먼 곳에서 찾곤 한다. 진정한 행복은 가까운 일상 속에 보석처럼 귀하게 존재한다는 것을 역설적으로 보여주고 있다.

황인상의 수필집 『네가 일한 것만 네 것이다』는 우리에게 행복이란 무엇일까? 새로운 의문을 던지고 그 해답과 성찰을 가져다주는 수필집이다.

황인상 작가가 쓴 수필집 서문을 살펴보자.

우리 7남매는 아버지가 알려 주시는 대로 믿고 따르고, 일 시키는 대로 일하고…. 일할 땅이 없어서 노는 아이들, 땅이 있어도 일을 안 시키는 아이들이 그때는 그렇게 부러울 수 없었다. 그러나 우리는 새벽부터 소풀을 베고 강냉이 뿌리 뽑고 시키는 대로 일하다 보니 건강하고 부지런한 몸을 가질 수 있었다. 이렇게 만들어주신 부모님이 이제는 한없이 존경스러울 뿐이다. 그렇게 건강하게 키워주신 덕분에 육칠십, 그리고 팔십 대인 7남매가 고혈압이나 당뇨, 비만 등으로 약을 먹어야 하는 사람이 한 명도 없다는 것은 정말 축복이 넘치는 행복이다. 7남매 중 맏이인 큰 누님도 벌써 80대 중반이고, 막내 끝둥이 동생도 벌써 새해가 되면 환갑이다. 우애가 넘치는 집안으로 소문이 자자하던 우리 집이었는데 그것을 기념하기 위해, 새해에는 우애 좋은 7남매가 끝둥이 환갑기념으로 국내 투어를 계획하고 있다.
- 작가의 말 「특별한 여행을 기다리며」 중에서

황인상 작가가 이번 수필집에서 하려는 말은 무엇일까? 그건 바로 '행복'이다. 부모님께서 알려 주신 대로 살다 보니 건강하게 부지런한 삶을 살 수 있었다. 우리는 미처 깨닫지 못했지만 늘 우리 가까이 있다는 사실을 경험한 것이다. 고대 로마의 시인 유베날리스(Juvenalius)는 "건강한 신체에 건강한 정신이 깃든다."라고 실감했다.

얼마 전 내가 근무하는 학교에서 학생들에게 '언제 가장 행복합니까?'라고 질문을 던진 적이 있다. 가족과 여행 갈 때, 부모님과 맛있는 음식을 먹을 때, 친구들과 사이가 좋을 때, 재미있게 놀 때, 신나게 운동할 때, 무언가에 집중할 때 등 그 대답은 다양했다.

어느 날, 우리나라에서 제일 큰 금융회사 중앙교육원 원장이 찾아왔다.
"새내기 O·T때 선배님 말씀이 너무 가슴에 와 박혀서 별과 같은 인간이 되려고 지금까지 열심히 살고 있습니다."
감사해서 눈물이 나오려고 하는 것을 애써 참았다. 내가 책을 읽고 한 사람에게 큰 도움을 주었다니 너무 행복한 일이 아닌가.
- 수필 「대학 입학 새내기 O·T하던 날」 중에서

작가는 대학 시절 후배들에게 강연했던 경험을 말하면서 한마디의 말의 힘이 얼마나 큰 영향력을 끼치는지를 몸소 체험한 바 있다. 그 반가움에 행복했던 보람을 상기시키고 있다.

많은 사람들은 돈이 많거나 지위가 높으면 행복할 것이라고 생각한다. 하지만 이러한 조건을 모두 갖추어졌다고 해서 반드시 행복한 것만은 결코 아니다. 돈이 부족하더라도 높은 지위에 있지 않더라도 마음이 즐겁다면 그저 행복한 것이다.

아침에 일어나서 손가락 발가락을 움직여보아서 잘 움직이고 있기만 해도 행복한 것이다. 우리나라 최고 갑부인 이건희 회장님은 돈 이외에는 아무것도 없다. 볼 수도 들을 수도 말할 수도 없다.

예를 들어 이 순간에 양 눈의 시력을 잃고 병원에 있는 사람의 간절한 소망은 무엇일까? 아마, 딱 하루만이라도 앞을 보는 것일 것이다.

그런데 우리는 가고 싶은 곳을 걸어갈 수도 있고 아름다운 것을 볼 수도 있고 아름다운 음악을 들을 수도 있다.

맛난 것을 먹을 수도 있고…. 이 얼마나 행복한 것인가!
— 수필 작품 「행복하지 아니한가」 중에서

황인상 작가는 우리는 소중한 것을 다 가지고 있으면서도 행복을 느끼지 못한다고 말한다. 매일 아침 일어나면 "아~ 행복하다!"를 외치라고 작가는 강변한다. 이런 긍정적인 생각으로 행복을 선언하면 행복해질 수 있다는 것이다.

황인상 작가가 말하는 행복을 세 가지로 요약하면 다음과 같다. 첫째는 우리가 느끼는 즐거움이 행복이란 것이다. 맛있는 음식을 먹을 때의 즐거움, 즐거운 음악을 들을 때 즐거움, 신나는 영화를 볼 때 느끼는 즐거움, 친구들과 함께할 때 느끼는 즐거움, 곧 느끼는 그대로의 즐거움이 행복인 것이다. 그것은 반드시 만남이 전제되어야 한다.

지난번 만났더니 전교생 62명 중 본인만 초등학교 졸업인 줄 알고 그냥 열심히 일만 했노라고…. 그래서 내가 말해주었다. 초등학교 62명 졸업생 중 W호텔에서 아들 결혼식을 한 사람은 너 한 명뿐이라고. 네가 제일 출세한 것이라고….

사실이 그렇다. 주어진 여건에 대하여 불평하지 않고 항상 밝게 웃으며 일하니까 자녀들에게 복을 주시는가 보다. 어떻게 태어났는가보다는 내가 노력하여 만들어가는 과정이 인생이다.
　- 수필 「태어난 것 자체가 축복이고 행복이다」

둘째는 좋아하는 일을 할 때의 즐거움이다. 좋아하는 일을 할 때는 시간이 가는 줄도 모르고 집중할 때가 있다. 어떤 일에 온 정신을 쏟아 집중하면서 얻는 몰입의 즐거움이다.

　우리 집은 겨울방학에 쉬는 날은 설날 하루뿐이었다. 눈이 오는 날도 쉬는 법이 없다. 그런 날을 대비해서 개울물에는 항상 엿을 만들 강냉이를 때 게서 자루에 담아 담가 놓았으니까. 그것을 한 자루씩 건져다가 엿 맷돌을 갈아서 엿을 만들어야 했다. 엿을 만들고 나면 평창장이나 대화장에 내다 팔아야 했다. 겨울에 마련할 수 있는 유일한 현금이었으니까. 아버지를 따라 몇 번 시장에 가보았다. 우리 엿은 유난히 맛있었으니까. 엿을 팔기 위해서 맛보기 조각엿을 맛보게 하고…. 우리는 항상 남들보다 일찍 팔고 집으로 돌아올 수 있었다. 그것은 첫째 맛이 뛰어났고, 둘째 맛보기 엿이 좋았고, 셋째 아버지 모습이 좋아서였다. 시장에 가실 때는 항상 흰 고무신을 하얗게 닦아서 한복을 잘 차려입고 다니시기 때문이다.
　- 수필 「추억을 그리며」 중에서

셋째의 행복은 의미 있는 일을 하면서 발견하는 즐거움이 행복이다. 힘들고 어렵더라도 가치 있는 일을 하고 나면 보람을 느끼고 자부심을 갖게 되는 것이다. 이처럼 의미 있는 일을 하면서 발견하는 즐거움이 행복의 참 모습이다.

여름방학 말복 때 강냉이밭에서 감자 캐는 것보다 M60 메고 뛰는 것이 나는 훨씬 쉬웠다. 뙤약볕에 감자 캐려면 강냉이 이파리는 얼굴을 할퀴지요. 강냉이 개꼬리에서는 가루가 떨어져 눈에 들어 가지요. 쿨럭쿨럭 썩은 감자는 냄새가 지독하지요. 뱀도 쓱쓱 지나가지요. 흙은 뜨거워져서 종아리는 구슬땀이 터져나오지요.

그 이후 우리 중대원들은 사격에 대해서는 자신감이 충만하게 되었다. 연대장님은 부대로 돌아가셔서 간부들 교육 때마다 말씀하신다.

"말고개 소대장처럼 장교가 병사들보다 더 어려운 조건으로 솔선수범하는데 병사들이 안 따르겠냐고."

그 사건 이후 나의 별명은 '육공'이라고 불렸다. 지금도 부대 동기들을 만나면 인사가 '육공'이다.

그 해(1984년)는 부임 후 반년도 안 지났는데 나는 사단 전체에서 한 명을 뽑는 '올해의 선봉 소대장'에 선발되는 영광이 있었다.

리더는 더 열악한 조건 속에서도 묵묵히 앞장서 나아가는 것이다.

아버지께서 늘 강조하시며 말씀하시던 말이 생각났다.

"일꾼들에게 거름지게를 지라고 시키려면, 주인은 그보다 어려운 인분 지게를 지면 된다."

천 번 만 번 올바른 말씀이시다. 대원들과 한마음이 되려면, 항상 소대장은 더 열악한 조건으로 임하게 되면 틀림없이 막강한 응집력이 생길 수밖에.

– 수필 「자랑스러운 별명 '육공'」 중에서

이상에서 살펴본 것처럼 황인상 작가는 올곧은 신념과 정직으로 그의 삶을 세 가지 행복으로 요약할 수 있다. 즉 즐거움, 몰입, 의미 찾기에 있는 것이다.

무엇보다도 높은 곳에서 일할 때의 어려움은 제 삶이 바른지 비뚤어졌는지 제대로 알 수가 없다. 오로지 낮은 곳에 있는 사람들에게 부지런히 물어볼 수밖에 없는 것이다. 다른 방법이 없다. 문학 행사 때마다 플래카드를 높이 달 때가 있다. 그때마다 매번 겪는 경험이다. 플래카드의 글씨가 제대로 바른지 삐뚤어졌는지 나는 도무지 알 수 없다. 그래서 낮은 곳에 있는 다른 이에게 물어봐야 한다. 그것이 바로 소통이다.

아마도 황인상 작가가 수필집을 발간하는 목적이 이것이 아닌가 한다. 가족과 친구, 그리고 이웃들에게 나의 삶을 나누고 성찰하는 것, 그리고 자신을 알고 깨닫고 싶은 것이다.

그렇다면 안다는 것과 깨닫는 것의 차이가 무엇일까? 소설가 공지영 작가는 이렇게 말한다.

안다는 것은 우리를 아프게 하지 않아요. 그러나 깨달음은 아픕니다. 당신이 어떤 사실을 알았는데 아프다면 당신은 깨달은 거예요
– 공지영 『그럼에도 불구하고』 2020년 위즈덤하우스

우리의 삶은 늘 다른 사람과의 만남이다. 좋은 사람을 만나고 스스로 좋은 사람이 되는 것이 진정한 행복이 아닌가 한다. 나의 삶과 우리의 삶의 진정한 행복으로 가는 길, 그것은 바로 올곧은 신념으로 나의 삶을 성찰하고 고집스럽지만 정직하게 사는 삶이 진정한 행복이 아닐까 한다.

다시 한번 황인상 작가의 올곧은 신념과 정직한 삶이 빚은 행복을 다시금 되새겨 봅니다. 그리고 응원합니다.

■ 글벗평론 2 최봉희 두 번째 평론집

사람을 살리는 글쓰기

인 쇄 일   2025년 4월 25일
발 행 일   2025년 4월 25일
지 은 이   최 봉 희
펴 낸 이   한 주 희
편집주간   최 봉 희
펴 낸 곳   도서출판 글벗
출판등록   2007. 10. 29(제406-2007-100호)
주   소   경기도 파주시 와석순환로16, 905동 1104호
          (야당동, 롯데캐슬파크타운 한빛마을)
홈페이지   http://cafe.daum.net/geulbutsarang
e- mail   pajuhumanbook@hanmail.net
전화번호   010-2442-1466
팩   스   031-957-7319
정   가   20,000원
I S B N   978-89-6533-298-5 04810

* 잘못된 책은 바꿔 드립니다.

MEMO

MEMO